广东省哲学社会科学"十二五"规划项目
深圳职业技术学院出版基金资助

Deep Image and Chinese Culture

"深层意象"派的中国诗缘

肖小军◎著

中山大学出版社

·广州·

版权所有　翻印必究

图书在版编目（CIP）数据

"深层意象"派的中国诗缘/肖小军著.—广州：中山大学出版社，2018.6
ISBN 978-7-306-06371-7

Ⅰ.①深… Ⅱ.①肖… Ⅲ.诗歌研究—中国—当代 Ⅳ.①I207.22

中国版本图书馆CIP数据核字（2018）第125370号

出 版 人：	王天琪
策划编辑：	熊锡源
责任编辑：	熊锡源
封面设计：	林绵华
责任校对：	林彩云
责任技编：	何雅涛
出版发行：	中山大学出版社
电　　话：	编辑部 020-84111996，84113349，84111997，84110779
	发行部 020-84111998，84111981，84111160
地　　址：	广州市新港西路135号
邮　　编：	510275　传　真：020-84036565
网　　址：	http://www.zsup.com.cn　E-mail：zdcbs@mail.sysu.edu.cn
印　　刷　者：	佛山市浩文彩色印刷有限公司
规　　格：	880mm×1230mm　1/32　8.75印张　200千字
版次印次：	2018年6月第1版　2018年6月第1次印刷
定　　价：	38.00元

如发现本书因印装质量影响阅读，请与出版社发行部联系调换

前　言

十余年前,我入中山大学英诗研究所攻读学位,选择美国当代诗人罗伯特·勃莱(Robert Bly)作为自己的研究对象。之前,我对他知之不多,接触他是从他的诗歌而不是从关于他的评论与传记开始的,显然,最初吸引我的是他的诗歌文字而不是他在文坛上已有的地位和身份。事实上,尽管他贵为美国诗坛一大领袖,开宗立派,但在中国,除有限的一点诗歌译作和一两篇简单介绍性的文章外,我们很难检索到其他有关他的任何有价值的学术性文章。

我读到的他的第一部诗集是《食语言之蜜》(*Eating the Honey of Words*)。该书是他晚年的汇编之作,集中了诗人从已出版的各部著作中精心挑选出来的代表性作品。在勃莱这里,我读到了一种以前在其他外国诗人那里感受不到的亲和感,读得越多,时间越长,亲和感也越强。他那种由物及心、借物咏怀、感物言志的诗歌方式不正高度契合于我国传统诗学理念吗?而他反复咏言的孤独、宁静等主题不也正是深深潜入我们中华民族集体无意识中重要的艺术母题与文化个性吗?随着接触的深入,尤其通过阅读他的个人访谈、随笔等,我发现我内心的亲和感绝不是一厢情愿或空穴来风,而是勃莱本人的中国文化因缘所致。回顾自己的创作生涯时,他无数次强调自己最重要的诗歌营养汲取于古老而伟大的中国传统文化与精美而卓然的中国古典诗歌。比如,他在

"深层意象"派的中国诗缘

2005年出版的《远行的冲动》(*The Urge to Travel Long Distances*)一书的"引言"中说,他"早在青年时期就发现了中国诗人,模仿的对象是陶渊明的诗歌"。他第一部也是最能代表他艺术风格的诗集《雪野宁静》(*Silence in the Snowy Fields*)正是仿写陶渊明诗歌而成。他则在他的另一部诗集《从床上跳起》(*Jumping Out of Bed*)的封面上清楚地标注着"本书是受中国道家思想启迪而成"。

勃莱被视为美国"深层意象"派的领袖和代言人,了解勃莱,我们免不了去了解他所引领的这个流派,了解流派里的其他成员。从詹姆斯·赖特(James Wright)到威廉·斯坦利·默温(William Stanley Merwin)、威廉·斯坦福(William Stafford)、高尔威·金内尔(Galway Kinnell)、查尔斯·赖特(Charles Wright)等人,他们无一例外都是从中国古典诗歌与传统文化这里或开启自己的文学生涯,或获取使自己诗歌创作变得丰满而成熟的有机养料。该流派诗人在诗学理念上共性之处很多,其中对中国文化的认可、吸收与利用是其最明显的共性之一。因此,这就引起了我内心的好奇与疑问——"深层意象"派诗人为何会钟情于中国传统文化?中国传统文化中的哪些因子吸引着他们?他们对中国文化特性的选择与吸收上是否也有共性,共性何在?或者,他们的选择是否有典型的个性差异,差异又何在?

我们知道,好奇与疑问是学术研究的开端。我带着这些问题逐一走进这些诗人,从他们的诗歌文本、诗学随笔、访谈、相关的学术批评文献中去探寻答案。眼前的这本书就是探寻过程中的阶段性成果。说其阶段性,是因为这个课题涉及的诗人之多,诗人之间的差异性之大,诗歌文本量之多,以及相关的社会与历史背景错综复杂度之广等原因而变得甚为宏大,其学术研究所及的宽度与深度远非这本小册子所能涵括,说其只是管中窥豹略见一斑一点也不为过。至于针对那些问题更深入、更完整的回答,甚至该流派与中国文化的因缘关系可能隐含的更多更有价值的学术命题,则需要更多的学界同仁共同努力!

最后,请允许我借此机会感谢中山大学英诗研究所,那里是这一课题研究的原点。感谢我工作单位外语沙龙各位好友,尤其是司建国教授与张继文教授,这本小册子中的许多章节都曾受益于他们的阅读与批评。感谢中山大学出版社编辑熊锡源博士,正是他的帮助和支持,才使得这一小册子得以付梓发行。

2018 年 1 月 21 日深云村

目 录

第一章 "深层意象"派概况 ………………………… 1
　一、基本情况介绍 …………………………………… 1
　二、"深层意象"派理论溯源 ……………………… 5
　三、勃莱与《五十年代》 …………………………… 8

第二章 传统与基础:"深层意象"派的中国文化因缘 … 24
　一、本土文学传统 …………………………………… 26
　二、基础:中国文化典籍在美国的译介与传播 …… 30

**第三章 内圣外王:儒道思想在"深层意象"诗歌中的
　　　　 吸收与利用** ………………………………… 38
　一、儒、道"内圣外王"思想理念的比较 ………… 38
　二、道家"内圣"之道与"深层意象"诗歌精神的
　　　"内向" ………………………………………… 45
　三、儒家的"外王"之道与"深层意象"派的
　　　"外向" ………………………………………… 57
　四、小结 ……………………………………………… 64

第四章 意境·兴:中国传统诗学与"深层意象"派诗歌
　　　　 …………………………………………………… 66
　一、意境与"深层意象"派诗歌 …………………… 67

1

二、兴与"深层意象"派诗歌创作 …………… 77

第五章　"深层意象"派诗歌中的中国诗人 ………… 84
  一、罗伯特·勃莱：陶渊明、王维、裴迪、杜甫、
    李白 ……………………………………………… 84
  二、查尔斯·赖特：李白、杜甫、王维、李贺 …… 91
  三、詹姆斯·赖特：白居易 ……………………… 99
  四、威廉·斯坦利·默温：白居易、苏东坡 …… 102
  五、高尔威·金内尔：杜甫 ……………………… 107
  六、路易斯·辛普森：严羽 ……………………… 108

第六章　勃莱的中国诗缘 ……………………………… 112
  一、缘起与表现 …………………………………… 113
  二、中国传统文化倾向 …………………………… 118
  三、动机 …………………………………………… 124

第七章　远行的冲动：道家美学在勃莱"深层意象"
  诗学中的吸收与利用 ………………………… 128
  一、勃莱与道家的接触及践行 …………………… 129
  二、"道"与勃莱的"深层意象"诗学之"无意识"
    …………………………………………………… 133
  三、勃莱诗歌中的道家美学内涵 ………………… 141

第八章　衡而和：论勃莱诗学中的母亲意识 ………… 148
  一、"母亲意识"的内涵 …………………………… 149
  二、牙齿母亲 ……………………………………… 158
  三、伟大母亲协会 ………………………………… 162

四、小结 ………………………………………… 165

第九章　篇终接混茫：从《吊床》一诗谈詹姆斯·赖特 与中国的文化因缘 ………………………… 167
　　一、背景介绍 …………………………………… 167
　　二、诗人创作生涯 ……………………………… 171
　　三、中国文化影响 ……………………………… 176
　　四、家园意识 …………………………………… 180

第十章　听之道——默温诗歌与中国文化因缘 ………… 185
　　一、听道之中西文化差异 ……………………… 187
　　二、听、诗歌形式与道 ………………………… 191
　　三、听与生命观、生态观 ……………………… 198
　　四、小结 ………………………………………… 204

第十一章　中国迹象——查尔斯·赖特的中国文化影响
　　　　　　…………………………………………… 205
　　一、缘起和发展 ………………………………… 206
　　二、景：是方式和手段，更是目的 …………… 212
　　三、无和空：源自中国智慧的世界与生命思考 … 217
　　四、思考与结论 ………………………………… 223

第十二章　庄子思想在高尔威·金内尔诗歌中的运用
　　　　　　…………………………………………… 226
　　一、金内尔"以丑入诗"的文化归属 ………… 229
　　二、金内尔的"自我"与庄子的"心斋" …… 237
　　三、小结 ………………………………………… 240

第十三章 "道"的隐喻：威廉·斯塔福诗歌中的"线" ·············· 241
  一、基本介绍 ·············· 241
  二、"线"与"道"的隐秘关系 ·············· 244
  三、"线"的诗性特质 ·············· 249
  四、"线"的道家归宿 ·············· 253
  五、小结 ·············· 257

参考文献 ·············· 258

第一章

"深层意象"派概况

一、基本情况介绍

"深层意象"派①（Deep Image）是崛起于20世纪五六十年代的一个美国诗歌流派。其核心成员包括罗伯特·勃莱（Robert Bly）、詹姆斯·赖特（James Wright）、威廉·斯坦利·默温（W. S. Merwin）、路易斯·辛普森（Louis Simpson）、威廉·斯塔福（William Stafford）、查尔斯·赖特（Charles Wright）、高尔威·金内尔（Galway Kinnell）、罗伯特·凯利（Robert Kelly）、马克·斯特兰德（Mark Strand）、查尔斯·西米克（Charles Simic）、詹姆斯·退特（James Tate）等，也有人将"垮掉派"的加里·史耐德（Gary Snyder）以及晚年的华莱士·斯蒂文斯（Wallace Stevens）等人也一并概括入内。由此可见，"深层意象"派并不是一个严格意义上的文学团体或诗歌组织，它与大多数其他诗歌流派一样，诗人们因某种机缘巧合，当然更重要的是，因为相似的诗歌旨趣和文学理想而被学界视为一个文学流派。

---

① 关于"深层意象"派的缘起、诗歌主题以及与意象派的比较请参见肖小军《深入内在世界——罗伯特·勃莱"深层意象"诗歌研究》，广州：中山大学出版社2010年版。

"深层意象"派的中国诗缘

时间上,"深层意象"派诗人大多数出生于20世纪二三十年代,早年经历过经济大萧条时期与第二次世界大战。他们绝大多数服过兵役却并没有亲历战争①,但早年的战乱之苦给这些诗人们留下了难以磨灭的记忆,如詹姆斯·赖特在其回忆童年的诗歌中大多以苦难与创伤为主题。因而,当他们进入中青年时期,美国卷入越南战争以及入侵古巴这些政治事件令这些诗人十分敏感,他们一跃而起,积极发起并投入反战活动,他们的激烈行为曾一度让美国政府十分紧张,勃莱等人还曾因此被捕入狱。作为诗人,他们创作了大量的反战诗歌。根据美国的文学传统,诗人历来不太主张参与政治,而政治题材的诗歌不仅得不到大众的喜爱,反而会受到同行与读者们的冷落与讥讽。②事实上,"深层意象"派的美学思想是:深入人的内心世界,以孤独、宁静、平和、闲致、黑暗、田园生态为诗歌的主要命题。但对待战争,"深层意象"派诗人不仅一反传统,而且打破自己的美学思维习惯,由此可见,战争给他们的童年所造成的创伤与留下的阴影有多么严重。不过,他们贡献了大量关于政治题材的优秀作品,如勃莱的《遍体灵光》(*The Light Around the Body*)、詹姆斯·赖特的《艾森豪威尔访问弗朗哥,1959》("Eisenhower's Visit to Franco, 1959")、斯塔福的《在沿加拿大边界非国家纪念碑旁》("At the Un-National Monument

---

① "深层意象"派诗人中,路易斯·辛普森曾远赴欧洲法国,亲历"二战"战场。

② 参见 *The Cambridge History of American Literature*, Vol. 8, ed. by Sacvan Bercovitch, Cambridge University Press, 1996, pp. 27 – 28. 又见肖小军《跃入民族的心灵世界——勃莱政治诗歌初探》,《外国语文》,2010(4),第24 – 28页。

along the Canadian Border")、辛普森的《英雄》("The Heroes")等。毫不夸张地说,他们改变了美国读者对政治诗歌的态度与偏见,将美国政治诗歌带上了一个新的高度。

"深层意象"派生长于现代主义诗歌为主流的诗歌时代。现代主义诗歌始于意象主义运动。意象派的诞生自然有其自身的时代背景,相对于日新月异的现代社会,维多利亚时代末期的英美诗歌界不仅反应迟钝而且态度十分保守,诗人们把时间与精力过多地花在语言的音形之上,字句斟酌,但却华而不实,内容上大多凄婉萎靡,哀怨颓顿,或者无病呻吟,滥情而又矫情。庞德曾批评说:"从1890年开始,美国的大路诗是可怕的大杂烩。未经铸造,大多数连烘也没烘过,快速连奏,一堆面团似的。第三流的济慈、华兹华斯的笔墨,老天爷也不知道是什么鬼东西。第四流的伊丽莎白似的钝化了的、半融化的空洞音调。"[1]意象派成立之初,创始人哲学家兼诗人休姆曾放言"湿而泥泞的诗结束","干而硬的诗到来"。[2]所谓"干而硬的诗",是去感性、眼泪和个性的诗,使情感物化与客观化。艾略特的"客观对应物"就是意象派作诗法的提炼与浓缩,威廉斯的"无物便无思想"更是使诗歌的"干而硬"达到一种极致。以庞德、艾略特、威廉斯等几位大师的声名更是将现代主义的影响力覆盖到美国诗坛的各个角落。自20世纪初至50年代,无论意象派、客体主义、投射派、南方的逃亡派、新批评等无不应验着休姆的预言——"干而硬"的诗到来。生活在弥漫着现代主义诗风的时代,"深层意象"派诗人从一开始就感受到这股诗

---

[1] 转引自虞建华等著《美国文学的第二次繁荣》,上海:上海外语教育出版社2004年版,第207页。

[2] 飞白:《诗海》,桂林:漓江出版社1989年版,第1129页。

"深层意象"派的中国诗缘

风的强大,他们最初小心翼翼,刻意地应和着这一主流诗歌的气息,如早期的詹姆斯·赖特就曾拜"新批评"大将兰色姆(John Crowe Ransom)为师,并出版了两部质量还不错的诗集《绿墙》(*The Green Wall*)与《圣徒犹大》(*Saint Judas*)。但总的说来,现代主义的影响对年轻一辈的"深层意象"派诗人来说更多的是压抑与压制。勃莱曾描述说:"在美国诗歌界,年轻诗人如果要以庞德、艾略特或莫尔为师,就不得不严重地扭曲自己的个性。"① 艾略特在其《传统与个人才能》("Tradition and the Individual Talent")一文中曾要求诗人要逃避或牺牲自己的个性与情感。但对"深层意象"派而言,牺牲或逃避个性与情感无异于扼杀自己的诗歌生命。当然,更重要的是,就像意象派最初成立时的那样,社会在不断变化,时代在发展,而现代主义诗歌却停滞不前,艺术情感的物化与客观化现象更加严重,这与美国当时流行的拜物主义与拜金主义的社会状况倒是十分吻合;诗歌的主题过于颓废、沮丧而悲观,情况令人十分担忧。因此,"深层意象"派诗人们逐渐意识到,他们必须从现代主义的诗歌牢笼中走出来,是"该有人站出来发表不同声音的时候了"。② 他们要与时俱进,开辟一条属于自己的诗歌道路。勃莱在自己创办的诗歌刊物《五十年代》(*The Fifties*)的扉页上毫不讳言:"本刊编辑窃以为,如今美国发表的诗歌绝大多数已过时了。"③

---

① Robert Bly, *American Poetry: Wildness and Domesticity*, New York: Harper & Row, Publishers, 1990, p. 7.

② Mark Gustafson, *Great River Review*, Spring/Summer 2010, Issue 52, p. 26.

③ Robert Bly, *Talking All Morning*, Michigan: The University of Michigan Press, 1980, p. 48.

二、"深层意象"派理论溯源

早在 20 世纪初,弗洛伊德与荣格的学术理论已传入美国,经过三四十年的发展与沉淀,精神分析学的意义和价值越来越受到美国各学界的理解与重视。就美国文学界而言,无论小说、戏剧、诗歌还是文学评论等都受弗洛伊德与荣格学说的影响。即便深受"深层意象"派批评的现代主义诗歌也不同程度地接受精神分析学。但"深层意象"派对弗洛伊德与荣格的无意识理论的推崇程度恐怕无人能出其右。他们将弗洛伊德的学说称之为 20 世纪最伟大的学术思想,"本世纪最好的思想就是转向人的内心,这场运动受弗洛伊德的支持"①。"无意识"(the unconscious)正是支撑该流派诗歌的理论核心,换个角度来说,无意识是我们理解与把握"深层意象"诗歌的关键,是我们通往"深层意象"派艺术田园的必经之路。

"深层意象"派接受无意识理论,以无意识理论为其诗学思想的理论基石,是出于两个需要:一是用来作为批判现代主义诗歌的武器。前文已经介绍,以艾略特、庞德、威廉斯这些大师级的文坛巨擘所代表的现代主义诗歌无疑站在诗歌艺术的最前沿,拥有着武林至尊式的文坛话语地位,要与这样的力量进行博弈,如果没有武功秘笈,恐无异于以卵击石,自不量力,而当时风靡全美又具有至上学术权威的弗洛伊德学说无疑就是"深层意象"派立足文坛的"葵花宝

---

① Robert Bly, *American Poetry: Wildness and Domesticity*, New York: Harper & Row, 1990, p. 34.

典"。第二个需要则在于"深层意象"派诗人对诗歌进行全方位考量后发现无意识理论符合其几乎全部的思想要求,这些要求反映在他们定位的诗歌与时代、诗歌与社会、诗歌与人等几个方面的相互关系上。我们知道,任何艺术的新思潮、新主张甚至新形式等都与社会的要求、时代的发展变化息息相关。前文已有简单交代,"深层意象"派所处的时代和社会环境与以往任何时候都不一样,战争、经济危机、新的艺术形式的冲击、科学技术的进步、日益丰富的物质生活、梅毒、艾滋、嬉皮士、迷茫、垮掉等等无不冲击着人们的日常生活和精神世界。人们生活在一个方向迷失的时代,诗歌也同样迷失在时代的洪流之中,它与普通人的普通生活一样,彻底转向了外部的物质世界,需要通过物质来得以实现与满足。而"深层意象"派则敏锐地意识到,美国社会现实与现代主义思潮正使得人们精神颓唐,自我意识匮乏,更不用说诚信关系与道德水平等。因此,他们主张,诗歌应该渗透到人的内心世界最深处,刺激人们日益麻木的情感神经,唤起人的自我意识,使人回归到人最本真的世界之中。勃莱曾有个非常生动的比喻,他将人的内心世界比作一颗谷粒,谷壳(husk)包裹住的核粒就是人最真实的精神世界①,也可以说是弗洛伊德学说中意识世界中的无意识部分,而谷壳则是现代社会现实环境下敷在人精神世界外面的一层厚厚的茧,这层茧导致人们对情感、对外部世界的反映等变得意识麻木,而诗歌的作用就是要刺穿那一层茧,也就是说刺穿那层谷壳,使人的精神重新活跃起来。所以,弗洛伊德与荣

---

① 可参考肖小军《跃入民族的心灵世界——勃莱 政治诗歌初探》,《外国语文》,2010(4),第24-28页。

格的无意识理论与他们对诗歌功能的思考可以说不谋而合,他们将无意识理论视为自己诗学的理论支撑也就变得顺理成章。

另外,非常重要的是,诗人所理解的无意识与心理学家、医学家、哲学家或者普通人心目中的无意识应该说有着本质上的区别。对大多数人来说,关注无意识,是因为无意识是人心理结构中的有机组成部分,就如弗洛伊德所描述的那样,人的心理结构就像漂浮在大海中的冰山,水面上露出的那一小部分相当于意识,属于人的表层心理,而潜藏在水下面的绝大部分相当于无意识。无意识往往与我们普通人的日常生活中的许多心理反应与现象有很大关系,多数人是因为出于好奇而对无意识产生了兴趣。而对心理学家与医学家来说,了解无意识活动,有助于了解人的个性与性格特征。对哲学家而言,关注无意识,可以更好地了解人的自我存在问题,而存在问题始终是哲学的终极关注。事实上,诗人与其他文学家一样,对无意识也充满了好奇,根据弗洛伊德与荣格的理论,无意识是一切文学艺术创作的原动力,受压抑的情绪与精神都潜隐在无意识之中,而这样的情绪与情感是艺术创作的真实力量。而对"深层意象"派诗人来说,除了这些以外,无意识的本质是未知的、深潜的、易变的,具有神秘主义的基本特征;无意识还像一个个探究不尽的谜,具有迷幻一般的诱惑性和感召力;无意识既超乎现实又与现实有着千丝万缕的联系,这与文学具有同样的气质;无意识犹如一团团黑暗,这是一种深不可测的事物,既富诗性又富诗意,散发出鬼魅一般的美;无意识就是柏拉图所说的那种诗神附身时所赐予的迷狂的力量,给诗人以原创力。我们再来看看"深层意象"派是如何理解诗歌的:"诗歌,我们通常所指的是探寻未知的世界而不是娱乐。"① "一首诗,就像一个人体,看不见的部分才使得一切不同凡响。诗歌的存在是非常神秘的。"②如上所述,我们就不难理解"深层意象"派为何将无意识视为自己的诗学的理论之源。

除无意识理论外,美国本土的超验主义、德国神秘主义哲学伯麦主义、中国传统哲学道家等都是"深层意象"派诗学的重要理论源头。我们发现,这些哲学思想或理论与无意识理论有一些共性之处,它们都有强烈的神秘主义诗性特征。而"神秘性"中的"神秘"二字所蕴含的正是"深层意象"派所持重的诗歌特质——神性与隐秘性。这也是学界为何将"深层意象"派称为"新超现实主义"的原因所在。实际上,"深层意象"派与发生在欧洲20世纪初的"超现实主义"也有一定的关联,但它们之间的差异要大于相似性。

三、勃莱与《五十年代》

历史上,一个文学流派、组织或团体往往都有自己的核心人物。"深层意象"派中,勃莱就被学界视为"深层意象"派的领袖与代言人。勃莱之所以能身居核心之位,除了其自身的诗歌创作之外,还有另外两个重要因素:一是他阐述了能代表该流派美学思想的诗学主张,如他的《美国诗歌的错误转向》("A Wrong Turning in American Poetry")、《诗歌与三个大脑》("Poetry and the Three Brains")、《意象能做什么》("What Image Can Do")、《意识的紧张状态》("In-

---

① Robert Bly, *American Poetry: Wildness and Domesticity*, New York: Harper & Row, 1990, p.19.

② 同上,第33页。

tense States of Consciousness")、《跃入政治诗歌》("Leaping Up into Political Poetry")、《批评家都去哪儿了》("Where Have All the Critics Gone")等。较之于其他成员,勃莱的美学思想从一开始就较为清晰而坚定,并且较为系统。他将诗歌定义为"刹那间渗入到无意识之中去的东西",而"无意识"是整个"深层意象"派诗歌的关键词。该流派深受弗洛伊德精神分学的影响,他们不仅认为人的无意识活动是诗歌创作的原动力,而且主张诗歌应该深入到普通人的无意识中去,在无意识世界中寻找并培养"自我"。勃莱提出的诗歌主张得到了其他成员如詹姆斯·赖特、辛普森、斯塔福、金内尔、凯利、斯特兰德、西米克等人的应和与赞同。另一个至关重要的因素是他创办与编辑的诗歌刊物《五十年代》(The Fifties)(后依次改为《六十年代》《七十年代》《八十年代》等,依此类推)。该刊物不仅可以按照编辑勃莱的个人意愿来出版与发表符合他美学要求的诗歌作品,而且更重要的是,他自觉不自觉地挖掘、扶植、培养、团结了一批新的诗歌力量,这些力量大多数是学界后来视之为"深层意象"派的主要成员,这些诗人日后都成了美国诗坛的主要力量,他们绝大多数都是美国普利策诗歌奖、国家图书奖的获得者,也是国会图书馆的桂冠诗人。美国学者乔纳森·布伦克(Jonathan Blunk)曾评价说,"勃莱与杜菲1958年创办的《五十年代》杂志对许多诗人有支持与影响,它挑战了统治美国诗坛长达十余年的学院派诗歌"[1]。所以说,勃莱的刊物不仅对该流派来说意义非凡,而且在美国文学史上都值

---

[1] Jonathan Blunk, A Brief Biography of James Wright's Books, *Great River Review*, Spring/Summer 2010, Issue 52, p.77.

得大书特书。实际上,我们不妨从该刊物创办的背景与过程来管窥"深层意象"派的发展历史,同时也可简接地了解到美国诗歌的一些片段。①

个人创编发行量小、读者数量有限的纯诗歌刊物在当今是件吃力不讨好的事情,不但无利可图,还使本就捉襟见肘的勃莱与合作伙伴威廉·杜菲(William Duffy)更为拮据、紧张。据勃莱本人介绍,不少诗歌爱好者或诗人也曾尝试而努力过,但鲜有成功的先例。早在1912年由著名女诗人哈利特·蒙罗(Harriet Monroe)出资创办的《诗刊》(Poetry)倒是个例外,但从经济角度上来说,蒙罗家境殷实,而且刊物很快就得到财团的资助与政府的扶持:它可以得到受法律保护的减免税收上的捐款支持。2002年,它更是得到美国当代著名慈善家露丝·莉丽(Ruth Lily)多达1亿美元巨款的资助。而从专业技术角度上来说,《诗刊》从一开始就受到一些大诗人如庞德、艾略特等人的鼎立扶持,而在人力资源方面,更是有一大批专业人员从事技术上的工作。因此,《诗刊》很早以前就由纯个人民办转变为一定程度上的官办色彩。而勃莱与威廉·杜菲二人的《五十年代》似乎先天不足,创刊地不是地处诗人与学者云集的大都会,而是美国中北部甚为偏僻的一个小农场——勃莱的定居地,以至于一些诗歌爱好者最初误以为往这种荒蛮之地的刊物投稿录用率要大些。其次,创刊者均为诗坛寂寂无名之辈,尚无称得上成功的创作经验。另外,刊物最初并无名家巨擘的襄助乃至精神鼓励,相反,一些主流诗人的来稿屡遭弃用倒是司空见

---

① 感谢罗伯特·勃莱、勃莱的助手托马斯·史密斯以及马克·加特夫森为本书的写作提供了第一手相关资料。

惯。但是，《五十年代》创刊已有半个世纪之长，它非但没有被世俗的尘土所淹没，反而出落成美国文坛上一朵香纯浓厚的鲜花。当代著名诗人兼诗评家威廉·麦修斯（William Matthews）在《田纳西诗刊》上撰文称赞，"我们无论怎样赞誉勃莱《五十年代》的重要性似乎都不过分"①。另一位重要诗人兼人文学者约翰·海恩斯（John Haines）则说，"自庞德开始在《诗刊》上发表评论以来，还没有什么比勃莱的《五十年代》更为有趣，更有影响力"②。1999年，明尼苏达人文研究机构安德森中心（The Anderson Center）因《五十年代》的突出成就而将"文学杰出贡献奖"颁发给两位创办者。2009年，明尼苏达大学召开专题研讨会，主题为"我们的罗伯特·勃莱"，以专门表彰勃莱在刊物的影响方面所做出的努力。那么，是什么使这样一家最初并不为众方家所看好的刊物不仅能保持它的独立品性，而且又能在给养并不充分的土壤上长盛不衰？我们不妨翻开它的历史，回味它早年的某些片段，我们既可以感受诗歌散发出来的芳香，又能品味多维的人性之情。

（一）背景介绍

应该说，勃莱与杜菲创办诗刊既非酝酿已久，又非心血来潮。二人先前一直坚持诗歌创作，但他们的努力并未得到主流的认可，所投稿件大多石沉大海，即便有回音也是打印好的格式化退稿函。勃莱当时从欧洲回美国后没有选择就业，而是生活在父母馈赠的一座小型农场里，以诗歌为他生

---

① William Matthews, *Tennessee Poetry Journal* 2.2 (Winter 1969), p.49.

② William V. Davis, *Understanding Robert Bly*. Columbia: University of South Carolina Press, 1988, p.2.

"深层意象"派的中国诗缘

活的中心:创作、翻译、阅读;而杜菲在附近的小镇中学从事英语教学,生活简单。二人因偶然的机会相识,因诗歌这一共同兴趣走到了一起,又因对诗歌的共识使他们萌发自己创办诗刊的冲动。在《大河评论》的一次专访中①,二人介绍说,四五十年代的美国诗坛吹刮着强劲的学院派诗风,主流文学刊物刊登的几乎都是形式单一的格律诗,勃莱又将它们称为富布赖特诗(Fulbright poem),因诗人们创作诗歌是为了获得富布赖特奖学金的资助,或者是为了赢取刊物编辑的认同。另外,主要的文学评论类刊物如《肯庸评论》(Kenyong Review)、《南方评论》(Southern Review)、《西璜尼评论》(Sewannee Review)等也为这股风气推波助澜。关于这一点,著名诗人、普利策奖获得者詹姆斯·赖特(James Wright)也曾反映了类似的景况,当时赖特在明尼苏达大学英文系担任教职,主讲英语诗歌。他说,教授们视传统的格律诗为正统,将自由诗斥之为异类而排斥于校园课堂之外。在一次学院聚会活动中,赖特因对惠特曼赞许性的发言而遭教授们所不齿,而当赖特提及欧洲的特拉卡尔、洛尔加等诗坛新贵时,教授们的反应令他失望而痛心:他们不仅闻所未闻,而且对赖特冷嘲热讽。②鉴于现实的弃绝,游离于主流之外的勃莱与杜菲知道,"是该有人站出来发表不同声音的时候了"。于是,二人一合计,就在他们认为发行量大、知名度高的《诗刊》上发出创刊广告暨征稿启事,《五十年代》因此应运而生。刊物的核心理念是:new imagination(新的

---

① "A Couple of Literary Outlaws", *Great River Review*, Spring/Summer 2010, Issue 52, pp. 25 – 34.

② Ted Genoways, *Virginia Quarterly Review*, Winter 2005, Vol. 81 Issue 1, pp. 104 – 131.

想象），创刊号的扉页上，他们对外表达着亢奋而激进的宣言，"本刊编辑窃以为，如今美国发表的诗歌绝大多数已过时了"。表达对现实的不满是一回事，这是大众的共性心理，而解决问题却是另一回事。正所谓破而不立更遭人耻笑，既破又立不只需要勇气和魄力，更需要对现实的把握和周到而客观的认识。有时侯，需要超出现实，从现实之外寻找解决问题的良方。

1958年，勃莱从祖籍地挪威访学归国。过去数年，他一直怀揣着诗歌的梦想，从哈佛大学（1947—1950）求学到挪威（1956—1958）的诗歌研习与翻译，他的兴趣与生活热情都投入在诗的伊甸园中；严格意义上说，他的诗歌之路早在部队服役期间（1944—1946）就已开启。他阅读了大量的诗歌作品和相关典籍，从美国本土的惠特曼、威廉斯、庞德、艾略特、莫尔、洛威尔，中国的陶渊明、王维、裴迪、李白、杜甫，西班牙语诗人聂鲁达、洛尔加、希梅内斯，到欧洲其他现代诗人里尔克与特拉卡尔等人，都是他艺术思想的灵感之源。其中两股异域诗风拓宽了他的视野：一股是中国古典诗歌。他曾多次提到，"中国古代诗歌是迄今为止人类历史上写得最好的诗歌"[1]。他曾用非常形象的比喻来描述他对中国诗歌的理解，"在古代中国，各个层次的知觉能够静悄悄地混合起来。它们不是像冬天的湖水那样分成一层又一层，而是不知怎的都流到了一起"。另一股主要是一些在欧洲非常有影响力但在美国却几乎无人知晓的年轻诗人，包括聂鲁达、洛尔加、希梅内斯、特朗斯特罗姆、特拉卡尔等

---

[1] Robert Bly, *The Urge to Travel Long Distances*. Washington: Eastern Washington University Press, 2005, p. ix.

"深层意象"派的中国诗缘

人,他们以完全不同于美国学院派诗歌的方式来表达超现实的无意识世界。顺便提及的是,勃莱翻译了这些诗人的大量作品并利用自己的刊物将它们推介给美国读者,影响了一大批年轻一代的诗人,为美国当代诗歌的繁荣做出了巨大贡献。毫不夸张地说,勃莱的《五十年代》光这一点就功德无量,足可以永载史册。

(二) 笔锋冲突

创办刊物不单为了让它生存与壮大,还要有自己的特色。上文已有交代,《五十年代》的核心理念就是要突出"新的想象"。事实上,创办之初,无论勃莱还是杜菲都从没有给"新的想象"进行详细的归约性解释。但他们的用意显而易见,希望用"新的想象"来打破传统的束缚,打破学院派诗风的垄断。但要打破由来已久、根深蒂固的传统与垄断谈何容易,绝非一朝一夕之功。如果没有对原则的坚持,没有对核心理念的坚守,那么,别说打破,就连自身基本的生存都将危机重重。我们可以从刊物最初的来稿就可以感受到传统的力量。据加特夫森介绍,《五十年代》第一期共收到五十余位作者的来稿,除加里·史耐德与斯诺德格拉斯(W. D. Snodgrass)等少数几位诗人的作品外,其他绝大部分来稿都是格律诗,尤以抑扬格为甚;形式规整,很显然受过专门而系统的训练,但过于追求形式的完整性而牺牲了诗意的表达。这些诗歌因不符办刊宗旨而遭弃用。但让勃莱他们始料未及的是,第二期(《五十年代》为季刊,特说明)类似稿件有增无减,而且大有愈演愈烈之势,其中一些遭退稿的作者依然我行我素。两位编辑不得不在第三期刊发专文《拒绝莎士比亚十四行诗的必要性》,意在提醒作者不要再将格律诗寄来。但即便如此,仍有作者一直坚持。有位叫罗杰斯的年轻诗人寄来自己创作的十四行诗,勃莱在回信中以不无调侃式的语调说,"我们认为,所有创作十四行诗的人都应吊死在附近的灯杆上"①。罗杰斯特为此回信并奉上一幅漫画:灯杆上吊挂着十个相似的人物,依次署名为斯宾塞、锡德尼、莎士比亚、多恩、华兹华斯、济慈、罗宾逊、弗罗斯特、肯明斯。最后一位是罗杰斯本人。画的下方则说:"能与这些人吊在一起,荣幸之至。"② 罗杰斯幽默中表达着自己的不解与不满。

  将格律诗一棍子打死多少有走极端的嫌疑,但如勃莱所说的那样,他们所从事的不是一项单纯的出版活动,而是开展一场诗歌革命,他曾给密友、著名诗人唐纳德·霍尔(Donald Hall)写信时不无自负地将自己创办的刊物比作一场诗歌革命。他说,"如果我们发起这场革命,我们将同20世纪10年代那群诗人齐名,我们将既可以贡献许多重要的诗歌理念,又可以贡献许多传世佳作"③。既然"革命",就要彻底,就需要非常时期非常做法的气概。这一点很像当年胡适发起白话文诗歌运动时那样,为了"全力去试做白话诗",发出"不做文言诗词"的宣言。

  勃莱对待作者的来稿非常慎重。为了表达对作者的尊重,他对每一份来稿都用手笔书写的方式回复。这多少与他过去的遭遇有关:每次退稿函几乎都是千篇一律的格式化的打印稿,作者无法知道刊物的真实意图,也无法从编辑那儿

---

  ① Mark Gustafson, *Great River Review*, Spring/Summer 2010, Issue 52, p. 36.
  ② 同上。
  ③ 同上,第40页。

获取改善的意见甚至批评等。这项工作一直到1972年，持续时间长达十五年之久。因杜菲1958年就远赴非洲从事英语教学并从此退出编辑部工作，所以，刊物编辑工作事无巨细都由勃莱一人来承担。我们不难想象他需要投入多少时间与精力。有一次，他在与朋友开玩笑时说："明天要去邮局给作者寄一百多封邮件，今晚我夫人肯定又要嚼我舌头了。"① 退稿信往往包括编辑对该作品的基本看法、改进建议以及刊物的基本要求，对新人回信相对来说更为详细而有耐心。对杰拉德·马兰加（Gerard Malanda）作品的评价是"有矫揉造作的复杂性，这不是单纯的风格问题，而是要停止这种修辞的使用"②。对安德鲁·怀利（Andrew Wylie）则说："你的这些诗作语言漂亮，富有弹性，但与此同时，它们过于抽象，这些词藻无法进入人的无意识之中，因此，也毫无意义可言。"③ 学者兼诗人尼尔斯·彼得森（Nils Peterson）回忆说，遭退稿当然不是件高兴的事，"但至少他的评价是用手写的，说明在另一端至少有人在认真读你的作品"④。

但是，对待那种重复性的稿件作者，勃莱显得并无多少耐心，而是用简单、直接甚至不乏挖苦性的语言进行拒绝。据他解释说，其目的就是劝阻作者再次寄来没有改进的稿件尤其是十四行诗一类的格律诗。比如："你的诗作让我们想起了一只想开口说话的大鸟，但却听错了录音带。""它应该

---

① Mark Gustafson, *Great River Review*, Spring/Summer 2010, Issue 52, p. 35.
② 同上，第37页。
③ 同上。
④ 同上，第36页。

去那些需要'小聪明'的地方。""该诗就像搁置冰箱多日的莴苣。""我们以为,对现代生活而言,抑扬格为怪异之物,已不适存在,如一辆破旧古车,如果你还希望用这种方式创作的话,不要再寄给我们——把它寄往《肯庸评论》这类博物馆去,那里会有一席之地。拜托!"如果说上述回复还稍显委婉的话,那么下述回信则辛辣尖酸,在一些作者看来缺少基本的涵养:"你的诗歌使我想起了融在雪利酒中的鸟屎。""这些诗歌散发出臭不可闻的气味。"

当然,一些作者并不愿意接受勃莱的评价与批评,尤其受不了他的挖苦与讽刺,便针锋相对,唇枪舌剑,很有种"以其人之道还治其人之身"的架势。针对勃莱指责其创作为"车间诗歌"(workshop poem,又称为"培训班诗歌")时,作者回应道:"非常感谢,但车间是什么?我可从未去过。感谢你还能给予这么高的评价——事实上,每首诗只不过花了我短短三分钟的时间而已。"① 勃莱曾将某位作者的诗韵讥讽为出土于19世纪的老古董,该作者反驳说:"谢谢你的评价。简明扼要、实事求是地说,勃莱先生,你就是个傻瓜(prick)。不是吗?(Nicht wahr)"② 作者不忘借用安格鲁-撒克森方言与德文进行反击。来自康涅狄格大学的知名学者与批评家斯托曼(W. R. Stallman)最初可能不屑于这两位初出茅庐的年轻人所创办的杂志,但投稿被拒后,甚为生气:"致'陈腐老套'的《五十年代》编辑:我的稿件并不希望被一夜窜红、乳臭未干、没有教养的人所侮辱,你们就是十足的、无礼的浑蛋!"他曾将发表过的五首诗作寄给

---

① Mark Gustafson, *Great River Review*, Spring/Summer 2010, Issue 52, p. 39.

② 同上,第38页。

"深层意象"派的中国诗缘

《五十年代》,杜菲当时回信说:"我们只发表未曾出版过的作品。即便如此,你的大作似乎有陈腐老套的痕迹。"可没承想,斯托曼的回信夹带着更多的诗作,大有一股"赌你再拒我一次"的气势。勃莱的回复非常简单:"同样,太老套。谢谢。"便条的背面则补充道:"上封回信不是我写的,但我对你的大作及附言都认真拜读过,你太过狂妄自大。因此,我认为你活该。"斯托曼收到回信后,愤怒之情可想而知,他选用约翰·毕肖普(John Peale Bishop)一首意大利十四行诗《回想》("Recollection")作为答复。这是一首离合诗(acrostic),每行的第一个字母按顺序可组成一句爆粗语:(FUCK YOU, HALF ASS),[1] 并夸张性地用彩色腊笔将这些字母醒目圈定。勃莱当然少不了还击,将斯托曼的种种行径公之于众——在杂志的醒目处,黑体,大写。但在勃莱的作者群中,像斯托曼这种极端的例子并不在少数,如当代知名诗人吉尔·奥罗维兹(Gil Orlovitz)当年被勃莱拒绝后,他的回信不仅狂妄而且极尽挖苦之言:"究竟有谁稀罕你添油加醋的意见?绝不会是我奥罗维兹……如果你多留意一下他所做的一切,你就会发现自伊丽莎白时期以来还没有谁具备奥罗维兹那样的诗歌才华。简而言之,不要告诉我如何如何,痛快点,告诉我'是'还是'否'。"[2] 被勃莱拒绝过的诗人中不乏一些诗坛名家,其中包括路易斯·祖考夫斯基(客体主义创始人之一)、罗伯特·邓肯(投射派创始人之一)、特德·库塞(美国第十三任桂冠诗人)、邓尼斯·列夫托夫、詹姆斯·迪基等。有些诗人因文会友,充分肯定勃

---

[1] Mark Gustafson, *Great River Review*, Spring/Summer 2010, Issue 52, p. 36.

[2] 同上,第48页。

莱的工作，如库塞当年回信说，"我十分尊重你的批评意见，我从事诗歌创作并发表诗歌已长达十多年之久，我依然无法知道哪些是我自然的声音，我相信，如果有人愿意将它指出来，那肯定是你罗伯特·勃莱。"① 而有些人却分道扬镳，成为陌路客。个中滋味，勃莱一定有深刻体会。正所谓文学如人学，人性的多色花样正是文学致力于挖掘与阐释的，但却无法透析并令人释怀。1972年，在持续了十五年的艰苦工作后，勃莱决定不再一一答复，不知是出于可以想象的原因，还是如他所说的那样，因工作量过大而超出了他个人应付的能力。他对唐纳德·霍尔如是说："我经过深思熟虑，决定结束持续多年的这一工作习惯——给每位作者手写回信提出建议。来信没完没了——所以我现在终于有时间可以给朋友们写写信了！"②据勃莱本人介绍，当时作者来信平均每天多达三十余封，与创刊当年相比，早已是今非昔比。

（三）"深层意象"派的促成

尽管勃莱一再声称，自己很反感利用刊物这一资源优势结帮拉派，缔结诗歌同盟，但是，不争的事实是，一个以他为中心的诗歌流派在刊物创办后得以形成，它就是文学史家公认的"深层意象"派。美国学者威廉·戴维斯（William Davis）认为，该流派与"自白派"一道成为20世纪中叶以来美国最重要的两个诗歌流派，而最近二三十年，"深层意象"派的风头已大大盖过后者。令勃莱本人始料未及的是，《五十年代》在流派的形成中扮演了至关重要的角色。我们

---

① Mark Gustafson, *Great River Review*, Spring/Summer 2010, Issue 52, p. 50.

② 同上，第51页。

"深层意象"派的中国诗缘

知道,文学流派不是因某位或某些名家的主观意愿而形成的,多数情况下,它因历史的机缘巧合而发生,而好的刊物往往是流派产生的催化剂。这是文学发生学中十分有趣的现象。

史家将勃莱、赖特、斯塔福、默温、辛普森、金内尔、西米克、凯利、罗森博格、斯特兰德等人纳入"深层意象"流派之中。这些诗人无不与《五十年代》发生过重要关系,而斯塔福、默温等在与勃莱的交往中更是有"不打不相识"的喜剧效果。最初,他们的诗歌因传统形式和缺少生动的意象表现而遭勃莱退稿,后者也附上了自己中肯的修改意见。斯塔福后来在回复勃莱的退稿信上说:"你的信让我陷入了沉思。……你富有成效的观察结果是,我在感知事物时必须更加精确,表达要更有意义。"① 几周后,他再将修改稿寄给勃莱:"参考了你的意见,我修改了整个结尾,让自己从诗歌中隐身。谢谢你让我解放出来!"② 需要说明的是,斯塔福比勃莱年长十余岁,而且已是成名诗人。《五十年代》促成了他们终生的友谊。而赖特与勃莱的故事更是文学史上的一段佳话。借用赖特夫人安妮·赖特(Anne Wright)的原话,没有勃莱,没有《五十年代》,就成就不了这位诗坛巨匠,"勃莱给了赖特新的生命"③。我们可以透过赖特的艺术发展了解美国文学历史中的一个边角,同时了解"深层意象"的一些相关背景。

接触勃莱之前,赖特已出版两本个人诗集《绿墙》与

---

① Mark Gustafson, *Great River Review*, Spring/Summer 2010, Issue 52, p. 49.
② 同上。
③ Anne Wright, *Great River Review*, Spring/Summer 2010, Issue 52, p. 66.

《圣徒犹大》，在诗坛已崭露头角。1954年，他的诗集就受到大师W. H. 奥登的青睐而入选耶鲁青年诗人系列丛书。但随后赖特在创作上陷入极度困境，对自己过去的创作方式表示怀疑并厌弃。他曾接受过著名古典主义诗人西奥多·罗蒂克（Theodore Roethke）及"新批评派"（New Criticism）理论家兰色姆（John Crowe Ransom）的系统指导，并被前者视为得意门生，在方法上完全遵照传统格律诗的作诗法，以抑扬格为其基本的语言节奏。经过数年的创作实践，尽管成果丰硕，但赖特苦恼于格律的束缚，对他来说，"诗歌创作只有技术和才智可言，却没有任何情感"①。让他更为苦恼、更受束缚的是来自创作外的大环境，他的同事中就有多位诗人，其中包括两位明星级人物艾伦·退特（Allen Tate）与约翰·贝里曼（John Berryman），赖特希望从束缚中跳脱出来，但环境容纳不了他所崇尚的自由清新的创作方式，他尝试的自由诗处处碰壁，还时不时蒙受同事们的奚落。因此，他一度决心放弃诗歌创作。若真如此，美国诗歌将失去一位优秀的诗人，读者将失去许多经典诗作。

勃莱的《五十年代》对赖特来说如久旱逢甘露。1958年7月22日下午，赖特意外地收到了勃莱寄来新创办的《五十年代》，他立刻被眼前这本薄薄的小刊物所吸引，尤其是扉页上的那行醒目字体——"本刊编辑窃以为，如今美国发表的诗歌绝大多数已过时了"——更是击中了他的心扉，让他产生了强烈的共鸣。激动之余，赖特奋笔疾书，一口气就给勃莱写下了密密麻麻长达六页的书信，与其说是苦闷倾诉不如说是对现实不满的发泄。随后，赖特就迫不及待地赶

---

① Anne Wright, *Great River Review*, Spring/Summer 2010, Issue 52, p. 35.

往勃莱的农场,开始了两位诗人间的终生友谊,同时开启了赖特新的诗歌生命。他的代表作《树枝不会折断》(*The Branch Will Not Break*)就是从这里开始创作,其中包括被《纽约时代书评》(*New York Times Book Review*)誉为"世纪最佳诗歌"的《在明尼苏达松树岛,躺在威廉·杜菲农场的吊床上》("Lying in a Hammock at William Duffy's Farm in Pine Island, Minnesota")一诗。该诗如标题所明示的那样,正是诗人在拜访刊物的两位编辑时突发灵感而完成。多年后,赖特回忆起勃莱的信函与帮助,他这样写道:"您的那些信对我来说意义非同凡响,多么人性化的鼓励,您的意见又是多么富有生命力与灵感,您对其他作家尤其是年轻作家的慷慨帮助又是多么深切……"① 另外,值得一提的是,赖特的《树枝不会折断》、勃莱的《雪野宁静》(*Silence in the Snowy Fields*)、斯塔福的《黑暗中旅行》、金内尔的《花羊群山莫纳德诺克》(*Flower Herding on Mount Monadnock*)、默温的《炉中醉汉》(*The Drunk in the Furnace*)等都或多或少地与《五十年代》产生过交集,因相近的艺术风格构织起"深层意象"派的结构性图案。它们自由清新,意象灵动,富有浪漫情怀,主题上以对生活的闲适与自在生命的追求为主,给五六十年代的美国文学吹来一股朝气蓬勃的新风。

历史证明,文学史是由一个个杰出的文学家和重要的文学流派组成,它们二者往往又是不可分割的有机体。每个文学流派的诞生往往都伴随着一股新的思潮的出现,或者一次实验的成功,或者一场重大艺术变革的产生,或者手段上的历史性突破,等等。文学流派的形成不是勃莱所担心的那样

---

① Anne Wright, *Great River Review*, Spring/Summer 2010, Issue 52, p. 49.

拉帮结派，流派能产生出更大的集体力量，只有这样的力量才能更快地推动历史的发展。所以，历史应该感谢像勃莱这种创办文学刊物从而催发流派形成的壮举。事实上，它们都已成为历史的重要分子。

第二章

传统与基础:"深层意象"派的中国文化因缘

美国文学受中国文化影响在我国学界早已不是新鲜之事,自赵毅衡的《诗神远游:中国如何改变了美国现代诗》、叶威廉的《道家美学与西方文化》、钟玲的《美国诗与中国梦——美国现代诗里的中国文化模式》和《中国禅与美国文学》、郑树森的《中美文学因缘》、朱徽的《中美诗缘》、刘岩的《中国文化对美国文学的影响》等相关学术专著问世以来,相关方面的研究近年日趋火热,大家已有基本共识:美国文学尤其是美国现当代文学深受中国文化影响已是不争事实。其实,美国国内文学家与学者在这方面的评论也许更具说服力。美国现代著名诗人雷克斯罗斯(Kenneth Rexroth,又名王红公)曾说:"美国文学,特别是美国诗歌,日益分成受中国影响的和不受中国影响的。如果不弄清这一点,对整个一代的文学潮流就难以理解。"①另一位当代诗人默温(William Stanley Merwin)的评价则更加深入:"我们对当今整体的中国诗歌译文负欠,我们深受这些译文对我们诗歌的

---

① Gary Snyder, *The Real Work*, *Interviews & Talks*, *1964 – 1979*, Wm. Scott McLean, ed. New York: New Directions, 1980, p.174.

持续影响,对这一种总是难以捉摸的艺术,这些都是我们最乐于负担的债务之一……这种债,至少在种类上说,可以比拟在我们这个时代,我们对詹姆斯国王钦定本《圣经》的翻译者所负欠的一样……它已经扩充了我们语言的范畴与能力,扩充了我们自己艺术及感性的范畴与能力。到了现在,我们甚至难以想象,没有这种影响美国诗歌会是什么样子,这影响已经成为美国诗歌传统本身的一部分了。"①

但是,作为美国一个文学流派整体来说,对中国文化的兴趣与吸收无论是中国学界还是美国学界截至目前尚未将其作为一个专门的学术课题来进行探讨与研究,过往的研究成果几乎都是针对某一文学家或某部文学作品与中国文化之间的关系来进行,或者,对受中国文化影响的美国文学作为一个泛整体或文化现象来进行探讨。当然,一个客观的事实是,美国文学史上极少有一个文学流派像"深层意象"派这样受中国文化影响成员人数如此之多,程度又如此之深。顺便要提出的是,国内学界在提及受中国文化影响的"深层意象"派成员时,大多只谈到罗伯特·勃莱、詹姆斯·赖特与查尔斯·赖特三人,其他成员只是个别捎带提及,三言两语,其学术价值可以忽略不计。那么,我们关心的是,促成"深层意象"派这样一个文学流派接受中国文化影响的主要因素是什么?

---

① W. S. Merwin, from "Chinese Poetry and the American Imagination", rev. by Gregory Orr, *Ironwood* 17 (1981), p. 18. 又见钟玲《美国诗与中国梦》,桂林:广西师范大学出版社 2003 年版,第 21–22 页。

"深层意象"派的中国诗缘

一、本土文学传统

我们知道,美国文化属于移民文化。尽管美国是个大熔炉,其文化由世界各国文化杂糅而成,但是,任何文化都有一个主体,即主干部分或核心部分,美国文化的主体源自欧洲,是在基督文化的基础之上发展而成。它的文学也是如此,它早期的拓荒文学更是由移民过来的欧洲人完成,或者说是欧洲人把欧洲文学移入美国。随着美国作为国家的独立,其政治与经济逐渐摆脱对欧洲的依赖,但是其文化却依然还有浓厚的欧洲色彩。至20世纪上半叶,美国文学经过近两百年的发展,尽管涌现了如爱默生、梭罗、惠特曼、狄金森、爱伦·坡等具有彻底的美国本土文化意识的文学大家,但其主流文学依然还只是欧洲文学的影子。更为严重的是,美国文学家到欧洲去寻找文学灵感、汲取文化营养不仅成为一代又一代年轻人的时尚,而且俨然成为美国文人的一个传统。20世纪初,一批在美国文学史上享有盛誉的作家如海明威、菲茨杰拉德、舍伍德·安德森、多斯·帕索斯、艾略特、庞德、弗罗斯特、斯泰因、杜立特尔、威廉斯、马尔科姆·考利、埃德蒙·威尔逊、福克纳、亨利·詹姆斯等,先后前往欧洲,个别人如艾略特甚至愿意长留欧洲而放弃美国身份。文学史家将这种文学现象称为"流放",并将"流放"定义为个人行为,[①]但是,蔚为大观的个人行为逐渐发展成美国文学中的社会现象,从个体发展成群体乃至整体,

---

① 参见虞建华等著《美国文学的第二次繁荣》,上海:上海外语教育出版社2004年版,第53页。

它与欧洲文化一道成为美国文学的传统,其影响力在美国年轻一代作家身上是不言而喻的。另外,当时诗坛领袖艾略特的"传统观"更是加剧了美国年轻一代到欧洲寻根的向往。他在其著名的文论《传统与个人才能》中大谈特谈"传统"对一个文人的重要意义,并声称,任何一个文人都不可能独立存在,他的文学创作只是在传统的基础上发生完成。而对美国文学而言,艾略特的"传统"尽人皆知。他还强调,"历史意识迫使一个人写作时不仅对他自己一代了如指掌,而且感觉到从荷马开始的全部欧洲文学,以及从这个大范围中他自己国家的全部文学,构成一个同时存在的整体,组成一个同时存在的体系"①。艾略特要求美国文人皈依英国文学传统,并以此传统作为美国的文化依赖。他这种极端的传统观甚至招来了庞德的批评:"艾略特不愿在一本论文化的书中看到中国人和黑人,这正是这个唯一神教徒的可恨的愚昧之处。"②顺便提及的是,董洪川将美国诗歌大规模接受中国文化这一文学现象分为三个阶段:"第一,20世纪20年代美国新诗运动阶段;第二,'二战'后的30年;第三,80年代以后。"③事实上,20年代的美国新诗运动受中国文化的影响只是局部的、有限的,它只短暂地发生在以意象派为代表的有限的一些诗人身上,中国文化尚未真正融入美国诗歌的主体之中,其原因当然非三言两语就能解释清楚。但是,艾略特与他所引领的新批评派所倡导的欧洲文学传统观就是

---

① T. S. Eliot, *Selected Prose*, ed. by John Hayward, Penguin Books, 1953, p. 23.

② 转引自董洪川《文化语境与文学接受——试论当代美国诗歌对中国传统文化的接受》,《外国文学研究》,2001年第4期,第27页。

③ 同上,第23页。

"深层意象"派的中国诗缘

其重要原因之一。前面提到的接二连三的诸多大文豪前往欧洲寻根所产生的仿效效应也是如此。

文学、文化如同权利政治一样,单一的审美观、传统观就像垄断式的权利一样,垄断势必导致独裁,而长时间的权利独裁势必招致反抗。在艾略特—新批评派左右美国文坛二三十年后,美国文学内部开始出现叛逆的声音和力量。50年代中后期,包括"深层意象"派、黑山派、自白派等在内一些大大小小的边缘流派开始向艾略特所代表的文化传统以及去欧洲寻根现象发起了强有力的攻击。对"深层意象"派而言,其观念则是更为开放、更为包容的现代大文化观:立足本土文化,包容并吸受优秀的外国文化,使文化多元化。"深层意象"派领袖勃莱在与我国已故学者兼文学家王佐良交流时就明确表示,"美国诗人还得同英国诗的传统作斗争"。"你只消看各大学英文系的情况就知道,他们全是亲英派。不少美国诗人写的所谓美国诗,骨子里却是英国的韵律和英国的文人气。我们仍然需要真正的美国诗。"① 与勃莱感同身受的詹姆斯·赖特就曾为此而失望苦恼,他在明尼苏达大学任教时,同事中不乏美国诗歌界的名流与文学批评家,但他们骨子里不仅全是英国传统诗歌的格律和形式,而且对惠特曼、梭罗等本土文化作家却表示出鄙夷与冷漠。1966年,勃莱在访谈时曾谈到美国文人去欧洲文化寻根之事:"20世纪初,美国人被认为庸俗而陈腐,那些认为'陈腐不是必然的'人意思是指才智上某种程度的陈腐……欧洲把这些人召唤走了。庞德去了欧洲,艾略特去了欧洲,卡明

---

① 王佐良:《诗人勃莱一夕谈》,《王佐良文集》,北京:外语教学与研究出版社1997年版,第643页。

斯去了,然后又回来了,海明威去了,回来了一半;艾略特与庞德再也没有回来……我不知道有没有一位美国诗人或作家曾严肃考虑过这个问题……当你看看其他国家的文学,很明显,诗歌如果不是直接出自本国的土壤,它就不会长久。"① "因此,美国诗更要摆脱英国诗的传统,要面对世界,向外国诗开门。"②

可以说,正是在反英国传统的美国文学现实之下,"深层意象"派就有了一种文化开放的心态,从而使得中国文化与诗歌成了他们的一种选择。有必要补充的是,除了中国文化,"深层意象"派对拉丁美洲诗歌、阿拉伯语诗歌等也产生了浓厚的兴趣,并翻译与引进了大量的诗歌作品,是他们把聂鲁达、巴列霍、洛尔迦、特拉克尔、特朗斯特罗姆、希梅内斯等这些世界级的诗人介绍到美国,进而影响美国当代诗歌的发展,在这方面,"深层意象"派诗人在美国文化史上做出了不可磨灭的贡献。③

当然,如果说开放式的心态使得"深层意象"派诗人走向中国文化只是一种可能,那么,是什么使得他们的选择成为一种必要呢?显然,是他们在比较中西两种文化传统之后的内在需要使然。我们前面已经提及,该流派诗人都经历过"二战"并目睹"二战"之后的令人迷惘而混乱的社会现状,他们分析发现,西方文化传统是整个乱局的罪魁祸首,

---

① Robert Bly, *Talking All Morning*, Ann Arbor: The University of Michigan Press, 1980, pp. 54 – 55.

② 王佐良:《诗人勃莱一夕谈》,《王佐良文集》,北京:外语教学与研究出版社1997年版,第646页。

③ 关于这一点,可参考杨挺《为有源头活水来——简论勃莱在为美国引进西班牙语诗歌方面的作用和贡献》,《国外文学》,2000(3),第33 – 38页。

而中国儒家文化的天人合一思想、秩序观以及道家遵循自然和自在无为的超脱思想引起了他们的强烈共鸣。而这才是他们真正吸收中国文化思想的兴趣之所在。我们可以从詹姆斯·赖特的一席话中更深地体会中国文化感召他们的原因:

> 中国诗人引人入胜的深度魅力其实靠的是一种更普遍却也更特别的东西。我把它叫作"感受的能力":去感受人类的情感,不论这种情感是公共事件、灾难,还是最亲密的隐私事件或者场景。在我们生活的时代想象正受到麻木的威胁,公共事件还有个人腐败所造成的道德沦丧,差不多将人们的德行打个粉碎,于是我们自然地——我认为也是必然的——转向诸如汉诗这样的诗歌传统。无论彼此间在时空上距离有多么遥远,汉诗整体闪耀着一种恒久的光辉,温柔地对待处所和众生。他们的灵魂似乎经历劫波而不坏。而我们却把这些当作生死大事来对待。①

二、基础:中国文化典籍在美国的译介与传播

"深层意象"派中相对较为年轻的一位——查尔斯·赖特——年轻时从未设想过自己的未来要成为一位诗人,但是,他在军营时与中国诗歌的一段偶遇可以说彻底改变了他

---

① 詹姆斯·赖特:《中国诗歌与美国想象》,吴永安译,《诗探索》,2013(2),第13-14页。

的人生轨迹。据他回忆说①，军营的一个周末，同宿舍的其他战友外出娱乐休闲，而他却选择独留宿舍。正是那个周末，他随意浏览一本在某处随手拿到的中国诗歌的译本，没想到，他竟然能陶醉沉迷于那本诗集之中，从此以后他就真正开始了诗歌的探索之旅。

查尔斯·赖特的际遇正好反映了一个重要事实：中国诗歌与文化典籍的翻译使"深层意象"派接触与吸收中国文化成为可能。"深层意象"派诗人几乎都不识汉字，所以，了解中国文化只能依赖翻译。而 20 世纪四五十年代这一时期，汉语诗歌以及文化经典名作在美国的翻译几乎是遍地开花，掀起了一个新的高潮，所带来的整体性效应十分明显。换句话说，中国传统文化已开始渗入到美国文化的全方位的深层次角落，不再是过去那种零星的若有若无式的状况。

庞德在费诺罗萨的手稿基础上翻译出版的《神州集》在美国现当代文学中所产生的影响已广为人知，自不必多言，但庞德自此之后对中国文化所萌发的持续性兴趣倒是值得我们关注。众所周知，庞德在美国诗坛有着"诗风的倡导者"和"诗人的导师"等美誉，他的传、帮、带在年轻一代中发挥了广泛的积极作用。另外，他还翻译过《大学》《中庸》《论语》等，还在 1954 年还翻译出版了《诗经》，所以，他在中国文化传入美国的过程中所做的贡献是不言而喻的，艾略特甚至将其称为"我们时代的中国诗歌的发明者（the inventor of Chinese poetry）"。查尔斯·赖特就自承他对诗歌的喜爱曾受过庞德与他中国诗翻译的影响。

---

① Joe Moffett. *Understanding Charles Wright*. South Carolina：The University of South Carolina Press，2008，p. 44.

"深层意象"派的中国诗缘

"从未去过中国的中国通",英国翻译家、汉学家阿瑟·韦利(Arthur Waley,1888—1966)的翻译对美国当代诗歌的积极影响不能忽视。1977年,美国诗人在纽约举行的"中国诗歌与美国想象力"会议上,与会诗人如默温、史耐德、雷克斯罗斯等认为,韦利等人所翻译的中国诗部分都成了美国文学的经典了。① "韦利从1916年到1964年共写了40部著作,80篇文章,大约100个书评,仅仅著作加起来就有9000多页。"② 他所翻译的《中国诗歌170首》出版于1918年,该书确立了他在英语文学中中诗英译的权威地位,连庞德与艾略特等也折服于韦利的翻译水平,而美国纽约的诺普出版公司迅即买下它的版权,从1919年到1938年该书共印刷6次,另外还印刷3次流行版。有评论说,他使中国古诗走入西方的普通家庭,由此可见它的影响力。"深层意象"派诗人无一不曾读过韦利的汉诗译作。顺便补充的是,韦利的翻译最初在英国本土反响寥寥,其影响力与在美国相比不可同日而语。

美国本土汉学家、翻译家、诗人宾纳(Witter Bynner,1881—1968)曾是美国新诗运动的重要代表,他自己的诗歌创作吸收了许多中国诗歌元素,"他是最早在美国介绍王维与道家诗学的人"③。1929年,由他与中国学者合译的《唐诗三百首》正式出版发行,"该书据说曾是各大学世界文学

---

① 李冰梅:《韦利创意英译如何进入英语文学——以阿瑟·韦利翻译的〈中国诗歌170首〉为例》,《比较文学》,2009(3),第113页。

② Ivan Morris, "The Genius of Arthur Waley", ed. Ivan Morris, *Madly Singing in the Mountain*: *An Appreciation and Anthology of Arthur Waley*, London: George Allen & Un Win Ltd., 1970:76.

③ 赵毅衡:《诗神的远游——中国如何改变了美国现代诗》,上海:上海译文出版社2003年版,第31页。

课程和东亚文化课程多年使用的教本"。雷克斯罗斯甚至认为宾纳翻译的元稹《遗悲怀》一诗是"本世纪最佳美国诗之一"①。

宾纳的另一个贡献在于：他的建议使旧金山文艺复兴的发起者、"垮掉派教父"雷克斯罗斯也走上了中国诗歌的翻译之路，而且其成就与影响比前者更大。他所译的中国诗有《汉诗一百首》(One Hundred Poems from Chinese, 1956)和《爱与流年：续汉诗一百首》(Love and the Turning Year: One Hundred More Poems from Chinese, 1970)，还与中国学者钟玲合译《兰舟：中国女诗人诗选》(The Orchid Boat: Women Poets of China, 1972)和《李清照诗全集》(Li Qing-chao Complete Poems, 1979)等，它们都好评如潮。W. C. 威廉斯曾说："雷克斯罗斯所翻译的杜甫诗，其感触之细微，其他译者，无人能及。"②雷克斯罗斯对杜甫甚为崇拜，他认为杜甫是世界上"最伟大的非史诗性、非戏剧性诗人，在某些方面，比莎士比亚和荷马更优秀"③。他对"深层意象"派有伯乐之情，有提携与引领之功，该流派多位诗人如勃莱、詹姆斯·赖特、查尔斯·赖特、默温、唐纳德·霍尔、斯特兰德等人都尊其为诗歌与精神上的导师，与其保持着终生的亦师亦友关系。

被誉为"垮掉派"最后一位诗人的加里·史耐德（Gary

---

① 赵毅衡：《诗神的远游——中国如何改变了美国现代诗》，上海：上海译文出版社2003年版，第30页。

② 转引自郑燕虹《论中国古典诗歌对肯尼斯·雷克思罗斯创作的影响》，《外国文学研究》，2006 (4)，第161页。

③ Kenneth Rexroth, *An Autobiographical Novel*, New York: New Directions, 1964, p. 319.

"深层意象"派的中国诗缘

Snyder)受雷克斯罗斯感染,在华裔学者陈世骧的指导下研读中国古代诗僧寒山,阅读之余,他从300多首寒山诗歌之中挑选24首进行翻译,这些译诗连同译者所写的序言于1958年发表在《长青评论》(*Evergreen Review*)上,史耐德的译作在美国引起很大反响。在中国国内一直不太为人所熟知的寒山却由此在美国广为人知,并进而成为美国年轻人心目中的偶像。有必要指出的是,史耐德被视为"垮掉派"的重要人物,他也被一部分学者置入"深层意象"派阵营之中,其原因在于:相比"垮掉派",在诗歌风格上,"深层意象"派与史耐德更为接近,另外,史耐德与"深层意象"派诗人交流频繁,互为影响。

当然,上述所提只是几位代表,而且所列译事也只蜻蜓点水,挂一而漏万。我们知道,在将中国诗歌译介至美国的名单中还有许多非常杰出的典范,如美国当代著名汉学家华生(Burton Watson)、白之、宇文所安(Stephen Owen)、葛瑞汉(A. C. Graham)、旅美华人学者柳无忌、叶威廉、陈世骧等,但因篇幅关系,我们不一一列举而细述。

最后,有必要简单介绍一下中国文化古籍在美国的译介与传播情况。据杨静博士统计,美国20世纪之前儒学典籍有3本英译本,而20世纪新添68本,因此总共有71本。"从译本的分布看,"五经"共35本,其中《诗经》(16本)最多,其次是《易经》(12本)、《春秋三传》(3本)、和《尚书》(3本)、三礼(《礼记》《周礼》和《仪礼》)(1本),《十三经》中的《孝经》(4本)、《尔雅》目前尚无译本。"四书"译本共48本,其中《论语》译本以21本位居榜首,其次是《大学》(10本)、《孟子》(9本)、《中庸》(8本)。另外,还有《荀子》12本,宋明理学著作

（以朱熹和王阳明的著作为主）的译本共9本，清儒戴震的《孟子字义疏证》1本。"①因儒家思想是中国文学的主体，所以，对希望了解中国文化的美国政府与民众来说，阅读儒家经典是一条必由之路。据哈佛大学燕京学社主任、华裔学者杜维明称："美国国会曾决定公民应该学习8本书，其中非西方的典籍只有《论语》，相应的，美国国家电视台有一个小时对谈节目，以两人对谈的方式，拿出1小时来谈《论语》。"②其实早在19世纪，美国超验主义哲学家爱默生与梭罗就受儒家思想的影响，他们在自己编辑的《日晷》刊物上分两期（4月号与10月号）专门介绍孔子与"四书"，还多次选摘"四书"中的片段进行发表。20世纪初受儒家思想影响最深的美国文学家当属庞德，庞德本人后来还翻译了许多儒家经典著作，其中包括《中庸》《大学》以及《论语全译本》。不仅如此，庞德还在自己的鸿篇巨著《诗章》(The Cantos)第53～60章中或直接引用儒家典籍语录或大篇阐述儒家思想，这在整个西方都产生了极大的影响。

就"深层意象"派而言，儒家思想在其诗歌中的表现主要有三个方面：一是阴阳平衡，即儒家所倡导的"和谐"之理念，如勃莱的母亲意识③；二是儒家尤其是孟子的"王道"，受"王道"思想影响，"深层意象"派反对美国政府的"霸道"行径；④三是儒家关于诗歌社会功能的诗学观。"深

---

① 杨静：《美国20世纪的中国儒学典籍英译史论》，河南大学2014年博士学位论文，第23-24页。
② 转引自朱徽《中美诗缘》，成都：四川人民出版社2001年版，第49页。
③ 关于勃莱的母亲意识，见第八章。
④ 关于"王道"思想在"深层意象"派中的吸收，见第三章。

"深层意象"派的中国诗缘

层意象"派论及儒家思想时,十分推崇孔子有关诗歌教化作用的美学思想,曾引用儒家经典语录并评价说:"'先王以是(诗)经夫妇,成孝敬,厚人伦,美教化,移风俗。'……说得好啊,这些便是诗歌应有的功能。的的确确,理想地来说我们就是要诗歌引导相爱的人们达成高度和谐,见证老者的尊严,加强人与人之间的联系,提高整个社区,升华公众精神。"①

对"深层意象"派影响最深的中国传统文化当属道家思想。关于道家经典著作《老子》和《庄子》在美国的译介在这里无需赘言,《道德经》在美国几乎每年要出版一个新的版本,其发行量仅次于《圣经》。有评论家甚至说:"《道德经》在美国思想文化界的流传和影响,比在中国思想文化界的流传和影响,实在是有过之而无不及。"②作为一个流派整体来说,"深层意象"派诗歌中浓厚的道家思想是其显著的共性特征,只是在具体的表现方式上各有千秋而已。另外,顺便提及的是,"深层意象"派诗人还十分喜欢《易经》,他们与其他大多数西方人一样,往往把《易经》视为道家典籍。西方第一个翻译《易经》的是德国汉学家兼传教士卫礼贤,他将其翻译成德文,于1923年出版发行。而第一个英文版《易经》是由美国教授伯恩斯在卫礼贤德文版的基础上翻译,于1948年出版,到90年代中期,已再版到第24版。

至于中国传统文化另一重要分支释家在美国的译介与传

---

① 詹姆斯·赖特:《中国诗歌与美国想象》,吴永安译,《诗探索》,2013(2),第9页。

② 转引自朱徽《中美诗缘》,成都:四川人民出版社2001年版,第53页。

播，因"深层意象"派诗歌虽也有零星的佛教禅学思想的表现，但相关内容十分有限，本文就不再赘言。

综上所述，我们发现，美国国内的文学传统与现状激发了"深层意象"派到其他域外文化中寻找新的元素和营养，而中国文化典籍与诗歌在美国的被广泛译介成为他们的可能性选择的基础。当然最终促成他们与中国文化结合在一起的最重要因素在于：一是"深层意象"派诗人们的个人兴趣，二是中国文化的优秀特质——二者缺一不可。至于"深层意象"派诗歌中如何体现中国文化元素，我们将单独进行探讨。

第三章

内圣外王：儒道思想在"深层意象"诗歌中的吸收与利用

"深层意象"诗歌有两个精神向度："向内"与"向外"。"向内"以个人的心灵世界为旨归：人格构建和心性修养；而"向外"则以天下外物为其艺术抱负：关注现实，心怀天下。如此截然相反的两个向度却又如此完美融合，从内到外，从个体世界到整个人类社会，我们会惊讶于以个体主义为思想内核的西方文化传统如何能催生出如此异质的文化成果。究其根源，我们发现，"深层意象"派的思想意蕴与中国传统儒道思想密不可分。它的两个向度与儒道思想"内圣外王"之道的基本精神高度契合。

一、儒、道"内圣外王"思想理念的比较

我国传统文化的两大基石儒道两家都有自己的"内圣外王"之道，但各自的所指迥然有别，换句话说，此道非彼道。可是，一直以来，"内圣外王"几乎成了儒家的专利，是儒家思想的代名词："儒家千言万语，各种法门，都不外归结到这一点。……内圣外王之道一语包举中国学术之全

体,其旨归在于内足以资修养而外足以经世。"① 其道家的属性或者被忽略,或者被儒家的观念所覆盖,甚至以儒家的观念来理解。因此,我们首先有必要指出,道家亦有自己的"内圣外王"之道,道家不仅率先提出"内圣外王"这一说法,而且有其独到的思想观念。由于儒道两家精神指向的本质性差异,他们所倡导的"内圣外王"之道其要义自然也就不同。我们在探讨"深层意象"派如何吸收和利用儒道思想之前,有必要对儒道"内圣外王"理念的基本分歧进行必要的甄别。

"内圣外王"语出《庄子·天下篇》:"是故内圣外王之道,暗而不明,郁而不发,天下之人各为其所欲焉以自为方。"②《天下篇》是中国最早的一篇学术史论文。通过对比分析,文章纵论天下六家学说的是是非非,所论从墨翟与禽滑,宋钘与尹文,彭蒙、田骈与慎到,关尹与老聃、惠施,到庄周本人。但与今天的学术论文不同的是,庄子此文的立意不在于求真唯实,客观公道,而是纵横捭阖,借臧否人物思想来宣讲其"内圣外王"之道,如墨禽、宋尹、彭田慎、惠施等四家或背离或不足以达到"内圣外王"之道而受其贬抑,唯有关尹、老聃与庄周本人因遵循大道而被大加褒扬。

那么,什么是"内圣外王"呢?何为"圣"?何为"王"?庄子在《天下篇》开门见山:"天下之治方术者多矣,皆以其有为不可加矣。古之所谓道术者,果恶乎在?曰:'无乎不在。'曰:'神何由降?明何由出?''圣有所

---

① 梁启超:《饮冰室合集:卷一百零三》,北京:中华书局1989年版。
② 《庄子》,方勇译注,北京:中华书局2010年版,第568页。

生,王有所成,皆原于一。'"① 后世学者在研究"内圣外王"这一问题时大多跳过或忽略《天下篇》这一总论部分,而是直接分析"内圣外王"的具体旨意,因此,很容易将其与儒家的学理混淆在一起。实际上,"圣王""皆原于一"正是我们区分儒道"内圣外王"观念分歧的关键所在。"皆原于一"虽然并未解释何谓"圣""王"的实际内涵和具体意旨,但"一"却恰恰点明了"圣""王"的道家特质。但在"一"的理解和把握上,历代学者却众说纷纭,迄今尚未达成一致意见。

大致来讲,"一"有如下含义:(1)一是道的衍生:"道生一,一生二,二生三,三生万物。"(《老子·42 章》)(2)一是道的别称:"通于一而万事毕。"(《庄子·天地》)"一者,道之本。"(《淮南子·俶真》)"夫一能应万。"(《吕氏春秋·君守》)(3)一是开始:"一者,万物之所从始也。"(《汉书·董仲舒传》)"一者,形变之始也。"(《列子·天瑞》)(4)一是不分散:"性伪合,然后圣人之名一。"(《荀子·礼论》)"必本于大一。"(《礼记·礼运》)由此可见,"一"带有本源性、发端性和整体性等含义。②

实际上,上述四种解读无助于解答庄子"圣王""皆原于一"的论调。《庄子·德充符篇》中,庄子借孔子之口给

---

① 《庄子》,方勇译注,北京:中华书局 2010 年版,第 567 页。
② 洪佳景、李咏吟:《从"一"与"裂"之争看"内圣外王"——〈庄子·天下篇〉主旨探析》,《厦门大学学报(哲学社会科学版)》,2014 年第 3 期,第 84 页。

我们提供了"一"的理解途径:"自其异者视之,肝胆楚越也;自其同者视之,万物皆一也。夫若然者,且不知耳目之所宜,而游心乎德之和。物视其所一而不见其所丧,视丧其足犹遗土也。"① "万物皆一","一"即"同","同"即同一、一样、等同。在《德充符篇》中,庄子借王骀、申屠嘉、叔山无趾、哀骀它四位虚构的刑、馀、丑、厉之人来阐述他的"同一观",人只要"德充",无论外形何等丑陋或过往经历何等不堪,就须同一视之。人如此,万物亦然。庄子的"同一观"本质上是其"齐物论"的延续。"同一"与"齐物"的目的就是倡导我们要尊重事物的本原性和同一性。

那么,"一"与"圣""王"有何关联呢?"以天为宗,以德为本,以道为门,兆于变化,谓之圣人。"② "德"是"圣人"至关重要的品性,但庄子之"德"与儒家之"德"不同,儒家将"德"与"仁"合为一体,甚至等同起来。而庄子以为,"德"乃人的自然品格,是人的本原性反映,是"人之初性本善"的德性发挥。而"仁"恰好相反,它是强加于人的,是规范人的思想意识和行为准则。"仁义"的存在是因为"德"的废弃,而这违背了道家"随性自然"的哲学思想。《庄子·马蹄篇》曾言:"吾意善治天下者不然。彼民有常性,织而衣,耕而食,是谓同德;一而不党,命曰天放。故至德之世,其行填填,其视颠颠。"意思是,在"至德"的时代,人们的行为持重,朴拙无心,心在自然。"道德不废,安取仁义?性情不离,

---

① 《庄子》,方勇译注,北京:中华书局2010年版,第77页。
② 《庄子》,方勇译注,北京:中华书局2010年版,第567页。

安用礼乐？无色不乱，孰为文采？五声不乱，孰为六律？夫残朴以为器，工匠之罪也；毁道德以为仁义，圣人之过也。"①庄子的"道德不废，安取仁义"实际上是秉承了老子的道德之说，《道德经·第三十八章》："故失道而后德，失德而后仁，失仁而后义，失义而后礼。""大德不德，是以有德。"② 作为"至德"的"圣王"之人当顺从自然之"德"而非"毁德"之仁。这也许可以用来解释《庄子·天下篇》为何未将孔子纳入"内圣外王"的根本原因。我们甚至可以这样理解，在道家的思想体系中，儒家是违背"内圣外王"之道的。据此，我们就不难理解庄子的"圣有所生，王有所成，皆原于一"之说了。

"内圣外王"，"内圣"强调的人的内在品格，即个人心灵世界的构造；"外王"即注重人的社会作用的体现，即安邦治国之道。道家无论老子还是庄子都频繁谈及圣人之道，却在字面上很少触及王者之道，我们在《应帝王》一篇中很难得地发现庄子借老子之口言及王道的标准："明王之治：功盖天下而似不自己，化贷万物而民弗恃；有莫举名，使物自喜；立乎不测，而游于无有者也。"③ 意思是，明王之治，忘我无我，呵护人的原始德性，依万物自然之理，使万物欣然于其所固有，明王会立命于不可测不可知之地，遨游于至虚之境。实际上，老子与庄子的王道是"德政"之道，前面已经论述，道家的德性是人的本原性品格，"德政"意味着王的无我无为之政。因此，总的说来，道家的王道同源于圣道，圣王同体，"圣"内"王"外，圣王品性同归。

---

① 《庄子》，方勇译注，北京：中华书局2010年版，第143页。
② 《道德经》，汤漳平、王朝华译注，中华书局2014年版，第142页。
③ 《庄子》，方勇译注，北京：中华书局2010年版，第126页。

由此，我们发现，道家的"圣王"之人是指那些遵循人的自然本性之人，是至德之人，是反对借用约束、附加或强加于人天性的各种手段之人。其"内圣外王"之道，"内圣"要求人心性寂寞虚静，以无为为有为，独自与天地自然交往，齐观万物；而"外王"则顺应人性，以至德为法则，承遵天道，以德政无治为治。

与道家目前尚无定论、研究成果尚为欠缺这一现状相比，儒家"内圣外王"相关方面的学术成果可谓汗牛充栋，不胜枚举，其历史渊源与历史进化状况等方面在学界已达成基本共识。本书无意在这些方面再做赘述。不过，我们有必要强调的是，儒道两家"内圣外王"之道差异悬殊，但彼此的存在并不是矛盾对立，而是形成了一种十分有趣的文化内涵上的互补关系。道家注重人格构造的自然属性，而儒家则着重其社会属性。儒家思想的主线脉络为"修身齐家治国平天下"，"内圣"以自我"修身"为主，"修身"只是基础，其终极目的是走上"外王"之路——"齐家治国平天下"。众所周知，儒家的修身之道是将规范、礼制、仁义等一些社会性约束变成一种自觉的内在化修养，所谓知书达人、谦谦君子、仁义丈夫等，而"仁义礼智信温良恭俭让"更是儒家修身的常道。当然，顺便补充的是，儒家"内圣外王"的标准也在不断变化，最初，孔子心目中，"内圣外王"更多的是人格理想，是世人几乎难以企及的最高境界，即便孔子十分推崇的尧舜周文王这类人物都难以称之为"圣人"。但在后人孟子那儿，不仅尧舜是圣人，孔子也是。随着时间的推移，后学儒家逐渐将"内圣外王"作为一种基本的人格修养要求进行推广，使它不再是遥不可及的人格理想。

王道是中国政治思想中一个极其重要的概念，它"是最

43

适合作为儒家政治理念的总名的"①。其实,早在儒家之前,"王道"思想就已经存在。《尚书·洪范》说:"无偏无陂,遵王之义;无有作好,遵王之道;无有作恶,尊王之路。无偏无党,王道荡荡;无党无偏,王道平平;无反无侧,王道正直。会其有极,归其有极。"儒家秉承这一文化思想,并使之成为其政治思想的核心理念。根据已有的学术研究成果来看,我们发现,儒家王道可分为两大块来理解:一是针对个人而言,上至君王,下至普通百姓,任何人都须将其作为个人修为的要求,所谓"修身齐家治国平天下",正是儒家王道对个人成长过程所要求的发展思路,是对个人社会担当的基本寄托。儒家这一层面的王道并无实际意义上的思想可言,它是对人社会成长与发展的具有普遍性意义的美好理想。学界关心的是它第二层意义,它是针对治理天下的君王所言的。这里的王道实质上是一种执政理念。那么儒家治理天下的执政理念是什么呢?总结起来,"德政""仁政"这四个字最能概括,它们也符合儒家的总体思想。

德政与仁政同源为体,尽管彼此有一些差异,但本质上是一致的。本书无意在此区分二者的不同。为政以德以仁,这是儒家行政思想的基本原则。"行仁政而王,莫之以御。"(《孟子·公孙丑上》)"君仁莫不仁,君义莫不义,君正莫不正。一正君而国定矣。"(《孟子·离娄下》)儒家的王道在很大程度上是针对霸道提出的,"……且王者之不作,未有疏于此时者也;民之憔悴于虐政,未有甚于此时者也"。(《孟子·公孙丑上》)孟子说:"以力假仁者霸,霸必有大

---

① 干春松:《重回王道——儒家与世界秩序》,上海:华东师范大学出版社2012年版,第7页。

国;以德行仁者王,王不待大——汤以七十里,文王以百里。以力服人者,非心服也,力不赡也;以德服人者,中心悦而诚服也,如七十子之服孔子也。《诗》云:'自西自东,自南自北,无思不服。'此之谓也。"(《孟子·公孙丑上》)因此,儒家反对暴力专制的行政方式,而是以德、仁、义、爱为执政理念。显然,这与道家无为、顺应自然的德性王道有根本性的区别。

二、道家"内圣"之道与"深层意象"诗歌精神的"内向"

《美国诗歌的错误转向》("A Wrong Turning in American Poetry")一文不仅是勃莱个人诗学的代表性著作,而且堪称整个"深层意象"派的诗学宣言。该文也是确立勃莱为"深层意象"派的领袖与代言人(spokesman)地位的重要因素之一。该文指出,有史以来,尤其是进入以艾略特、庞德、玛丽安·莫尔、威廉斯等为代表的现代主义时期以来,美国诗歌就朝着一个错误的方向发展。作为表达人类内心世界的艺术,诗歌却转向外部世界。勃莱以为,艾略特的"客观对应物"(objective correlative)一词"令人咋舌,毫无情感可言"(astoundingly passionless)[1];而庞德的诗论"我以为恰当而完美的象征就是自然物"[2](I think that the proper and perfect symbol is the natural object.)与威廉斯的名言"无物便无思想"(no idea but in things)更是让诗歌彻底物化,

---

[1] Robert BLy, "A Wrong Turning in American Poetry", *American Poetry: Wildness and Domesticity*, New York: Harper & Row, Publishers, 1990, p. 10.

[2] 同上,第10页。

"深层意象"派的中国诗缘

使诗歌彻底转向外部的客观世界。"诗歌将只追逐外在事物——而没有内在生命,内在生命在我们看来是指精神上与心理上的精神密度。"① 从表面上看,"客观对应物"与"无物便无思想"等诗论只是作诗法上的诗歌技术手段而已,它们的确为丰富现代诗歌产生了积极影响,但是,在"深层意象"派诗人看来,它们正是西方文化的一个缩影,是客观主义、物质主义、拜金主义的另一种表现方式,是西方诗歌缺少向内精神的文化根由。

"深层意象"派对现代主义诗歌的否定与批评在一定程度上是因为他们当时正感受到另一种文化的影响。其时,弗洛伊德、荣格的精神分析学正席卷美国,给美国学界与艺术界带来了前所未有的冲击与影响。无意识理论,尤其是荣格的集体无意识让勃莱等人对诗歌有了新的理解,进而开启了诗歌新的阀门。② 我们知道,荣格对中国文化的了解与向往在学界广为人知,中国文化的儒释道思想给了荣格无限的启迪,而这无疑给"深层意象"派诗人提供了方向性的指引。另外,一直深受"深层意象"派诗人敬重的美国诗人雷克思罗斯对中国文化青睐有加,他还翻译了大量古典诗歌。无论勃莱、詹姆斯·赖特、查尔斯·赖特、默温、金内尔等人都将雷克思罗斯视为自己的导师与挚友,在诗歌方向的选择上,雷克思罗斯对他们都有指引之功。

顺便提及的是,无论勃莱还是詹姆斯·赖特以及其他几位诗人,他们在自己诗歌创作生涯的初期阶段,都不同程度

---

① Robert BLy, "A Wrong Turning in American Poetry", *American Poetry*: *Wildness and Domesticity*, New York: Harper & Row, Publishers, 1990, p. 11.

② Robert Bly, *Talking All Morning*, Michigan: The University of Michigan Press, 1980, pp. 19 – 20.

地受现代主义与西方传统诗歌的影响,而正是这样的影响在他们看来完全束缚了他们的手脚,抑制了他们创作上的灵感。他们曾一度彷徨而苦恼,严重的如詹姆斯·赖特甚至为此而绝望并差点放弃诗歌,并因此而一度染上酗酒的恶习。在纪念詹姆斯·赖特活动中,勃莱撰长文回忆他们这一段共同的历史,正是在彷徨之际,"我们开始研究中国诗歌、西班牙诗歌与南美洲诗歌。……但在中国诗歌中,诗人尽力让细节清晰,这类似于老道士训练年轻画家那样。比如,学生前往道家大师那里求教,大师可能会说:'那你到山上去,在那棵松树下打坐六个月。''我画什么呢?''你只须看,你如果现在就想画,只会画得一团糟。'……后来,我们慢慢地掌握了意象,一些中国诗人知道自然界的流动。"① 勃莱的回忆一方面表明他们在诗歌的表现技巧上从中国古代诗人那里得到了一定的启迪,另一方面,在更高层面的人生哲学方面,他们从中国道家那里得到了思想上的洗礼。

　　道家思想在美国的广泛传播早已不是稀奇之事,道家典籍尤其是《道德经》与《庄子》英译本在美国更是普及类读物。因此,"深层意象"派诗人接触道家思想也就不足为奇。道家对"深层意象"派最直接的感受与影响在于它的"无为""守静""孤寂"等基本要义。而这些要义正是老子对圣人之道的概括与总结:"天下皆知美之为美,斯恶已;皆知善之为善,斯不善已。故有无相生,难易相成,长短相形,高下相倾,音声相和,前后相随。是以圣人处无为之事,行不言之教,万物作焉而不辞,生而不有,

---

① Robert Bly, *Remembering James Wright*, Minnesota: Ally Press, 1991, pp. 13 – 14.

为而不恃,功成而弗居。夫唯弗居,是以不去。"(《老子》第二章)我们知道,老子哲学尊重自然规律,万物皆在自然之中,美丑相伴,善恶相随,有无相从,任何孤立的概念都是不可思议的,甚至是不可能的。因此,对圣人而言,处无为之事,其缘由在于要直面事物的本性,了解宇宙的自然规律,其目的就是要放下自我,因为"我"的对面就是"无我","无我"的存在就如同"丑"相对于"美"的存在,"恶"相对于"善"的存在,唯有"无我",方能彰显"我"的存在。因此,真正的"我"是因为"无我"才能实现。那么,对"圣人"而言,只有处"无为"之事,方能做到自我的"有为"。同理,"不言"相对于"有言","有言"是指发出自己的声音,所谓"立言立人"。但圣人的"有言"之道在于"不言"。而"不言"就等同于道家一贯倡导的守静与孤寂,正所谓"多言数穷,不如守中。"(《老子》第五章)

勃莱在其《从床上跳起》(*Jumping Out of Bed*)中收有两首以"无为"作为标题的短诗,分别是《一首无为诗》("A Doing Nothing Poem")与《又一首无为诗》("Another Doing Nothing Poem"),从诗歌的内容来看,诗人显然对道家哲学的基本精神十分熟稔,不仅如此,他对庄子的一些基本典故也甚为了解。如《又一首无为诗》中,他借用了《庄子》"逍遥游"篇章中的鲲鹏之喻来表述自己的心境。

  一只鸟从水面飞过,
  如一头巨鲸高十余里
  在它跃入海面之前

它不过只是我床下的一丝尘土!①

诗人一方面借庄子的典故来表达自己对"无为"的理解,另一方面借此来抒怀一种圣人般的心境:无论巨鲸大鸟还是波澜壮阔气势汹涌的场面,人当心若止水,不为外界所动,将一切等闲视之。而在《一首无为诗》中,勃莱以自己的生活状态来说明自己如何参悟与践行道家的圣道思想。

整个下午,赤着脚,
在我陋室,我来回踱步,
我变得修长而透明……
像只海参
无为而活
长达一万八千年②

马克·斯特兰德(Mark Strand)的《诗歌史》("The History of Poetry")一诗很能表达他与"深层意象"这一流派其他诗人的心境:他们的诗歌世界里,那些先辈已经消失。"我们的大师已经远去,假如他们回来/我们当中还有谁能听见他们?"③ 先辈们的诗歌画面被一种截然不同的场景所替代。年轻一辈的诗人们正"无为而事,数着树木、云朵/以及余下的小鸟;我们决定/我们对自己不要太苛责,/因

---

① Robert Bly, *Jumping Out of Bed*, New York: White Pine Press, 1987. (No page number)

② 同上。

③ Mark Strand, *The Continuous Life*, New York: Alfred A. Knopf, 1991, p. 56.

为过去并不比我们现在更好。"① 诗人用强烈的隐喻,暗示着自己因浸染于一种完全不同的异域文化而造就了自我的身心蜕变,其蜕变带来了诗人油然而生的成就感。斯特兰德不止一次地提及因"无为"而给他带来文化心态的升华。威廉·斯塔福(William Stafford)是"深层意象"派中年龄最长的一位,他自年轻时期从事诗歌创作以来,一直坚持每日创作一诗,直至去世,从未间断。某种意义上说,这也成为诗人个人内心修炼的重要方式。在他看来,诗歌就是驻在他灵魂深处圣洁而神明的事物。《道如是》("The Way It Is"②)一诗虽然简短,但能基本反映他的重要风格,它后来还被作为诗人一本诗集的标题,这很能说明该诗的代表性意义。诗歌表明,无论作为人还是诗人,我们都有一根需要顺从的"线"(thread),该"线"虚虚实实,发挥着统领性作用,因此很容易让人联想到西方哲学中"逻各斯"或者中国道家哲学中的"道":"有一根线你要顺从,它存在于/变化的外物之中。但线却不变化。"显然,"线"指代事物的基本规律。那么,该"线"究竟是"逻各斯"之线还是"道"之线呢?我们从诗人的自我追问中不难看出它的道家品性。斯塔福指出,"无为"是遵循规律的方法与途径。"只有无为你方能阻止时间的展开。""阻止时间的展开"是为了"你不会迷失"(you can't get lost)。默温(W. S. Merwin)毕生都在思考人与自然、个人与世界的关系,他的诗歌以一种极为谦卑的情怀来表达他对大自然的敬畏,他对人类为了自身

---

① Mark Strand, *The Continuous Life*, New York: Alfred A. Knopf, 1991, p. 56.

② William Stafford, *The Way It Is: New Selected Poems*, Minnesota: Graywolf Press. 1993, p. 42.

的需要,尤其在追求物质文明的过程中破坏生态文明的做法深表担忧,他的"灭世论"就是对人类的警醒。他以为,人必须学会克制自己的贪婪,提升自我的内在修养,为此,他选择了道家的修为方式,以无为与虚静来实现自我与自然达到和谐共存的目的。《再次梦想》("The Dream Again")只是一首短诗,不过三行,但字句间充盈着诗人的"无我"情怀,表达着诗人对大自然的真挚情感:

> 我沿着山上满是树叶的小路
> 视线变得艰难,我彻底消失
> 山顶正值夏天①

自我的彻底消失源自诗人内心的自我潜隐,而潜隐自我则因为诗人的视域里都是其他生物的生命存在,而这正是诗人数十年来自我修为所达到的精神境界。同时,该诗还间接地诠释了中国传统文化中"远行必自迩,登高必自卑"的美学母题。在《供养》("Provision")一诗中,"田野重复着/雨水的声音","我虚空着双手/你一无所有时你就会发现一切"。②作者劝谕世人,我们当以圣人般的情怀来了解生命,发现生命的本真。斯特兰德的经典诗作《保持事物的完整》

---

① W. S. Merwin, *The Lice*, New York: Clarke & Way, 1967, p. 52.
② 同上,第55页。

"深层意象"派的中国诗缘

("Keeping Things a Whole")① 表达了一种超越自我生命的圣人一般的无我情怀,这表明,诗人一方面遵循着道家所持重的物性之说或者说"齐物"之论,另一方面,它更为张扬道家的"虚己论"。"天长地久。天地所以能长且久者,以其不自生,故能长生。是以圣人后其身而身先,外其身而身存。非以其无私邪?故能成其私。"(《老子》第七章)

孤静不仅是"深层意象"派诗人不断演绎的共性主题,也是他们个人生命历程中所践行的主要生活方式。孤静是道家通往内圣之道的必然途径。"孤"和"静"本是生命的本真状态,但在外物纷扰的世界,人往往并不容易

---

① 该诗原文如下:

In a field
I am the absence
of field.
This is
always the case.
Wherever I am
I am what is missing.

When I walk
I part the air
and always
the air moves in
to fill the spaces
where my body's been.

We all have reasons
for moving.
I move
to keep things whole.

守住自己的本真。老子言:"致虚极,守静笃。万物并作,吾以观其复。夫复芸芸,各复归其根。归根曰静,是谓复命。复命曰常,知常曰明。不知常,妄作,凶。知常容,容乃公,公乃全,全乃天。天乃道,道乃久,没身不殆。"(《老子》第十六章)老子把"静"称为生命的根本,只有"静"方能孕育出新的生命。显然,新的生命涵盖着自我生命的不断更新与提升,意味着精神生命将达到极致境界,也就是道家所推崇的圣人之境。"静"的前提是"孤","孤"意味着摈弃杂念,摆脱他人他物的影响。无论"孤"还是"静"都不是实际意义上的远离,而是心灵中自我的坚守。范应云曾评价说:"致虚、守静,非谓绝物离人也。万物无足以挠吾本心者,此真所谓虚极、静笃也。"① 当然,要达到老子所推崇的孤静之境并非易事,非做到极致不可,即所谓的"致虚极,守静笃"。"深层意象"派中勃莱与默温两位诗人把道家的"孤静"作为自己人生历程中的最重要的生命状态。勃莱一生除应征入伍、外地求学访学外绝大多数时候都孤守在明尼苏达中北部的一个农场里,那里是一个偌大的原野。相对于喧嚣、繁华、生活丰富而方便的都市来说,那里偏僻、落后、简单、信息闭塞,对于一个年轻人来说,抗拒都市高度发达的物质文明生活的诱惑而选择人烟稀少、生活物资相对缺乏的农场,如果内心没有信念,是难以想象的。勃莱在哈佛大学毕业后,曾在纽约居住三年,期间,他深居简出。据诗人本人回忆说,他独自一人,有时选择在林中,有时在一间

---

① 范应元:《老子道德经古本集注》,上海:华东师范大学出版社2010年版,第26页。

"深层意象"派的中国诗缘

小屋里,他学会了独处、守静和沉思,这让他回到了生命最原始的本能,给了他无穷的力量。"就是这几年,我懂得了一切,我尽力将它们带入诗作中。"①而默温出生于大都市纽约,在都市接受教育并生活与工作了若干年后,最终选择远离尘嚣的都市,归隐于夏威夷一个僻静而孤伶的小岛。

当然,道家的孤静观对"深层意象"派的影响更多地体现在诗人们的诗歌创作中。以孤静为主题的诗歌在这些诗人那儿比比皆是,换句话说,孤静自始至终都贯穿在"深层意象"派诗人的创作之中。从勃莱的《雪野宁静》(*Silence in the Snowy Fields*)、《远行的冲动》(*The Urge to Travel a Long Distance*)、《食语言之蜜》(*Eating the Honey of Words*),詹姆斯·赖特的《树枝不会折断》(*The Branch Will Not Break*)、《我们在河边相聚》(*Shall We Gather at the River*),默温的《迁徙》(*The Migration*)、《炉中醉汉》(*The Drunk in the Furnace*)、《虱子》(*The Lice*),斯塔福的《黑暗中旅行》(*Traveling through the Dark*),到查尔斯·赖特的《中国踪迹》(*China Trace*)、《黑色黄道带》(*Black Zodiac*)等,这里不一一列举。这里我们以几首短诗为例来管窥诗人们的孤静之境。

詹姆斯·赖特的《再次造访乡村》("Arriving in the Country Again")一诗在意蕴构造上丝毫看不到西方传统的影子。勃莱在解读该诗时曾说:"你能感受到诗歌最后一行所表达的孤独感吗?它妙不可言。他是从中国人那里学来的。"② 原诗不长,全文如下:

---

① Robert Bly, *Talking All Morning*, Michigan: The University of Michigan Press, 1980, p. 14.

② Robert Bly, *Remembering James Wright*, Minnesota: Ally Press, 1991, p. 17.

> 白色的房屋多么安静。
> 朋友们听不到我的声音。
> 田边光秃秃的树枝上
> 飞虫曾啄食树干，但已寂静良久
> 傍晚我静静伫立，
> 脸背向太阳，
> 一匹马在我长长的影子里牧草。①

勃莱强调此诗的孤独，但实际上，诗歌融孤独与寂静于一体。诗人用文字绘制出一幅天人合一的和谐画卷，用孤静与和谐来诠释诗人心目中理想的生命状态。

勃莱曾不止一次引用李白《山中问答》② 一诗，这其中有两个原因，一是勃莱认为，中国古代诗人的创作中，似乎隐藏着一个安静的声音在说话，它与读者总保持着一段距离，但却能让读者仔细倾听。这是令勃莱十分着迷的地方。另一个原因是，该诗蕴藉着道家的生命观：孤独、虚静与无为能孕育着无限的新的生命。因勃莱阅读的是英文译本，相较于格律诗，英语译文的自由体风格更通俗易懂：

> If you ask me why I dwell among green mountains,
> I would laugh silently, my soul is serene.
> The peach blossom follows the moving water,

---

① Robert Bly, *Remembering James Wright*, Minnesota: Ally Press, 1991, p. 17.

② 李白《山中问答》一诗的原文为：问余何意栖碧山，笑而不答心自闲。桃花流水窅然去，别有天地非人间。

There is another heaven and earth beyond the world of men. ①

高尔威·金内尔（Galway Kinnell）的《花羊群山莫纳德诺克》（*Flower Herding on Mount Monadnock*）是诗人的代表作，在整个"深层意象"派中也有非常重要的分量。它是以闲静、孤处与和谐为主题来反映生命的本质意义。诗人以平等的视角来观察与感受着大自然中许许多多不起眼的自然生物，其中包括花草虫鸟等，这些生物之所以能引起诗人如此美妙的兴趣，全在于诗人孤静、谐和的自然心态。

勃莱的《回归孤独》（"Return to Solitude"）可以说深得道家思想精髓，诗歌的结尾一节虽只有短短三行，却蕴含着丰富的道家哲理。

当我们回归，将发现什么？
朋友变了，房子迁了，
树木，也许长出了新叶。

回归既是回归孤独与宁静，又是回归生命的本原。在勃莱的世界里，孤独与宁静正是生命本原的真实状态，因此，回归后，我们可以悟察到生命的千变万化，还可以探究其他生命的奥秘。很显然，这样的思考正是诗人深受道家哲学的启迪。2005 年，诗人在其新出版的诗集《远行的冲动》（*The Urge to Travel Long Distances*）一书的"前言"（"Intro-

---

① Robert Bly, "Six Disciplines That Intensify Poetry", *The Thousands* (Number One), edited by Robert Bly, Minneapolis: The Thousands Press, 2001, p. 41.

duction")部分中坦诚,自己的第一部诗集《雪野宁静》一书是在中国传统文化的影响下完成的,尽管他还很自谦地表示,自己诗歌中可能还不具备中国传统文化最深层的东西。①但是,从《雪野宁静》的众多诗作中,我们深深地感受到,诗人不只是简单地仿写中国传统诗歌,而是从道家的内向思想中传递着内圣的光芒。而这正是绝大多数评论家们对"深层意象"派诗歌的评价基调——"深层意象"诗学乃是一种深层的"内向"诗学。

三、儒家的"外王"之道与"深层意象"派的"外向"

前文已经讲过,"深层意象"派的精神向度除了"内向"之外还有"外向"的一面。许多批评家往往对"深层意象"派诗歌中的"内向"与"外向"两种截然相反的精神向度表示困惑,诗人们一方面以一副"诗隐"的姿态示范于人,以孤独、宁静、黑暗等为其诗歌的主调,而另一方面,他们在美国政治尤其是战争面前却又锋芒毕露,以讥讽与批判为其主要精神。其实,这种看似悖论式的艺术气质并不矛盾。其"外向"的一面除了是诗人社会使命和艺术社会功能的必然追求之外,还有中国儒家文化思想的影响所致。

"深层意象"派诗人生长于一个特殊的时代,他们自幼经历经济大萧条时期,又恰逢"二战"爆发;此后,美国完成现代工业化革命而成为世界上最富裕的国家,又进而成为

---

① Robert Bly, "Introduction", *The Urge to Travel Long Distances*, Washington: Eastern Washington University Press, 2005, p. xi.

军事上的霸主;自20世纪五六十年代美国入侵朝鲜、越南、古巴起,其"霸道"行径更是一露无遗。当然,美国的政治精神有其深厚的文化传统,除了新教伦理外,美国人笃信丛林法则、达尔文主义,"强者做自己能够做的事情,而弱者则要接受自己必须接受的事情"。但是,独步世界的国家经济实力与军事力量并没有使年轻一代获得精神上的满足,他们时刻有一种人性的隔离感和社会不断冲突所带来的危机感。更严重的是,第二次世界大战所带来的惨痛教训像一团可怕的阴影时刻笼罩在包括"深层意象"派诗人在内的年轻一代身上。

"深层意象"派诗人大多于20世纪四五十年代开始接触中国文化,他们不仅阅读中国古典诗歌,还阅读包括《道德经》《庄子》《论语》《孟子》《荀子》等中国经子史集。如詹姆斯·赖特,根据黄丽娜博士的考证研究①,早在1957年前就接触中国传统文化。赖特曾在明尼苏达大学任教,期间,他给学生推荐的阅读书目中就包括《论语》《中国哲学史》《荀子论正名》《庄子》等,而在其给学生开设的专题讨论中所涵括的主题就包括"中国思想所产生的背景""孔子""孟子""荀子""墨子和名家""道家思想""汉字"等,由此,我们不难看出赖特对中国传统文化思想的熟悉程度。而其他"深层意象"派诗人如勃莱、默温、查尔斯·赖特、唐纳德·霍尔等人对中国文化的熟悉度并不亚于詹姆斯·赖特。他们除熟悉道家思想外,对儒家的精神内核也甚为了解。儒家思想对"深层意象"派的影响体现在他们对儒家

---

① 参见黄丽娜《中国古典诗歌及文化精神对美国诗人詹姆斯·赖特诗歌创作影响研究》,北京外国语大学2014年博士学位论文,第56-58页。

"王道"的吸收与利用上,具体说来,主要集中反映在他们对待战争的态度上。前文已经提及,"王道"是相对于"霸道"而言的。"王道"是以仁政、德政为手段与方法来实施政治管理和建立外交上的政治关系,而"霸道"则是以一种暴力、镇压、扩张的血腥方式来达到政治目的。"深层意象"派诗人如詹姆斯·赖特从《孟子》中了解到儒家有关"王道"的国家管理方法。他们认为儒家的学说是"以人民、国家、民族的立场而不是站在统治者的立场,天命站在人民的立场因为天命通过人民得以体现"①。

"深层意象"派诗人反对"霸道"的方式之一就是抗议美国政府发动战争的行为。1966年,勃莱、詹姆斯·赖特、金内尔、辛普逊、霍尔等人在里德大学(Reed College)与华盛顿大学(the University of Washington)组织"第一次反越战诗歌朗诵会"活动。同年,勃莱与大卫·雷(David Ray)成立"美国作家反越战联盟"(American Writers Against Vietnam War),并多次组织并亲自参与游行示威活动,丝毫不顾政府对他们的恐吓与威胁,甚至不惜付出锒铛入狱的代价。勃莱在一次接受采访时被问及为何拒绝美国政府5000美元的资助时回答说:"一个讲究礼仪得体的政府(decent government)给艺术家提供奖金是一件好事。"然后他继续讥讽道,"你看,我们的政府是一个不要脸、不讲道德、杀人的政府(you have an indecent, immoral government murdering people)。他们竟还有脸给自己树牌坊并厚颜无耻地说,'我们如此荣幸,让我们把我们的荣誉给予……'这

---

① 参见黄丽娜《中国古典诗歌及文化精神对美国诗人詹姆斯·赖特诗歌创作影响研究》,北京外国语大学2014年博士学位论文,第236页。

种不要脸的政府是没有荣誉来给予的。"① 勃莱一方面批判与谴责美国政府的霸道,另一方面他不经意间表达了他理想中的政府品质:讲仁义与道德,拒绝杀戮。而这与儒家的"王道"思想惊人地一致。

孔子曾言:"上好信,则民莫敢不用情。"(《论语·子路》)意思是说,一个国家的统治者若以诚为本,百姓则无不追求真实,讲求信用,民风不可能不淳朴。统治者只有诚实可信,才能获取百姓的信赖。如果统治者无诚信可言,那么也就不可能赢得天下。所以孔子又说,"民无信不立"。(《论语·颜渊》)受其影响,"深层意象"派诗人也把诚信作为国家政治的道德规范和政治品质的基本要求。在《远离谎言》("Turning Away from Lies")一诗中,勃莱对现有的国家政治文化因为缺乏诚信而忧心忡忡:

> 如果我们真的自由,生活在自由的国度,
> 我何时才能不用心力交瘁?
> 我何时才有和平?和平这个?和平那个?
> 我已俯察街道
> 那里我看到苦痛的水在流动,
> 千年的蠕虫蚕食着天空。
> ……②

诗人并没有直述诚信价值的重要性有多大,而是非常巧

---

① Robert Bly, *Talking All Morning*, Michigan: The University of Michigan Press, 1980, pp. 75-76.

② Robert Bly, *The Light Around the Body*, New York: Harper & Row, 1959, p. 43.

妙地将"自由"嵌入其中,作为一个可以参照的对象。众所周知,"自由"是西方启蒙运动以来最重要的思想概念之一,是西方人誓死捍卫的与生命权、财产权同等重要的权利之一,其价值和地位显而易见。与"自由"相比,诚信属于人的道德体系中概念之一,尽管西方人也推崇诚信,但将其上升至政治上的王道这一高度却并非西方文化而是儒家文化。在勃莱等"深层意象"派诗人看来,在一个号称自由的国度里,是什么使"我"心力交瘁?显然,是"自由的"国度缺少诚信使然。诚如孔子所言那样,"上好信,则民莫敢不用情"。最终导致"民无信不立"。勃莱还在另一首诗《听肯尼迪总统就入侵古巴一事撒谎》("Listening to President Kennedy Lie about the Cuban Invasion")中谴责美国时任总统肯尼迪撒谎成性,欺骗国民,毫无王道可言,更无王者风范。

> 有另一种黑暗
> 存在于身体围墙内的黑暗
> ……
> 纽扣孔死了,
> 高位者的残忍死了,
> 谎言连篇的记者们死了,
> 痛苦的疲劳,成熟而悲伤。①

对诗人而言,总统的谎言导致一个国家处于极度的黑暗

---

① Robert Bly, *The Light Around the Body*, New York: Harper & Row, 1959, p.16.

"深层意象"派的中国诗缘

状态,政治上的不道德如同杀人般残忍(brutality)。而在《三个总统》("Three Presidents")一诗中,勃莱选择了三位代表性意义的总统:安德鲁·杰克逊(Andrew Jackson)、西奥多·罗斯福(Theodore Roosevelt)、约翰·肯尼迪(John F. Kennedy),诗人以隐喻的方式,隐晦地批判美国历史上这些以铁腕与富有侵略性著称并曾英名一世的总统们,他们以霸道征服世界,但却无法赢得历史,更无法赢得民心。在描述安德鲁·杰克逊时,诗人仅用四行,将诗人心目中的王者生动地勾略出来,与历史上以霸道著称的杰克逊形成鲜明的对比。

> 我想成为一匹白马!
> 我想成为绿色山林间的一匹白马!
> 一匹在木桥上奔驰在废弃的谷仓内
> 安睡的白马![①]

熟悉美国历史与杰克逊总统的人知道,杰克逊的纪念物包含三座一模一样的骑马雕像。其雕塑形式很符合杰克逊总统在人民心目中的基本形象,胯下骏马威武雄壮,仿佛与主人驰骋战场借刀枪征服世界。但在勃莱的政治世界,他多么希望那匹马不是人见人怕的战马,而是一匹能享受山林绿色人见人爱的小白马。诗人借马以喻总统,他理想中的总统不是依仗霸道而是以王道来赢取世界。

美国自"二战"后逐渐成为超级强国,其军事力量也逐

---

① Robert Bly, *The Light Around the Body*, New York: Harper & Row, 1959, pp. 19–20.

渐扩张至世界的各个角落，正好呼应了孟子所说的"以力假仁者霸，霸必有大国"。与之相呼应的是，詹姆斯·赖特以《1959年，艾森豪威尔访问弗朗哥》一诗来讥讽美国军事上的全球扩张。

> 美国英雄一定战胜了
> 黑暗的力量。
> 他飞越穿过光亮的天空
> 缓缓降落在黄昏中的
> 西班牙
>
> 弗朗哥站在光亮闪闪的警察中
> 张开双臂欢迎
> 他承诺将对
> 一切黑暗的事物穷追猛打①

诗人在诗歌的标题下特地引用了一句无名氏语录："我们死于寒冷，而不是黑暗。"（…we die of cold, and not of darkness.）而美西两国最高元首为此次会晤美其名曰"将对一切黑暗的事物穷追猛打"。诗人的引语可谓一针见血，用意明显。无论美国总统艾森豪威尔还是西班牙元首弗朗哥都是以军事起家，艾森豪威尔联手弗朗哥意在强化美国军事在欧洲的力量部署，由此可见，美国政治上的霸道行径一览无遗。

---

① James Wright, *Above the River: The Complete Poems*, Middletown: Wesleyan University Press. 1990, p. 129.

"深层意象"派的中国诗缘

> 国家警察在监狱里打着哈欠
> 安东尼奥·马卡多沿着满是白色灰尘的路
> 追着月亮
> 来到一个洞穴,里面住着沉默寡言的儿童
> 比利牛斯山下
> 村里石缸里葡萄酒变黑了
> 葡萄酒在老人的嘴里睡了,它是深红的颜色。①

诗歌第三节,诗人以"深层意象"派最擅长的跳跃式手法提供了另外一幅画面,借西班牙现代最著名的诗人之一马卡多(Antonio Machado)②、沉默寡言的儿童、老人与葡萄酒来反衬军事霸权的不得人心,以此来进一步印证中国古代儒家"民无信不立"、德政、仁政的王道思想。

四、小结

我们知道,儒道两家是中国传统文化的精髓,他们的精神反映了两种不同的文化心态,但它们并不对立矛盾,而是形成了文化共存的互补关系,进而为中华文化的繁荣发展提供了生生不息的源泉。"深层意象"派诗人汲取中国传统文化,既吸收道家孤静无为的内向思想又接纳儒家王道中的德

---

① James Wright, *Above the River: The Complete Poems*, Middletown: Wesleyan University Press. 1990, p. 130.

② 马卡多(1875—1939),20世纪西班牙大诗人,其作品在西班牙语国家和世界其他各国产生过重大影响。他的诗作主题主要为土地、自然风光和祖国。早期有一定的现代主义色彩、后来转向直觉型的"永恒诗歌"。他笔调优美,常常描绘西班牙美丽的自然风光,关注社会政治生活。

政、仁政精神。他们既是对自己本土文化缺陷的不满,又是以一种开放的心态积极汲取优秀的域外文化。这种包容的文化心态为世界不同文化的交融互补提供了很好的借鉴意义。

第三章 内圣外王:儒道思想在「深层意象」诗歌中的吸收与利用

第四章

意境·兴:中国传统诗学与"深层意象"派诗歌

"深层意象"派诗人在吸收与利用中国传统文化方面是全方位的;除文化思想层面受儒、释、道影响外,它在诗歌自身的艺术旨趣和创作方式方法上也备受中国传统诗学的影响。

作为"深层意象"派的领袖与代言人,勃莱对中国古代诗歌曾有一段非常有代表性的评价:"在古代中国(的诗歌中,笔者加注),各个层次的知觉能够静悄悄地混合起来。它们不是像冬天的湖水那样分成一层又一层,而是不知怎的都流在一起了。对我来说,古代中国诗歌是迄今为止最伟大的诗歌。"① "深层意象"派诗人因为在中国古代诗歌中看到意象具有一种"神秘的力量,使得诗人能与自然界一起流动"②。所以,他们提出要重视意象在诗歌中的价值与作用。实际上,要让勃莱、詹姆斯·赖特、默温、辛普逊、霍尔、斯塔福、斯特兰德、金内尔等"深层意象"派诗人用具体而

---

① Robert Bly, *Talking All Morning*. Michigan: University of Michigan Press, 1980, p. 129.

② Robert Bly, *Remembering James Wright*, Minnesota: Ally Press, 1991, p. 14.

系统的学术性语言来概括总结中国古典诗歌中的美学精髓恐怕强人所难,他们所感受到的中国古代诗歌之美以及不同于西方传统诗歌的特性本身也非一般性语言所能覆盖。他们所谓的"不知怎的都流在一起了"以及意象具有一种"神秘的力量"这种含混性的语言表述已是难能可贵。应该说,他们已基本上触及了中国古代诗歌中的某些本质性的东西。我们可以从他们的诗歌作品中就能发现中国传统美学的一些具体特质之所在:意境与赋比兴中的兴。

一、意境与"深层意象"派诗歌

意境是中国传统诗学中独有的专业术语,我们在西方文论中几乎找不到一个对应的词汇。它被广泛应用于包括诗歌、绘画等在内的艺术领域的创作与批评之中,作用显著。毫不夸张地说,我国学界关于它的相关研究成果不计其数。本书无意在此再赘述它的来龙去脉。但是,有关意境的具体内涵迄今尚未达成共识。究其原因,我们发现,意境不仅非三言两语所能概括(或者说具有不可言说性),而且有很大的不确定性,其意思可仁者见仁智者见智。某种程度上说,它的出现本身是语言对许多抽象意义超出其描述与概括能力的妥协,诚如钟嵘在《诗品》中所言,"言有尽而意无穷";也正如南宋词人张孝祥所说的那样,"悠然心会,妙处难与君说"。不过,我们对意境的基本所指可以进行大致的归纳:在诗歌艺术中,意境往往就是意蕴、韵致、情趣、情怀、心境与境界等。它"是艺术家的审美体验、情趣、个人理想和情操与提炼加工后的物象融为一体后所形成的艺术境界。就

67

诗歌而言,'意境'其实是指诗的境界。"① 从诗歌创作的角度来看,意境是诗人着力营造的空灵虚幻之境,它可能是诗人刹那间的奇妙感受,可能是人生阅历后的所思所悟,可能是诗人意欲追求的心灵境界,也有可能只是某种虚无缥缈的诗性情怀。自古以来,中国诗人都非常重视作品的意境,甚至把意境视为其作品质量好坏高低的标准。而西方诗歌史没有意境之说,这恐怕与中西诗歌各自的源头有关。叶嘉莹对此曾有过十分精辟的评述:"西方的诗歌起源是史诗与戏剧,所以,注重叙写和描述;中国诗歌的起源是言志和抒情……"②

"深层意象"派诗人从中国古典诗歌那里感受到意境之美,这样的美如此别致,以至于他们无法用准确的语言来描述,他们不得不求助于现代心理学上弗洛伊德与荣格的无意识理论。他们认为,中国诗歌中的意境乃是无意识之境,诗歌发自诗人的无意识世界,然后直指读者的无意识世界,意境之美能撞击人无意识世界中的心灵地带。正因为如此,我们就不难理解"深层意象"为何要将诗歌定义为"刹那间渗入无意识之中的东西。"(A poem is something that penetrates for an instant into the unconscious.)③ 在他们看来,诗歌中看不见的(invisible)、鲜活的(fresh)、神秘性的(mysterious)东西让诗歌变得非凡。而这正是中国诗歌中的意境

---

① 肖小军:《意境与弗罗斯特名作〈雪夜林边停留〉》,《中山大学研究生学刊(社会科学版)》,2006年第1期,第150页。
② 叶嘉莹:《中国古典诗歌之美感特质》,《河南大学学报(社会科学版)》,2012年9月第5期,第108页。
③ Robert Bly, *American Poetry: Wildness and Domesticity*, New York: Harper & Row, Publishers, 1990, p. 33.

之美给予他们的美学灵感。我们不妨以一些具体的诗歌实例来了解"深层意象"诗歌中的意境。

斯塔福的短诗《注意》("Note")小巧精致,全诗不过18个单词:

> Note
> straw, feather, dust—
> little things
>
> but if they all go one way,
> that's the way the wind goes.

> 注意
> 稻草、羽毛、灰尘——
> 小小的事物
>
> 但是如果它们都奔向同一个方向
> 那就是风前行的方向。①

顺便提及的是,据勃莱等人的介绍,短诗这种诗歌体裁也是他们受中国古诗以及日本的俳句影响所致。② 短诗体小量大,小至三两行,多不过四五句,却往往能诗意蓬生,既可言情,又可说理,也可营造出一种非情非理的气象来。无论是情理还是气象,短诗都与意境有着天然的默契之合。我

---

① William Stafford, *The Way It Is*, Minnesota: Graywolf Press, 1977, p.126.
② Robert Bly, *Talking All Morning*. Michigan: University of Michigan Press, 1980.

"深层意象"派的中国诗缘

们再回到斯塔福的这首诗中,《注意》表面上似乎在言说一种普遍存在的自然现象,但仔细斟酌又感觉远不止这么简单。诗人究竟意欲如何?我们恐怕难以准确把握。从诗歌的精神层面来看,诗人并不为宣讲某个真理,也不是为了借物而言志,述个人情怀。可以说,诗人并没有表达出任何实质性的意思来。但我们必须承认,该诗依然属精品之作,它字里行间似乎有某种韵致的东西深深吸引着读者——而这就是诗歌意境的魅力之所在。同样,属于意境层面的还有该诗形式上所蕴藏的一些极其微妙的东西。譬如诗歌的标题"Note":其一,该词既可解读为"注意",它完全符合诗歌的主题:诗人可以借此希望召唤起读者的注意,小事物随风飘逝,人又如何呢?是不是要引起"注意"?其二,该词还可解读为"音符、音调",难道诗人不正在弹奏着大自然的音韵之调吗?其三,该词还可解读为"注释",诗人的创作不就是给大自然作注脚吗?再比如诗歌的语言形式,诗人匠心独运,除标题外,诗歌全文没有一个字母使用大写。显然,这与诗歌所强调的"小小事物"高度配合,形成一致,因而十分巧妙。所以,从形式到内容,诗歌都有一种别致的意境之美。

默温的《诗歌》("The Poem")则呈现了另一种意境之美:

> The Poem
> Coming late, as always,
> I try to remember what I almost heard.
> The light avoids my eye.

How many times have I heard the locks close
And the lark take the keys
And hang them in heaven.

诗
来晚了，总如此，
我尽力记住我几乎能听到的，
光躲避着我的双眼。

多少次我听见门锁锁门
云雀取走了钥匙
将它们挂在天上。①

  诗歌的结尾出人意料，想象大胆而新颖。日常的诗歌阅读，我们并不一定都十分在意诗歌具体表达了什么意思，更不会要求它解决什么实际问题，也不会质问它与现实生活有什么关联。就如默温此诗，诗歌的结尾给读者所带来的惊喜与新颖之感，就是诗歌艺术之美的魅力，我们也将其称为一种意境。实际上，如果我们揣摩诗人创作此诗的动机，我们从标题中就可窥见端倪。诗人本人也许并没有一个真正的创作意图，只是突然间在自己的无意识中，出现了"门、钥匙、云雀"等几个意象，于是将其组合在一起，因觉得其美妙，就将其视为灵感而记录。因并无某一特定意图，于是就干脆取名为"诗歌"。有必要补充的是，默温此诗的灵感应

---

  ① William S. Merwin, *Migration*, Washington: Copper Canyon Press, 2005, p. 93.

"深层意象"派的中国诗缘

该是受惠于杜甫《春宿左省》中的诗句"不寝听金钥",杜甫原意只是表达作为朝廷一个小吏对自己职责的忠诚,工作勤勉,以致于夜不能寐,但雷克斯罗斯在翻译此诗时做了一定的改动:"I hear the rattle /Of gold keys in locks"①。很显然,默温是受雷克斯罗斯译诗的启发。

勃莱的《天晚时驱车进城去寄一封信》("Driving to Town Late to Mail a Letter")② 以寂寥、闲适、宁静的风格构建起又一种意境。

> It is a cold and snowy night. The main street is deserted.
> The only things moving are swirls of snow.
> As I lift the mailbox door, I feel its cold iron.
> There is a privacy I love in this snowy night.
> Driving around, I will waste more time.
> 这是个寒冷的雪夜,大街寂寥冷清。
> 唯一活动的东西是旋飞的雪花。
> 掀开邮箱盖,我感到冰冷的铁。
> 雪夜里有一种我喜欢的隐秘。
> 开车四处逛逛,我愿多费些时间。③

此诗呼应了钟嵘在《诗品序》中的开篇语所述之境况:

---

① Kenneth Rexroth (trans.), *One Hundred Poems from the Chinese*, New York: The New Directions, 1971, p. 11.
② Robert Bly, *Silence in the Snowy Fields*, Middleton: Wesleyan University Press, 1953, p. 38.
③ 罗伯特·勃莱著:《罗伯特·勃莱诗选》,肖小军译,广州:花城出版社2008年版,第5页。

"气之动物,物之感人,故摇荡性情,形诸舞咏。"诗人以怡然的心态顺应天地自然之变,与天地合。此诗的意境在于场景与心境互融,清冷寂寥与孤独闲适相合,语意中透出一丝隐秘,正如倒数第二行所言那样,"雪夜里有一种我喜欢的隐秘"。

以上所引诗歌中的意境多属情趣意蕴层面。"深层意象"派诗人中,勃莱、詹姆斯·赖特、查尔斯·赖特、默温等几位创作此类诗歌较多,这当中,勃莱尤甚。还有一类意境属于文化精神层面,因这些诗人都十分推崇儒、释、道美学思想,他们在学习了解的过程中,创作时以儒、释、道思想为自己诗歌创作的主题,所以这类作品相对更为丰富,其中查尔斯·赖特、勃莱、金内尔等创作的数量最多。马克·斯特兰德(Mark Strand)的《保持事物的完整》("Keeping Things a Whole")[①]就是这类作品中的重要代表。

> In a field
> I am the absence
> of field.
> This is
> always the case.
> Wherever I am
> I am what is missing.
>
> When I walk
> I part the air

[①] Mark Strand, *Selected Poems*, New York: Alfred A. Knopf, 1990, p.10.

"深层意象"派的中国诗缘

and always
the air moves in
to fill the spaces
where my body's been.

We all have reasons
for moving.
I move
to keep things whole.

在田野
我就是田野缺失的部分
事情
总是如此。
无论我在哪
我就是失去的事情

我行走
我会隔离空气
然后空气
总会填充
我身体
曾经所占之地

我们都有理由
移动
我移动

是为了保持事物的完整。

诗人以儒、释、道皆有的一种谦卑情怀表达自我生命的存在观。诗歌以个体生命中十分平淡的日常行为入诗,但平淡却不简单,生命处处教人以思考与智慧,结尾句语言凡俗但却富含哲理,从而将诗歌的意境推进到很高的文化精神层面,给读者以无限的回味和思考。

《艺术家与李白一起的画像》("Portrait of the Artist with Li Po")① 是查尔斯·赖特以李白为创作灵感而完成的一首短诗:

……
Over a 1000 years later, I write out one of his line in a notebook,
The peach blossom follow the moving water.
And watch the October darkness gather against the hills.
All night long the river of heaven will move westward while no one notices.
The distance between the dead and the living
　　is more than a heart beat and a breath.

千年后,我在笔记簿上写下他的一行诗,
"桃花流水窅然去。"

---

① Charles Wright, *The Southern Cross*, New York: Random House, 1977, p. 39.

"深层意象"派的中国诗缘

  看十月黑暗聚在山头,
  彻夜无人察觉天上之河西流,
  死与生的距离
    不只是一次心跳和一次呼吸。

  诗人借李白之诗表达着生命的思考。这样的诗歌,正如勃莱所描述的那样,各种知觉不知怎么回事就悄悄地流在了一起,从而形成这样一种既有生命之思又有诗意情趣的艺术表达。像这样以中国古代诗人如杜甫、王维、白居易等为题材或原型的诗歌在赖特创作中并不少见,大多收集在《中国踪迹》(China Trace)、《南部穿过》(The Southern Cross)、《黑色黄道带》(Black Zodiac)等有明显中国风的诗集中。

  当然,我们有必要指出,西方诗歌传统中并不缺少这类空灵情趣的意境式的诗歌作品。但是,它们大多只是诗人灵光偶发的随性之为,而不是像中国文化传统那样形成了成熟而系统的艺术风格。作为一种文风的"意境",在中国早在最早的诗集《诗经》中就已出现,而作为文学理论术语,"意境"也在唐代时期就由王昌龄在其《诗格》中提出,并经过上千年的发展得到进一步完善。毫不夸张地说,"意境"已内化为中国文人和艺术家的一种自觉修为。不仅如此,作为美学修养的意境在中国已成为全民族的艺术品格和文化集体无意识。"深层意象"派诗人通过自己对中国文化与文学作品的大量研读,对中国古典诗歌中意境的美学感知从最初的朦胧状态发展到系统而成熟的美学价值判断,并最终将意境作为自己诗歌创作的艺术追求,而这显然是区别他们与其他西方诗人的重要因素。同样,我们还有必要知道,意境只是"深层意象"派诗歌创作的部分追求,甚至只是他们文学早期的一部分。一方面，我们没必要过分夸大中国文化在"深层意象"派中的影响，另一方面，我们通过对意境的解读了解"深层意象"派诗歌中的文化痕迹。不管怎样，意境已成为这些诗人精神营养的一部分。

二、兴与"深层意象"派诗歌创作

赋、比、兴是中国古代对诗歌创作方法的总结。赋，平铺直叙，简单直接，对事物与情感用直白的方式表达出来，排比是其最常见的修辞手段之一。而比，则是作比较，打比方，以此物比他物，是最常见的创作手段。兴，先言某物或某一场景而后抒情言志。当然，自古以来，学界对它们的理解与表述各有千秋，差异明显，但并不影响我们对赋、比、兴本质的基本把握。

赋、比、兴中，赋和比在文学创作中无论中西都甚为普遍，但兴则不然。叶嘉莹对此曾有非常深刻的判断与总结："兴，是由物及心，比是由心及物，赋是即物即心。它与西方在'形象与情志'关系上的最大不同在于，西方的诗歌创作多出于理性的安排，从而降低了'兴'在诗歌创作中的地位，而成为不重要的一环。"[①] 但在中国诗歌史上，兴的地位丝毫不亚于赋与比，甚至在某种程度上，它有过之而无不及，因为它涉及我们传统中对诗歌的基本认识问题。我们知道，诗言志，诗以表达人的情感、情怀为其基本归旨。由物及心之"兴"显然最符合中国古典诗歌的本性与气质。

---

① 叶嘉莹：《中西文论视域中的"赋、比、兴"》，《河北学刊》，2004年5月第3期，第116页。

"深层意象"派的中国诗缘

"深层意象"派诗人自言从中国传统诗歌、诗人那儿受益良多,除了在诗歌的旨趣表现上趋同外,诗歌创作手段上也更贴近中国文人惯用的"兴"。"深层意象"将诗歌定义为"刹那间渗透到无意识之中的东西",这其中就蕴含着"兴"的意味。他们的创作实践中,往往因某物或场景而兴发起内心的无意识涌动,进而抒情发志。我们不妨以他们的作品为例来把握其诗歌创作的基本方式。

Snowfall in the Afternoon

I

The grass is half-covered snow.
It was the sort of snowfall that starts in late afternoon,
And now the little houses of the grass are growing dark.

II

If I reached my hands down, near the earth,
I could take handfuls of darkness!
A darkness was always there, which we never noticed.

III

As the snow grows heavier, the cornstalks fade farther away,
And the barn moves nearer to the house.
The barn moves all alone in the growing storm.

IV

The barn is full of corn, and moving toward us now,
Like a hulk blown toward us in a storm at sea;
All the sailors on deck have been blind for many years.

午后下雪

I
青草上覆盖了一半的雪。
是那种下午很晚才开始的降雪,
此刻小草屋越来越暗。

II
如果我把手探下去,接近泥土,
我可以抚摸到大把大把的黑暗!
黑暗总在那儿,我们从未注意而已。

III
雪越下越大,玉米秆渐渐消失,
粮仓向房屋渐渐靠拢。
在渐渐势猛的暴风雪中粮仓孤独地移动。

IV
粮仓里满是玉米,正朝我们走来,
像笨重的船只被海上狂风吹来;
甲板上所有的水手已失明多年。①

《午后下雪》是勃莱诗歌中极为普通的一首。因为普通,我们更能了解到诗人创作的代表性方法。诗人以"青草上覆盖的降雪"为诗歌的引子,进而进入由雪引发的联想世界,诗人本人将联想世界称为"无意识世界"。但是,我们必须明白,诗人的联想活动,一半是有意识的,一半是无意识的。有意识是因为,诗歌创作离不开一种内在的有序逻辑,

---

① Robert Bly, *Silence in the Snowy Fields*, Middleton: Wesleyan University Press, 1953, p.60. 译文见罗伯特·勃莱著《罗伯特·勃莱诗选》,肖小军译,广州:花城出版社2008年版,第47页。

"深层意象"派的中国诗缘

尽管诗歌的有序逻辑并没有定式可循,但它是内化在诗歌创作的艺术本体之中。没有有序逻辑,那么诗歌不仅将失去可探寻的意义,而且也将失去审美的可能。任何优秀的诗歌创作都将遵循一定的有序逻辑,因此,诗人的联想活动是有意识的。而无意识则是"深层意象"派对自己创作的美学宣言,也是他们与其他诗歌流派的本质性区别。就以本诗来说,"泥土下的黑暗""移动的孤独的粮仓""粮仓向我们走来""甲板上失明的水手"等都来自诗人的无意识世界,在日常生活中,这些事物和场景与午后的降雪并没有任何必然的联系,但是,熟悉中国文化的读者都有这种熟悉的审美体验,"降雪"能召唤起我们内心一种本能的情感反应:或思乡,或思情,或只是一种空濛的情绪,等等。对诗人勃莱来说,"黑暗、孤独的粮仓、水手等"都是深藏在他无意识世界之中的情感部分。任何类似于降雪这样的情况都可能招致他的情绪涌动。更何况,勃莱的故乡是美国中北部的明尼苏达州的北部,降雪是他最熟悉不过的自然现象。在他的个人创作中,由雪兴起的感怀之作篇数繁多,如《陋室短诗》中,诗歌的开启句就是:"大约四点,几片雪花。"[①]随后是诗人的无意识之思,如第三节"每天更多的父亲逝去/该是儿子们的时候。/点点黑暗积聚他们四周。/黑暗看起来像片片光芒。"所以,我们会发现,勃莱的创作就是运用了我们非常熟悉的"由物及心"——"兴"这一诗歌创作手段。

Anecdote of the Jar

I placed a jar in Tennessee,

[①] 罗伯特·勃莱著:《罗伯特·勃莱诗选》,肖小军译,广州:花城出版社2008年版,第50页。

And round it was, upon a hill.
It made the slovenly wilderness
Surround that hill.

The wilderness rose up to it,
And sprawled around, no longer wild.
The jar was round upon the ground
And tall and of a port in air.

It took dominion everywhere.
The jar was gray and bare.
It did not give of bird or bush,
Like nothing else in Tennessee.

坛子轶事

我在田纳西放了个坛子，
圆圆的，立于山顶。
它使凌乱的荒野
拢聚在山的四周。

荒野向坛子肃然屹立，
匍匐四周，不再杂乱。
坛子浑圆，昂然而立，
高大威武，神情庄严。

它统领四方，犹如君王。
但却色泽如灰，毫无修饰。

"深层意象"派的中国诗缘

> 它不能孕育鸟雀与草木,
> 不像田纳西的其他任何东西。

《坛子轶事》是华莱斯·斯蒂文斯(Wallace Stevens)的名作。斯蒂文斯是美国现代主义巨匠,但他后期的创作又被美国本土学者划归于"深层意象"派阵营,实际上,我们可以从《坛子轶事》一诗中多少可以看出他"深层意象"诗人的成色。该诗创作于1919年,诗人刚好四十,时间上正值他创作风格的转型期。斯蒂文斯以一只普普通通的坛子为诗歌的缘起,尽管标题为"坛子轶事",但诗歌的主题却与坛子没什么太大关系,诗人可以借助任何其他事物来表达这同一个主题。诗歌由坛子进入自己的心绪,正如叶嘉莹所评价的那样:由物及心。诗人的心绪究竟如何,这很大程度上由诗人本人的审美情趣、思想境界来决定。但斯蒂文斯选择一只简单平凡的坛子来讲述自己不平凡的世界观,其方式方法显然不是来自于他所植根的诗歌文化土壤,而是他所称道的中国诗歌传统。①

顺便简单比较一下"深层意象"派与意象派之间创作原则的区别。"深层意象"派由物及心,而意象派则完全相反——由心及物。后者可以借艾略特(T. S. Eliot)的"客观对应物"(objective correlative)来加以说明。"艺术形式中表达情感的唯一方式就是找到一个'客观对应物',换句话说,找到将是那种特殊情感配方的一套物体、一个场景和

---

① 斯蒂文斯的诗歌创作深受中国文化影响。关于他与中国文化的渊源关系,本文不再赘述。可参考黄晓燕《论中国文化对斯蒂文斯诗歌创作的影响》,《外国文学研究》,2007年第3期。

一连串事件。"①意象派认为，诗人先有情感，然后找到对应于情感的意象来加以表现，所以，这是一个由内及外的过程，也就是说，由心及物。借用叶嘉莹的总结，意象派的由心及物，属于"比"的方法，而"深层意象"派由物及心，是"兴"的方式。两种截然相反的创作途径与方式并无本质上的优劣之分。但从哲学的角度上来说，二者是认识论上的不同，意象派由心及物，反映了人中心主义，而"深层意象"派由物及心，更接近道家的齐物论思想。因主题所限，此处就不再深入追述。

最后，我们要再次表明，"兴"并不是中国传统诗歌的独创性表现，只是西方文化思维与美学习惯的原因，相对弱化它的功能与表现作用，从而导致它被忽略。而"深层意象"派受中国文化的启迪，强化了"兴"在诗歌创作中的作用，并把它作为创作的主要手段而加以使用。

---

① T. S. Eliot, *Selected Prose*, ed. by John Hayward, London: Harper and Harper, 1963, p. 843.

第五章

"深层意象"派诗歌中的中国诗人

　　文学创作中,文人往往以某位先辈为自己的创作主题,其动机多为表达精神上的关联:或表达敬意,或示意文学品质上的传承。

　　美国"深层意象"派诗人自承深受中国文化影响,尤其喜欢中国古代诗歌。该流派领袖与代言人罗伯特·勃莱认为,"中国古诗是迄今人类历史上最伟大的诗歌"。他还解释说自己的创作生涯就始于模仿中国古诗。经过不完全考证,我们发现,"深层意象"派中有多位诗人就曾以中国古代诗人为自己的创作主题,以此来表达自己诗歌的文化渊源。因此,我们将以几位主要代表中以中国诗人为主题的诗歌为例来说明该流派的中国文化因缘。

一、罗伯特·勃莱:陶渊明、王维、裴迪、杜甫、李白

　　与其他成员相比,勃莱以中国诗人为主题创作诗歌的数量最多,其中包括陶渊明、王维、裴迪、杜甫、李白等。在勃莱 2005 年出版的《远行的冲动》一书的"前言"("Foreword")中,该书编辑彼得·内尔森(Peter Nelson)表达了

编辑此书的目的——"向古代中国诗人致敬"。①而作者勃莱在"引言"部分坦言自己早年的创作经历:"那时,我发现了中国诗人,我模仿着陶渊明的诗歌,模仿他那些闲适性(relaxed)的作品。"②为了表达对偶像的敬意,勃莱创作了《菊花》("Chrysanthemums")一诗,以示其意图,还特意附上副标题——"为喜欢它们的陶渊明而种"(Planted for Tao Yuan Ming, who likes them)。很显然,勃莱在花园里栽种着菊花,其目的不是为了观赏,而是为了纪念一位远在东方的圣贤先师。我们知道,"菊花"在中国传统文化中因为陶渊明《饮酒》中的诗句"采菊东篱下,悠然见南山"而被赋予了高洁与隐逸的品质。勃莱的《菊花》一诗正好应和了陶渊明所赋菊花的特性:闲在、隐逸、宁静。

1

Tonight I rode again in the moonlight!
I saddled later at night.
The horse picked his way down a dead-furrow,
Guided by the deep shadows.

2

A mile from the yard the horse rears,
Glad. How magnificent to be doing nothing,
Moving aimlessly through a nightmare field,
And the body alive, like a plant!

---

① Peter Nelson, "Foreword", in *The Urge to Travel Long Distances*, by Robert Bly, Washington: Eastern Washington University Press, 2005, p. ix.

② Robert Bly, *The Urge to Travel Long Distances*, Washington: Eastern Washington University Press, 2005, p. xi.

"深层意象"派的中国诗缘

3
Coming back up the pale driveway,
How calm the wash looked on the line!
And when I entered my study, beside the door,
White chrysanthemums in the moonlight!

1
今夜我又在月色中扬鞭驱马!
晚上我很晚才披上马鞍。
马沿着死水沟前行
被深层的阴影指引。

2
马在离园一里远处抬头张望,
非常惬意。无为是多么美妙,
在黑暗的田野漫无目的游走,
身体活力自然,如那草木!

3
沿着苍白的车道返回,
晾衣绳上的衣服看来多么安静!
当我走进书房,就在门边,
月光下的白色菊花!①

---

① Robert Bly, *Jumping Out of Bed*, New York: White Pine Press, 1987. 说明: 该书无页码。译文来自《罗伯特·勃莱诗选》,肖小军译,广州: 花城出版社 2008 年出版,第 127 页。

勃莱效仿陶渊明,将自己闲散而自在的生活融入诗歌创作之中——生活如诗,诗又如生活,需要平静的内心去感悟,这也是陶渊明给勃莱无论是诗歌还是生活上最大的启迪。勃莱于 1978 年出版的诗集《树将于此屹立一千年》(*The Tree Will Stand Here for a Thousand Years*),其标题的题意就源自陶渊明的《饮酒》(其四),由此可见勃莱对陶渊明的喜爱与熟悉程度:

> 栖栖失群鸟,日暮犹独飞。
> 徘徊无定止,夜夜声转悲。
> 厉响思清远,去来何依依。
> 因值孤生松,敛翮遥来归。
> 劲风无荣木,此荫独不衰。
> 托身已得所,千载不相违。

勃莱《从床上跳起》(*Jumping Out of Bed*)一书收有中国古代山水诗人王维与裴迪四组应答诗(answering poems),分别是:《漆园》("The Walnut Tree Orchard")、《华子冈》("The Hill of Hua-Tzu")、《栾家濑》("The Creek by the Luan House")和《木兰柴》("The Magnolia Grove"),勃莱不识汉字,所选四组诗歌显然是从别人的译文中所摘并加以选用。我们有必要强调的是,《从床上跳起》一书是勃莱个人创作的诗集,这种将他人作品据为己有,在我们的传统观念中,是一种剽窃行为。但在美国,这似乎成了其传统的一种文学方式,如庞德、雷克斯罗斯、史耐德等人就曾将自己各自翻译的作品收录到自己的诗集之中。而且这种方式还得到美国读者的普遍认可。勃莱选择王、裴二位诗人这四组应答诗的缘由,除了它们与整本书的主旨高度一致外,也是勃莱向中国前辈致敬的方式之一。

杜甫也是勃莱非常钦佩的诗人之一。同样在《从床上跳起》一书中就有勃莱"创作"的《想起〈秋野〉》一诗("Thinking of 'The Autumn Fields'"),说是"创作",其实说是"翻译"或引用也不为过,《秋野》是杜甫有名的组诗,主要表达作者对大自然的向往以及归隐之心,其主题自然是打动勃莱的主因。不过仔细对比,勃莱在原诗的基础上做了局部的改动,这些改动倒也符合勃莱的诗歌性格。杜甫原诗为五首,但勃莱只借用了前三首,我们不妨对比一下原诗与改动之后的诗作。

	杜甫原诗《秋野》	勃莱所引诗歌《想起〈秋野〉》
1	秋野日疏芜, 寒江动碧虚。 系舟蛮井络, 卜宅楚村墟。 枣熟从人打, 葵荒欲自锄。 盘餐老夫食, 分减及溪鱼。	Already autumn begins here in the mossy rocks,(秋天在苔石上开始,) The sheep bells moving from the wind are sad.(风中的羊铃十分伤悲。) I have left my wife foolishly in a flat country,(我让妻子痴留在平淡的乡间,) I have set up my table looking over a valley.(我支上桌儿俯看山谷。) There are fish in the lake but I will not fish;(湖中有鱼我不捕;) I will sit silently at my table by the window.(我静坐窗前桌旁,) From whatever appears on my plate,(盘中无论什么食物,) I will give a little away to the birds and the grass.(我都分些予鸟儿和小草。)

续上表

	杜甫原诗《秋野》	勃莱所引诗歌《想起〈秋野〉》
2	易识浮生理， 难教一物违。 水深鱼极乐， 林茂鸟知归。 吾老甘贫病， 荣华有是非。 秋风吹几杖， 不厌此山薇。	How easy to see the road the liferiver takes! Hard to move one living thing from its own path. The fish adores being in the deep water; the bird easily finds a tree to live in. In the second half of life a man accepts poverty and illness; praise and blame belongs to the glory of the first half. Although cold wind blows against my walking stick, I will never get tired of the ferns on this mountain.
3	礼乐攻吾短， 山林引兴长。 掉头纱帽仄， 曝背竹书光。 风落收松子， 天寒割蜜房。 稀疏小红翠， 驻屐近微香。	Music and chanting help me overcome my faults; the mountains and woods keep my body fiery. I have two or three books only in my room. （房间里我只有两三本书。） The sun shining off the empty bookcase warms my back. Going out I pick up the pine cones the wind has thrown away. When night comes, I will open a honeycomb. （当黑夜来临，我将打开蜜房。） On the floor-throw covered with tiny red and blue flowers, I bring my stocking feet close to the faint incense.

"深层意象"派的中国诗缘

　　两相对比,不难看出,第二首,勃莱几乎未做任何改动,第三首的改动也非常细微,"掉头纱帽仄"换成"房间里我只有两三本书","天寒割蜜房"改为"当黑夜来临,我将打开蜜房"。第一首改动幅度最大,几乎每句都有改变,但二者的内在意蕴却保持着一致。

　　关于李白,勃莱最喜欢的诗作无疑是《山中问答》:

　　问余何事栖碧山,
　　笑而不答心自闲。
　　桃花流水窅然去,
　　别有天地非人间。

　　If you ask me why I dwell among green mountains,
　　I would laugh silently, my soul is serene.
　　The peach blossom follows the moving water.
　　There is another heaven and earth beyond the world of men.

　　勃莱不仅在自己著作中不止一次引用李白的这首诗,而且在演讲与个人访谈中也反复引用。我们从杜甫的《秋野》与李白的《山中问答》中可以基本判断勃莱的美学思路,这两首诗与陶渊明、王维、裴迪的诗歌在主题上高度接近:寄情山水自然,在宁静与孤寂中寻找并坚守自我。这种诗歌风格事实上影响了勃莱一生的创作,他的代表作《雪野宁静》(*Silence in the Snowy Fields*)就是这一主题风格的集中演绎。

二、查尔斯·赖特:李白、杜甫、王维、李贺

在受中国文化影响的程度上,查尔斯·赖特丝毫不亚于勃莱。他回忆说,他的诗歌兴趣就是被中国诗歌所激发出来的。代表他艺术成就的三部三部曲(a trilogy of trilogies)中有两部诗集的命名就是中国文化的表征:《中国踪迹》(China Trace)和《万物的世界》(The World of Ten Thousand Things)。

查尔斯·赖特以中国诗人为主题的诗歌创作至少包括李白、杜甫、王维和李贺等四位诗人。他的短诗《中国风》①("Chinoiserie")总共才六行,但有一半分别借用明代诗人唐寅、宋代诗人黄庚和清代诗人王自武(音译,Wang Chi-wu)的诗行,由此可见他的中国诗歌情缘。

李白在赖特的诗集中至少出现三次。在诗集《艰难的货运》(Hard Freight)扉页上,赖特选用李白诗作《忆旧游寄谯郡元参军》中的诗句来表达自己对父母与故土的思念之情:"问余别恨今多少,落花春暮争纷纷。言亦不可尽,情亦不可及。"另两首分别是他的个人创作《艺术家的画像与李白》("Portrait of the Artist with Li Po")和《望窗外,我想起李白诗句》("Looking Outside the Cabin Window, I Remember a Line by Li Po")。前者共分三个诗节,前两节更像是在缅怀中国先辈,追述李白的喜好与生平:

---

① Charles Wright, *Hard Freight*, Middletown CT: Wesleyan University Press, 1973, p. 21.

"深层意象"派的中国诗缘

……
He liked flowers and water most.
Everyone knows the true story of how he would write his verses and float them,
Like paper boats, downstream
　　　just to watch them drift away.
Death never entered his poems, but rowed, with its hair down, far out on the lake,
　　Laughing and looking up at the sky.

　　他最爱花和水。
　　人人都知道他如何作诗并像纸船一样将它们漂在水中。
　　死神从未进入他的诗歌,只是划着桨,头发挂在脸上,在湖的远处,
　　　　仰天大笑。

诗的第三节,赖特借李白《山中问答》中的一句诗行"桃花流水窅然去"引发人生感触。

Over a 1000 years later, I write out one of his lines in a notebook,
The peach blossom follows the moving water,
And watch the October darkness gather against the hills.
All night long the river of heaven will move westward while no one notices.

> The distance between the dead and the living
> 　　is more than a heart beat and a breath.

千余年后,我在笔记本上抄下他的诗行:
"桃花流水窅然去",
看着十月的黑暗拢在山头。
彻夜,天河将向西流而无人发现。
生死之间
　　不只是心跳和呼吸。①

《望窗外,我想起李白诗句》一诗是作者触景生情,以李白《渡荆门送别》中的诗句"江入大荒流"(The river winds through the wilderness, /Li Po said /of another place and another time)而进入自我的联想,该诗属于典型的"深层意象"派风格,跳跃性大,意象的置换突兀而抽象,时间、空间、天上、地下、现实场景与虚拟想象等不断交迭出现,似乎用来象征无常乃生命的常态之意。诗的结尾玄虚却不乏哲性之美:

> We who see beyond seeing
> 　　See only language, that burning field.

我们看到看不到的
　　看到的只是语言,那燃烧的田野。

---

① Charles Wright, *The Southern Cross*, New York: Random House, 1977, p. 39.

"深层意象"派的中国诗缘

赖特对杜甫的喜爱很大一部分原因来自于他与雷克斯罗斯的交往。我们知道,雷克斯罗斯翻译的《汉诗一百首》中,杜甫独占35首,雷氏本人十分喜欢杜甫,因而在翻译杜甫作品时下了很大一番工夫。W. C. 威廉斯曾评价说:"雷克斯罗斯所翻译的杜甫诗,其感触之细微,其他译者,无人能及。"①赖特以杜甫为主题创作的诗歌为《读杜甫后,我走出门外来到矮小果园》("After Reading Tu Fu, I Go Outside to the Dwarf Orchard"):

East of me, west of me, full summer.
How deeper than elsewhere the dusk is in your own yard.
Birds fly back and forth across the lawn
　　looking for home
As night drifts up like a little boat.

Day after day, I become of less use to myself.
Like this mockingbird,
　　I flit from one thing to the next.
What do I have to look forward to at fifty-four?
Tomorrow is dark.
　　Day-after-tomorrow is darker still.

The sky dogs are whimpering.

---

① 转引自郑燕虹《论中国古典诗歌对肯尼斯·雷克思罗斯创作的影响》,《外国文学研究》,2006年第4期,第161页。

Fireflies are dragging the hush of evening
    up from the damp grass.
Into the world's tumult, into the chaos of every day,
Go quietly, quietly. ①

我之东,我之西,皆是盛夏,
你庭院的暮霭深过他处。
草坪上空鸟儿往返飞梭
    寻找着家园
夜幕如一叶扁舟徐徐漂来。

日复一日,我日渐碌碌无为,
如这仿声鸟,
    从此物飞向彼物。
五十四岁我还有何期盼?
明天将变得黑暗,
    明天的明天是更黑的黑暗。

天狗在低声哭泣,
萤火虫从潮湿的草地上
    拖曳着夜晚的宁静,
融入这世界的喧嚣,融入每一天的混乱,
悄悄地走,悄悄地。

---

① Charles Wright, *Chickamauga*, New York: Farrar, Straus & Giroux, 1995.

"深层意象"派的中国诗缘

赖特的诗学观主要为"场景诗学"（landscape poetics）。所谓"场景"，正是中国古代诗学对其启迪所致，他从中国山水诗歌与道家诗学中领略到"以景入情，以景观景，以景观人，情景交融"的美学意蕴，所写杜甫一诗正是他"场景诗学"的生动体现。1988年，赖特来中国访问期间，特意前往四川成都瞻仰杜甫故居。

赖特以同样的方式创作了一首以王维为主题的诗歌——《读王维后，我走出户外看满月》("After Reading Wang Wei, I Go Outside to the Full Moon")：

> Back here, old snow like lace cakes,
> Candescent and brittle now and then through the tall grass.
> *Remorse, remorse*, the dark drones.
>
> The body's the affliction,
> No resting place in the black pews of the winter trees,
> No resting place in the clouds.
>
> Mercy upon us, old man,
> You in the China dust, I this side of my past life,
> Salt in the light of heaven.
>
> Isolate landscape. World's grip.
> The absolute, as small as poker chip, moves off,
> *Bright moon shining between pines.* ①

---

① Charles Wright, *Negative Blue: Selected Later Poems*, New York: Farrar, Straus and Giroux, 2001, p. 7.

回到这里,旧雪如镶着花边的蛋糕,
时不时透过草丛露出白热而易碎的光。
悔恨,悔恨,黑色的雄蜂。

身体就是苦难,
冬天的树林里黑色的座椅上没有安歇之处,
云间没有安歇之处。

老人家,可怜可怜我们,
你在中国的尘土中,我在我往昔生命的这一侧,
天光里的盐。

孤独的场景,世界的掌控中。
绝对之事,小如扑克的筹码走了,
明月松间照。

  从诗的标题上来看,对赖特来说,王维就是疼痛与不安的镇静剂。现实与环境总令人不安——"No resting place",令人揪心——"World's grip",那么,只有王维给他带来慰藉和宁静,就像王维诗句——"明月松间照"——那样既有诗意又不乏平和与闲静的美感。
  赖特对李贺的了解多少有点出人意料,美国诗人中很少有人提及中国唐代这位有"诗鬼"或"鬼才"之称的诗人,而他是一个。他的《一半李贺式的诗》("Poem Half in the Manner of Li Ho")道出了李贺的生平和艺术风格,他将李贺比作英国浪漫主义诗人济慈(John Keats),二者都有唯美浪漫的气息,雄于想象,精于构思,而且都是在短暂的生命历

"深层意象"派的中国诗缘

程中贡献出不少伟大的传世之作。

……

Li Ho, the story goes, would leave home
Each day at dawn, riding a colt, a servant boy
    Walking behind him,
An antique tapestry bag
Strapped to his bag.
     When inspiration struck, Ho would write
The lines down and drop them in the bag.
At night he'd go home and work the lines up into a poem,
No matter how disconnected and loose-leafed they were.
His mother once said,
"He won't stop until he has vomited out his heart."

And so he did.
   Like John Keats,
He died believing his name would never be written among the Characters. ①

如故事所说,李贺离开了家
每天黎明,骑着小马,小童仆尾随其后,

---

① Charles Wright, *Black Zodiac*, New York: Farrar, Straus and Giroux, 1997, p. 23.

一个旧挂袋
挎在背上。
　　　　　当灵感来袭,李贺记下诗行,放入挂袋。
晚上回家,将诗行整理成诗,
无论它们多么不相关联。
他的母亲曾说,
"他不把心吐出来绝不休停。"

他终于停了下来,
　　　　就像济慈,
他死了,以为自己的名字永远不会书写在那些汉字中。

从上述对几位中国诗人的了解程度来看,查尔斯·赖特对中国古典文化的熟悉程度之深令人惊讶,另外,他还以老子[①]、季康子等人入诗,以此来表明自己的文化态度。

三、詹姆斯·赖特:白居易

詹姆斯·赖特与勃莱交情最深,受其影响也最深。正是因勃莱的缘故,他开始接触中国文化,并进而喜欢乃至热爱中国文化。他在明尼苏达大学任教时,就给学生开了多门关于中国文化的选修课,其中就包括他最喜欢的中国诗人白居易。

---

① 写老子的诗歌为"Reading Lao Tzu Again in the New Year",季康子的为"Reply to Chi K'ang"。

"深层意象"派的中国诗缘

《冬末跨过水洼,想起中国古代一位州官》("As I Step over a Puddle at the End of Winter, I Think of an Ancient Chinese Governor")就是赖特以白居易为原型而创作的诗篇。赵毅衡认为,在美国所有写白居易的诗作中,詹姆斯·赖特的这篇为最佳,它还是美国当代诗歌的名篇之一,经常入选各种当代诗选本。① 赖特借白居易的境况来感怀自己的不幸遭遇。

  Po Chu-i, balding old politician,
  What's the use?
  I think of you,
  Uneasily entering the gorges of the Yang-tze,
  When you were being towed up the rapids②
  ……

  白居易,秃顶的老政治家,
  又有何用?
  我想起了你,
  惴惴不安地沿长江三峡上溯
  在激流中逆行

诗歌开篇就是白居易不堪的境况,诗人并不是要以此来同情中国先辈,而是为了引起下文:自己同样的不幸。

---

① 赵毅衡:《诗神远游:中国如何改变了美国现代诗》,上海:上海译文出版社2003年版,第153页。
② James Wright, *Above the River*, the Noonday Press and University Press of New England, 1990, p. 119.

But it is 1960s, it is almost spring again,
And the tall rocks of Minneapolis
Build me my own black twilight
Of bamboo ropes and waters.
……
Where is Minneapolis? I can see nothing
But the great terrible oak tree darkening with winter.
……
Or have you been holding the end of a frayed rope
For a thousand years?

但是,20世纪六十年代,几乎又是春天,
明尼阿波利斯高耸的岩石
给我构筑起我自己的黑色黎明
用竹绳和水。
……
明尼阿波利斯在哪?我什么也看不到
除了那可怕的橡树在冬天变黑。
……
抑或你一直拽着那旧绳的端头
长达一千年?

  显然,赖特想象着绳子的两端——前头是白居易,后端是赖特本人,那种被牵引的感觉除了来自相似的逆境遭遇之外,还有艺术精神上的知音之情。对赖特来说,人生道路上白居易有牵引之功。

"深层意象"派的中国诗缘

四、威廉·斯坦利·默温：白居易、苏东坡

默温被学界称为"深层生态诗人"，他在《寄语白居易》("A Message to Po Chu-I"①)一诗中就表现了一种强烈的生态意识，更准确地说是"生态忧患意识"。该诗在白居易《放旅雁·元和十年冬作》一诗的基础上做了充分发挥。白诗描述的是诗人本人受贬谪的一段亲身经历：在寒冬之日逛街，诗人偶遇一儿童正兜售一只捕获的大雁，这引发了诗人的怜悯之心，诗人遂掏钱买下大雁并放飞，并希望它不要飞向西北："雁雁汝飞向何处？第一莫飞西北去。"因为西北正饱受战乱所造成的饥饿与痛苦。白居易以"旅雁"来感怀自己的沦落之伤："我本北人今谴谪，人鸟虽殊同是客。"

白居易诗	默温诗
九江十年冬大雪，江水生冰树枝折。百鸟无食东西飞，中有旅雁声最饥。雪中啄草冰上宿，翅冷腾空飞动迟。江童持网捕将去，手携入市生卖之。我本北人今谴谪，人鸟虽殊同是客。见此客鸟伤客人，	In that tenth winter of your exile（在你流放的第十个寒冬） the cold never letting go of you（寒冷从未放过你） and your hunger aching inside you（饥饿使得你体内疼痛） day and night while you heard the voices（无论昼夜你都听到） out of the starving mouths around you（来自身边饥饿的声音） old ones and infants and animals（大人、孩子、动物）

---

① W. S. Merwin, "A Message to Po Chu-I", *The New Yorker*, March 8, 2010.

续上表

白居易诗	默温诗
赎汝放汝飞入云。 雁雁汝飞向何处, 第一莫飞西北去。 淮西有贼讨未平, 百万甲兵久屯聚。 官军贼军相守老, 食尽兵穷将及汝。 健儿饥饿射汝吃, 拔汝翅翎为箭羽。	In that tenth winter of your exile（在你流放的第十个寒冬） the cold never letting go of you（寒冷从未放过你） and your hunger aching inside you（饥饿使得你体内疼痛） day and night while you heard the voices（无论昼夜你都听到） out of the starving mouths around you（来自身边饥饿的声音） old ones and infants and animals（大人、孩子、动物） those curtains of bones swaying on stilts（那些瘦骨嶙峋者架拐而摇晃） and you heard the faint cries of the birds（你听到虚弱的鸟鸣） searching in the frozen mud for something（在冻土中觅食） to swallow and you watched the migrants（你看着寒冬里那被囚的迁客） trapped in the cold the great geese growing（天鹅日渐虚弱） weaker by the day until their wings（直至振翅无力） could barely lift them above the ground（无法飞离地面） so that a gang of boys could catch one（一帮少年网住一只）

续上表

白居易诗	默温诗
	in a net and drag him to market（拉至市场准备烹杀）
	to be cooked and it was then that you（那时是你看到了它）
	saw him in his own exile and you（那流放的天鹅你买了下来）
	paid for him and kept him until he（直到它能再次飞翔）
	could fly again and you let him go（你放它自由）
	but then where could he go in the world（但那时它能飞向何处呢）
	of your time with its wars everywhere（在你的那个时代到处都是战乱）
	and the soldiers hungry the fires lit（那些饥饿的士兵点着火）
	the knives out twelve hundred years ago（一千二百年前那亮晃晃的刀剑）
	I have been wanting to let you know（我一直想让你知道）
	the goose is well he is here with me（那只大雁至今还在我的身边）
	you would recognize the old migrant（你还会认出这老迈的迁客）
	he has been with me for a long time（他在我这儿已待了好久）
	and is in no hurry to leave here（眼下并不急于飞离）

续上表

白居易诗	默温诗
	the wars are bigger now than ever（现在的战事比过去更加激烈） greed has reached numbers that you would not（贪婪程度让你无法想象） believe and I will not tell you what（我无法告诉你） is done to geese before they kill them（究竟能为那难逃杀害的雁群做些什么） now we are melting the very poles（我们正在促使南北极消融） of the earth but I have never known（我实在不知道这只大雁） where he would go after he leaves me（离开了我可飞往何处）

白居易因为"旅雁"而感怀自我，找到认同，而默温因为白居易而感怀时代，感怀世界，从而找到认同。他将自己定义为"传承者"的角色，传承着白居易"保护旅雁"的生态之举、人性之举。与白居易一样，默温不无忧虑，"离开了我后他将飞往何处"？白居易的《放旅雁》对绝大多数中国读者来说都十分陌生，但默温显然从白居易那儿获得了思想上的启迪。

《致苏东坡》（"A Letter to Su T'ung-po"①）一诗是诗人

---

① W. S. Merwin, "A Letter to Su T'ung Po", *The New Yorker*, March 5, 2007.

"深层意象"派的中国诗缘

为了纪念中国宋朝一代大文豪苏东坡而作,他思考着千年前苏东坡思考过的问题。默温并没有明说"苏东坡之问"为何问题,但从诗歌的语境中可以判断该问题出自《水调歌头》中苏东坡的诗意与哲性之问:"明月几时有,把酒问青天。不知天上宫阙,今夕是何年?"

  Almost a thousand years later
  I am asking the same questions
  you did the ones you kept finding
  yourself returning to
  ……
  as I sit at night
  above the hushed valley thinking
  of you on your river that one
  bright sheet of moonlight in the dream
  of the water birds and I hear
  the silence after your questions
  how old are the questions tonight

  几乎千年之后
  我问着
  你提过的
  并不断重复的同一个问题
  ……
  每当夜深我坐在
  幽静的山谷
  我会想起你在河边

> 水鹰梦中的皎洁月光
> 我听见你问题后
> 所带来的宁静
> 今夜那些问题有多悠久

空静的月夜使默温想起了苏东坡,他在精神上产生了强烈的共鸣。后现代主义批评家曾把文学作品视为历史文本的"互文",实际上,我们也可以把默温与苏东坡的情感共鸣称为"精神上的互文"。

顺便指出的是,默温的上述两首诗歌都是他在晚年完成的,《致苏东坡》与《寄语白居易》于 2007 年、2010 年先后发表在《纽约客》(*The New Yorker*)上。在诗歌生涯的末期,诗人以其特有的方式致谢那些曾给他带来丰富想象与无限精神启迪的中国古代诗人。

五、高尔威·金内尔:杜甫

金内尔著有一首《为杜甫干杯》("A Toast to Tu Fu"[①]),收在他早期的《这是什么王国》一书中。诗人根据杜甫的经历借题发挥,有些经历显然是金内尔杜撰出来的。

> To you, Tu Fu,
> Because it didn't work out
> When you lent

---

① Galway Kinnell, *What a Kingdom It Was*, Boston: The Riverside Press, 1960, p. 19.

"深层意象"派的中国诗缘

> Yourself to government.
> A poet isn't made to fix
> Things up—only to celebrate
> What's down,
> ……

> 为你干杯,杜甫,
> 因为你委身政治
> 却无用武之地。
> 诗人不是来修缮的
> 而是来歌颂那些变质的,
> ……

诗歌的后两节以虚幻的杜甫来诠释生命本真的价值和意义。对金内尔来说,中国先辈诗人杜甫是他通往意义末端的桥梁,当然,在某种程度上,杜甫的生命历程给予了金内尔不一样的生命感悟。

六、路易斯·辛普森:严羽

严羽是我国南宋时期的诗论家、诗人,其诗论家之名远大于诗名。因此,辛普森以严羽为题多少令人意外,但透过这首诗,我们发现辛普森对这位中国同行的熟悉度远超出我们的想象:

Yen Yu
Talking about the *avant-garde* in China

long ago in the 13th century—

"The worst of them," said Yen Yu,
"even scream and growl,
and besides, they use abusive language.
Poetry like this is a disaster."

He said, "Do you see this ant?
Observe, when he meets a procession,
how he pauses, putting out feelers,
and then turns back, in the 'new direction.'
That way he stays out front."

And he said, "Avoid poets,
even if they are in the *avant-garde*."①

  严羽
说起早在十三世纪的
先锋诗人。

"其末流甚者,"严羽说,
"叫噪怒张, 殊乖忠厚之风,
殆以骂詈为诗,
诗而至此可谓一厄也。"

---

① Louis Simpson, *Collected Poems*, New York: Paragon House, 1988, p.221.

"深层意象"派的中国诗缘

> 他说,"你看这只蚂蚁,
> 仔细观察,当他遇见队伍,
> 他如何停下,伸出触角,
> 然后转身,往'新方向'离去,
> 这是他保持在前沿的方式。"
>
> 他说,"避开这些诗人,
> 即便他们在最前沿。"

全诗借严羽"之言"来针砭诗坛中的歪风:一些先锋派诗人为了凸显自己与众不同,标新立异,却实际上只是诗坛中的"另类"而已,"叫噪怒张,殊乖忠厚之风,殆以骂詈为诗,诗而至此可谓一厄也"。辛普森借"灾难"(disaster)一词来形容这种"先锋"现象,因此,为了不受灾难危害,就要"避开"——"避开这些诗人,/即便他们在最前沿"。有趣的是,所用引言除了第一部分出自严羽的《沧浪诗话·诗辩》外,后两部分则是假严羽之口,是辛普森本人的台词设计而已。

从辛普森以中国文论家严羽为诗歌主题不由得让我们引出另外一个话题,美国当代文学中禅诗十分流行,学界认为美国禅文学深受中日两国文化的影响,包括钟玲在内的我国学者在论及影响源头时,很少有人提及严羽的积极作用[①]。我们知道,严羽是我国禅诗理论的集大成者,他的"以禅喻诗""妙悟"等诗学理论得到后世的广泛认可。从辛普森对

---

① 详见钟玲《中国禅与美国文学》,北京:首都师范大学出版社 2009 年出版。

严羽的熟悉程度,我们完全可以推断,严羽的禅诗理论应该对美国当代诗歌的发展产生过一定的作用,因此,这也将是一个十分有意义的研究课题。

第五章 "深层意象"派诗歌中的中国诗人

第六章

勃莱的中国诗缘

罗伯特·勃莱是美国当代诗人、翻译家与批评家,是"深层意象"派诗歌的代言人与领袖。批评家威廉·戴维斯(William V. Davis)认为,勃莱是"同时代最有影响力的诗人,也是与其他作家及思想家联系最为密切的诗人,他所涉猎的题材包括抒情、政治、心理、社会、哲学等方面,其广泛程度无人能出其右……在过去不到二十五年的时间中,他是这一时代最为杰出的诗人"①。勃莱出道之初,其清新的诗歌主题与超乎美国传统的诗风给当时艾略特式现代主义诗歌占统治地位的美国诗坛带来一阵惊呼和前所未有的感受,当代重要诗人兼诗评家唐纳德·霍尔(Donald Hall)当时的评价颇具代表性:"勃莱的诗歌在美国诗歌中是一种全新的风格和想象。"②

勃莱自选择诗歌创作作为职业以来,一直虚心好学,汲取他人的长处与优点,他先后学习、考察与研究过美国本土、中国、挪威、智利、西班牙、英国、法国、德国等国的诗歌文化及一些诗人的诗歌作品。其中,中国古代诗歌与古典文化对他的影响最为深刻。关于中国诗歌,勃莱毫不讳

---

① William V. Davis. *Understanding Robert Bly*. Columbia: University of South Carolina Press, 1988, p. 10.

② 同上,第12页。

言，那"是迄今为止人类历史上写得最好的诗歌"①。

一、缘起与表现

除美国本土诗歌外，勃莱最先接触与熟悉的诗歌是中国古典诗歌。他曾回忆道，他早在20世纪50年代就开始阅读与学习中国诗歌。"当时（1955年，笔者注）我已发现了中国诗歌。"② 事实上，勃莱不识汉语，他对中国诗的学习主要通过英译本进行。当时中国诗的翻译在美国已较为普遍，其中，著名的英国中国诗歌翻译家阿瑟·威利（Arthur Waley）的译本尤为流行，与此同时，勃莱的老师兼好友肯尼斯·雷克斯罗斯也在翻译与介绍中国古典诗歌。

勃莱的诗歌创作就是从模仿中国诗开始的，更准确地说，是从模仿晋代大诗人陶渊明开始的。他的第一本诗集《雪野宁静》（*Silence in the Snowy Fields*，1961）是仿陶渊明而作。勃莱说："我模仿着陶渊明的诗歌，模仿着他那些闲适（relaxed）的作品，我的诗歌中可能缺少了他所在的那个国家的深层文化（deep culture）。我将一组乡野诗歌（countryside poem）集结成集《雪野宁静》，于1961年出版。"③ 勃莱不仅在诗歌艺术创作上模仿着陶渊明，在生活中也是以陶渊明为楷模（model）。陶渊明中晚年归隐田园，选择了一种清静的、与世无争的"结庐在人境，而无车马喧"的生活

---

① Robert Bly, *Talking All Morning*, Michigan: The University of Michigan Press, 1980, p.129.

② Robert Bly, *The Urge to Travel Long Distances*, Washington: Eastern Washington University Press, 2005, p.xi.

③ 同上。

"深层意象"派的中国诗缘

方式。勃莱生活在物质生活高度发达的现代社会,但他大学毕业后选择了自己的家乡作为栖息养生的处所。那里是美国中部的西北部农场,地处偏僻,人烟寂寥,诗人独自追寻着清心寡欲、孤独无为的自在生活,常常在深夜以明月星星相伴,怀念起远古的中国先师来。陶渊明以"菊花诗人"的美称而名满天下,勃莱则在自己的后花园栽种菊花,并著有《菊花》("Chrysanthemums")诗一首,副标题为"为喜欢它们的陶渊明而种"(Planted for Tao Yuan Ming, who likes them),诗人对陶的喜爱程度由此可见一斑。"回到苍白色的车道上/晒衣绳上的衣服看开多么平静!/当我走进书房,站在门边,/月色中一团团白色的菊花!"[1] 这是诗歌的最后一节,诗人骑马归来,在宁静的月夜,菊花成了他的精神伴侣,也是他的精神归属所在。"月色"是非常富有中国文化特色的意象,常用来表现"明月思故乡/人"的母题内涵。

《雪野宁静》既是作者的开山之作,也是他的代表作之一。诗集共收有44首短诗,单从诗歌的外在形式上就能明显地感受到中国古诗的痕迹。诗歌篇幅短小,通常以三五行成节或独立成篇。因受翻译诗的影响,勃莱的作品多以自由诗为主,语言上简单明快,节奏清新平缓。批评家霍华德·内尔森(Howard Nelson)对勃莱的诗歌研究在这一方面颇有心得。他说:"也许《雪野宁静》中最大的文学存在是中国诗——就是说,中国诗正如我们所知道的那样,通过翻译已形成英语现代诗歌最美和最富影响力的一股力量。无论是表面还是肌质,《雪野宁静》中的大部分诗歌更像中国诗

---

[1] Robert Bly, *Jumping Out of Bed*, New York: White Pine Press, 1987. (No page number)

歌的翻译版。"随即他又补充道:"更像是阿瑟·威利而不是雷克斯罗斯或其他人的中国诗翻译。"① 当然,较之诗歌形式,诗歌的表现主题更能体现出中国诗的特质来。《雪野宁静》全书所表现的主题非常集中统一,正因为如此,有批评家认为,该集可视为一部长诗,每首短诗就是组成这部长诗的各小节。像中国大多数古代诗人尤其是以陶渊明、王维等为代表的田园或山水诗人那样,勃莱的诗歌作品表现出诗人寄情于山水、怡情于田园的遗世情怀。因而,"孤独"与"宁静"是诗人反复咏叹的主题曲。勃莱以孤独与宁静为美,他将前者看作人类物质与精神双重表现的自然状态,是原生态的本真反映,而后者是通过后天修为在精神追求上的至高境界,是内在与外在平衡的和谐场。如《三种快乐》("Three Kinds of Pleasures")、《回归孤独》("Return to Solitude")、《湖边日落》("Sunset at a Lake")、《深夜树林里的孤独》("Solitude Late at Night in the Woods")、《火车上》("In a Train")、《工作后》("After Working")、《懒惰与宁静》("Laziness and Silence")、《夜》("Night")、《宁静》("Silence")、《午后降雪》("Snowfall in the Afternoon")等诗歌都集中渲染了孤独与宁静的主题特色。诗人像古代中国先人那样归隐山水田园,旨在达到独善其身、追求个人品质的人生目的。勃莱十分推崇李白"问余何事栖碧山,笑而不答心自闲"的思想境界,他常以此自慰并借以回答自己为何在空旷寂寥的原野终其一生的相关问题。

除诗歌的外在形式与主题思想外,勃莱在诗歌的其他表

---

① Howard Nelson. *Robert Bly: An Introduction to the Poetry*, New York: Columbia University Press, 1984, p. 29.

"深层意象"派的中国诗缘

现方式中也有着浓厚的中国特色。众所周知,西方诗歌以叙事写实见长,无论是早期的史诗还是后来直抒胸臆的抒情诗,大都借外在的客观实物或情景来或表现或记录,诗歌往往通透明了,达意方式简单直接,以意义的追求或情感的抒发为其主要目的。而中国诗自古以来除达意与抒情外,往往重视意境的营造,注重"风骨"与"格调"的品质美。诗歌描写虚实相兼,以人的感受力来竞逐诗歌的张力美,诗歌以彰显"言有尽而意无穷"的美学特征为其意义追求原则。即便如此,诗歌的意义往往浩瀚缥缈,隽永流长,融个性与普遍性双重特性于一起。在这些方面,勃莱的中国诗歌特质最为明显。还是以他仿效中国诗歌所创作的《雪野宁静》为例,大多数诗歌以人的各种感受的融合为基本表述方式。诗歌关注人内心世界的无意识活动,在有知世界与未知世界,经验世界与超验世界中还原世界的本质特性,以刹那间的感受为诗歌的艺术之美。如《天晚时驱车进城去寄一封信》("Driving to Town Late to Mail a Letter")一诗:"这是个寒冷的雪夜,大街寂寥冷清。/唯一活动的东西是旋飞的雪花。/掀开邮箱盖,我感到冰冷的铁。/雪夜里有一种我喜欢的隐秘。/开车四处逛逛,我愿多费些时间。"① 除诗歌的标题对创作的背景有所交代外,全诗既不为记事也不为某种特定的抒情,而是将当时涌动在内心的片刻感受结合环境的铺垫呈现出来,这恰好迎合了读者的审美需求和审美感受。这种诗歌在美国乃至西方的文化传统中寥若晨星,因此,勃莱的中国诗因缘是能解释它存在的合理原因。而在勃莱长达五十余

---

① Robert Bly, *Silence in the Snowy Fields*, Connecticut: Wesleyan University Press, 1953, p. 32.

年的个人创作中,此类诗歌随处可见。如《驶向言湖河》("Driving Toward the Lac Qui Parle River")的最后一节:"临近米兰,忽现一座小桥/和跪在月色中的水。/小镇上房屋建在地面;/灯光洒落在草地四周。/我赶到河边,满月笼罩;/小舟上,几个人轻声地说着话。"① 这样的诗歌赋予了典型的中国诗的特质,换句话说,抛开诗歌的形式(自由诗)因素,它活脱脱地就是中国古诗的翻版:对意境的追求远甚于意义或情感的表述。用勃莱本人的评价也较为贴切:"在古代中国,各个层次的知觉能够静悄悄地混合起来。它们不像冬天的湖水那样分成一层又一层,而是不知怎的都流在一起了。"②

迄今,勃莱已出版个人诗集十余部之多,除一两部政治题材外,大部分都或多或少地受中国诗的影响,而影响最直接的除上文所探讨的《雪野宁静》外,还有《树将在此屹立一千年》(*The Tree Will Stand Here for a Thousand Years*,1978)、《从床上跳起》(*Jumping Out of Bed*,1987)、《食语言之蜜》(*Eating the Honey of Words*,1990)以及最新出版的《远行的冲动》(*The Urge to Travel Long Distances*,2005)等。其中,《树将在此屹立一千年》一书的标题来自陶潜的"饮酒十二首":"劲风无荣木,以荫独不衰。托身已得所,千载不相违。"而在《远行的冲动》一书的序言中,诗人更是直言不讳,将自己受惠于中国诗的起因和经过交代得非常直白。他一方面像是在为自己的创作生涯做某种形式的总结,

---

① Robert Bly, *Silence in the Snowy Fields*, Connecticut: Wesleyan University Press, 1953, p. 38.

② Robert Bly, *Talking All Morning*, Michigan: The University of Michigan Press, 1980, p. 234.

"深层意象"派的中国诗缘

另一方面,也是在向中国古代的先人们表示自己由衷的谢意。《远行的冲动》一书诚如他自己所言是几十年来模仿中国诗进行创作练习所积累的结晶。①

二、中国传统文化倾向

勃莱的诗作还表现出很强的中国传统文化的倾向性,尤其是道家思想。这里将以他的诗集《从床上跳起》为例来集中探讨他的中国情缘这一话题。

该诗集篇幅单薄,因为这个原因,书的页码及目录也被人为省略,若不是夹有王惠民(Wang Hui-ming,音译,笔者注)的木刻画,恐难以装订成册,但作者执意将它独立成书,其目的就在于突出它的中国文化特色及作者本人的中国文化因缘。王惠民的木刻画及画中的汉字书法更加重了其文化特色内涵。不得不提及的是,每幅木刻画都是应和勃莱的某首诗歌的特定含义而作,正所谓相得益彰,特色鲜明。

书的封面就对该书的大意进行了简单明了的介绍:"《从床上跳起》是作者勃莱受道家思想而激发(Taoist-inspired)的诗歌积累,它着重探讨孤独的喜悦,芸芸众生的相互依赖,以及存在(being)而不是纷争(striving)所获得的欢乐(delights)。"② 全书共收有短诗26首,其中,中国唐代诗人王维及其好友裴迪的四组对答诗(answering poems,分

---

① Robert Bly, *The Urge to Travel Long Distances*, Washington: Eastern Washington University Press, 2005, p. xi.

② Robert Bly, *Jumping out of Bed*, White Pine Press, 1987. (No page number)

别是《漆园》《华子冈》《栾家濑》和《木兰柴》)也被作者收入其内。这一将他人诗歌"据为己有"的现象表面上似乎难以解释,仅根据后现代主义"互文性"理论并不完全令人信服。但美国诗坛在这一方面却早有传统,如庞德的《华夏集》就是个中典型。当然,勃莱对原作者还是表现出相当的忠诚度:至少还是将作者进行了必要的交代。

勃莱在该书的首页引用了两段经文,说是引用,实为不妥,至少不准确,因为勃莱在原文的基础上都做了一定程度的篡改:

> All around me men are working;
> But I am stubborn, and take no part.
> The difference is this:
> I prize the breasts of the Mother.
> —*Tao Te Ching*

> I came out the mother naked,
> and I will be naked when I return.
> The Mother gave, and the Mother stakes away,
> I love the mother.
> —*Old Testament*, restored

> 我周围,人人都在工作;
> 但我顽固,没有参与。
> 不同就在于此:
> 我珍惜母亲的乳房。
> ——《道德经》

"深层意象"派的中国诗缘

> 我赤裸裸地从母亲身上出来，
> 当回归时也将赤裸裸。
> 母亲给予的，母亲将带走，
> 我爱母亲。
> ——《旧约》复原本①

诗人将引文以诗歌的形式进行排列，其排列顺序颇为讲究并自有一番深意，《道德经》与《圣经》皆为经典，作为西方人的勃莱将东方的《道德经》置于西方经典之上，用香港学者钟玲的话来说，"则具有颠覆的意味"②。实际上，抛开隐性层面的颠覆性意义不谈，单从《道德经》引文显性的意义层面来看，我们不难发现，勃莱对道家的一些重要思想已深得其精髓。勃莱所引的《道德经》的原文是："众人皆有以，而我独顽似鄙，我独异于人，贵食母。"而篡改后的"没有参与"（"take no part"）呼应了道家的"无为"之说。而勃莱对"无为"思想可谓推崇备至。当然，勃莱对"无为"的理解也多了层对现代商品社会的反思。他以为，"无为"就是要无欲无为，摆脱功名利禄，静心养性，从而达到人格的自我完善。他有两首诗以"无为"为题：《一首无为之诗》（"A Doing Nothing Poem"）及《另一首无为之诗》（"Another Doing Nothing Poem"）。前者表明，"无为"并不是无所事事，而是通过主观上的不行为，通过思考和参悟达到心灵恬静"透明"（transparent）的境界。因而他说，"我变长了，变透明了……"，"像只海参，/它无为地活着/活了

---

① Robert Bly, *Jumping out of Bed*, New York: White Pine Press, 1987.
② 钟玲：《美国诗与中国梦——美国现代诗里的中国文化模式》，桂林：广西师范大学出版社 2003 年版，第 96 页。

一千八百年。"① 所谓"活了一千八百年",就是通过无为而打破时间与空间上的限制,它不是肉体生命的延续而是精神与灵魂的升华。而《另一首无为诗》则明显地借用了庄子《逍遥游》中的比喻:"有一只鸟穿越水面飞过。/它像一条十里高的鲸鱼!/在入海前,/它只是我床底下的一粒尘土。"②《逍遥游》则说:"鲲之大,不知其几千里也,化而为鸟,其名为鹏,鹏之背,不知其几千里也,怒而飞。"勃莱与庄子都强调事物的变化。较之庄子,勃莱的万物幻化的能力更为巨大。由鸟化鱼而后化尘土,结合"无为"的道家思想,勃莱更突出了宇宙的玄妙和万物生生不息的道理。除了"无为",勃莱还重视道家的"静"思想。道家要求,相比物静,心静更为重要。正如陶渊明所言:"结庐在人境,而无车马喧。问君何能尔,心远地自偏。""心远"实为心静。《从床上跳起》中的许多作品正是"静"思想的实质体现,如《六首冬季幽隐之诗》("Six Winter Privacy Poems")、《像新月我要过我的生活》("Like the New Moon I Will Live My Life")、《几首十一月幽隐之诗》("Some November Privacy Poems")、《北树林中的月色路途》("On a Moonlit Road in the North Woods")等,举不胜举。

除道家思想外,勃莱还对儒家与佛教文化表现出浓厚兴趣。不过,他对道、儒、佛彼此间的差异所了解的程度则令人生疑,他极有可能将某些儒家教义和佛理禅旨统归为道家思想。但不管如何,他所推崇的阴阳平衡、沉思禅定、闲静顿悟、道法自然、自在无为等思想都有强烈的心灵美学倾

---

① Robert Bly, *Jumping Out of Bed*, New York: White Pine Press, 1987.
② 同上。

"深层意象"派的中国诗缘

向,都旨在构造和谐的内心世界,遵循自然规律,从而实现自我存在的终极价值。因而也就无所谓道儒佛的差异之说了。如《六首冬季幽隐之诗》是在讲述禅的体验,但作者将其纳入道家体系,虽有些不伦不类,但这样的追求却也无可厚非。诗人寥寥数语,禅味十足。

1
About four, a few flakes.
I empty the teapot out in the snow,
feeling shoots of joy in the new cold.
By nightfall, wind,
the curtains on the south sway softly.

1
大约四点,几片雪花。
我在雪地上清倒茶壶,
清新的寒风里感受一道道喜悦。
夜幕下,风,
南边的窗帘轻轻地摇动。

3
More of the fathers are dying each day.
It is time for the sons.
Bits of darkness are gathering around them.
The darkness appears as flakes of light.

III

每天更多的父辈在逝去,
该是儿子们的时候。
点点黑暗积聚他们四周。
黑暗看起来像片片光芒。

4

A Sitting Poem

There is a solitude like black mud!
Sitting in the darkness singing
I can't tell if this joy
if from the body, or the soul, or a third place!

IV

打坐诗

有一种黑泥似的孤独!
坐在黑暗中歌唱,
我无法判断这种喜悦是否来自
身躯、还是心灵,还是另外一个地方!

6

When I woke, new snow had fallen.
I am alone, yet someone else is with me,
Drinking coffee, looking out at the snow.

VI

当我醒来,又下了一层新雪。

"深层意象"派的中国诗缘

我独自一人,但又有他人与我同在,
品着咖啡,赏着窗外的雪。①

诗人在孤独与幽静中自在禅定,透悟世界与人生。观物但不为物役,省物但不为物扰。物我相融但我又在物外。此等闲定与性情非常人所能想象。

三、动机

我们知道,勃莱的中国诗缘绝不能仅用兴趣或影响这样简单的字眼来进行概括与总结。众所周知,对于诗歌这门独特的语言艺术而言,单纯的模仿或仿效绝不能造就一名出类拔萃的诗人来。若考察勃莱的中国诗缘之动机,除了他个人的兴趣与选择外,我们还可以得出至少其他两个方面的原因:一是诗人的本土意识使然,二是诗人的个人诗学需要。

关于本土意识,国内著名学者区鉷教授曾有过精辟的见解。他认为,无论是艺术家还是批评家与学者等,都有一定的本土意识(sense of nativeness)。本土意识的核心是民族文化意识,"似乎一切民族的文学在它的传统阻碍了时代前进的步伐时,作为本土意识核心的民族文化意识都以时代意识的形式曲折地表现出来,向外国文学借取力量来改造本民族的旧文学"②。而钟玲则纯粹地从美国诗歌这一角度来谈论这一问题,她说:"有些美国诗从表面看来,其重点是异国的论述模式,但其实这种异国模式只是一种策略,用以凸显

---

① Robert Bly, *Jumping Out of Bed*, New York: White Pine Press, 1987.
② 区鉷:《大合唱中的不同音色——欧洲文艺理论的本土意识》,《中山大学学报(哲社版)》,1994年。

本土的论述,或有意凸显美国诗人个人的信息。还有一些美国诗,诗人似乎是很努力地把异国模式在英语诗句中具体化、本土化,但结果是诗中固然有异国情调的部分,但其重点仍然是西方的论述。"① 勃莱本人则更是把本土性视作诗歌的生命线,他反复强调:"美国诗歌若不是从自己的土壤自然生长出来,那么我们不妨放弃或停止写作。"② 他在与我国已故著名学者王佐良谈话时特意提及美国诗歌本土化这一问题的严重性:"美国诗人还得同英国诗的传统斗争……不少美国诗人写的是所谓美国诗,骨子里却是英国的韵律和英国的文人气。我们仍然需要真正的美国诗歌。""因此,美国诗更要摆脱英国诗的传统,要面对世界,向外国诗开门……我认为美国诗的出路在于,向拉丁美洲的诗学习,同时又向中国古典诗学习。"③ 因此,我们可以清楚地看出,勃莱的中国诗缘背后有着诗人强烈的民族使命意识。他的诗歌也的确折射出他的本土情感,诗歌中遍布的意象展现出美国中西北部独特的风土人情和原野文化。另一方面,勃莱的诗歌本土化理念越来越受到当代诗人的认同和接受。从同时代的詹姆斯·赖特(James Wright)、加里·史耐德(Gary Snyder)、路易斯·辛普森(Louis Simpson)到年轻一代的马克·斯特兰德(Mark Strand)、詹姆斯·退特(James Tate)等人,都在自己的实践创作中将诗歌艺术与地域文化及地理

---

① 钟玲:《美国诗与中国梦——美国现代诗里的中国文化模式》,桂林:广西师范大学出版社 2003 年版,第 140 页。

② Robert Bly, *Talking All Morning*, Michigan: The University of Michigan Press, 1980, p. 56.

③ 王佐良:《王佐良文集》,北京:外语教学与研究出版社 1997 年版,第 643 - 649 页。

"深层意象"派的中国诗缘

特征紧密地结合起来,为美国诗歌的繁荣承担起艺术家最根本的责任与义务。

勃莱毕生都在打造一个"深层意象"的诗歌王国。①"深层意象"是勃莱个人诗学的核心所在。勃莱早在20世纪60年代初就撰文指出,美国诗歌自20世纪初以来一直被以艾略特、庞德、威廉姆斯等人为代表的现代主义把持着统治地位,美国诗歌自此转向了一个错误的方向:转向了外部物质世界。诗歌无限制地利用物质元素,"无物便无思想"(No idea but in things)②是现代主义美学所倡导的基本创作原则。正因为如此,诗歌变得越来越缺少情绪、情感等内心感受方面的因素。而勃莱以为,诗歌应转向人的内心,转向内心最深处的无意识世界。他给诗歌的定义为"诗歌是刹那间渗透到无意识之中的事情"③。勃莱笃信弗洛伊德与荣格的无意识理论,认为无意识是艺术家的原动力所在,无意识世界是展现人的本真自我与性格心理的原始场所。勃莱对现代主义诗歌的批评的最根本的出发点在于,现代主义诗歌与美国商业文化与宗教文化中"物质至上"的思想是一脉相承的。而这种思想对美国社会的发展及文明程度的提高具有严重的腐蚀性和障碍性。所以,勃莱提倡,诗歌要关注人的心

---

① 关于"深层意象"及勃莱与"深层意象"的关系请参见欧锟、肖小军《诗歌·意象·无意识:"深层意象"阐释》,《中山大学学报(社会科学版)》2007年第3期,下面将不再赘述。

② "无物便无思想"是威廉姆·卡洛斯·威廉姆斯提出的诗学理念。勃莱在《美国诗歌的错误转向》一文中借此来批评现代主义诗歌的物质主义倾向。参见 Robert Bly, "A Wrong Turning of American Poetry", *American Poetry*: *Wildness and Domesticity*, New York: Harper & Row, Publishers, 1990.

③ Robert Bly, "A Wrong Turning of American Poetry", *American Poetry*: *Wildness and Domesticity*. New York: Harper & Row, 1990, p. 20.

灵世界，诗人要将自己宁静致远、沉思达悟、淡泊孤独的美学追求传递给广大读者，而这样的美学追求恰好与中国古典诗歌与文化所诠释的思想是相当吻合的。另一方面，我们发现，勃莱所喜欢的一些中国诗人如陶渊明、王维、裴迪、孟浩然、李白、杜甫等以及他所推崇的道家思想也都说明了这一问题。换句话说，勃莱的中国诗缘在一定程度上是因为中国古代诗歌与古典文化恰好实现了他的个人诗学理想：诗人追求孤独宁静；诗歌来自心灵又熏陶心灵。

第六章　勃莱的中国诗缘

第七章

远行的冲动：道家美学在勃莱"深层意象"诗学中的吸收与利用

罗伯特·勃莱是美国当代诗坛的一个代表性人物。自现代主义之后，以他为代表的"深层意象"诗歌及所倡导的"深层意象"诗学给美国诗歌的发展带来了非常深远的影响。"深层意象"诗歌是崛起于 20 世纪五六十年代的一股崭新的诗歌力量，说其崭新，因为它所追求的美学理想及实际创作中的艺术内涵展现了美国诗歌史上少有的独特性元素和价值，以至于美国当代著名诗人兼诗评家唐纳德·霍尔（Donald Hall, 1928—）在评价勃莱的第一本诗集《雪野宁静》（Silence in the Snowy Fields）时说，"勃莱的诗表现了美国诗歌前所未有的新颖想象"①。一般批评家以为，勃莱的"深层意象"诗歌主要是受现代精神分析学尤其是荣格与弗洛伊德的无意识理论的影响，与 20 世纪初出现于法国等国以阿拉贡与布勒东等人为代表的超现实主义诗歌相比，在品质上有较强的共性。正因为如此，"深层意象"也被部分学者称为"新超现实主义"（neo-surrealism）。当然，上述的这些评论并没有背离

---

① Donald Hall (ed), *Contemporary American Poetry*, Baltimore: Penguin Books, 1962, p. 24.

"深层意象"诗歌的基本表象,但是,勃莱诗歌的意蕴、境界、诗性空间乃至诗歌智慧远非一般意义上的超现实主义所能相比。究其根源,我们发现,勃莱除了受无意识等方面的精神分析理论影响外,中国的道家思想是其艺术境界升华的深层次原因。

一、勃莱与道家的接触及践行

留美学者叶维廉认为,道家美学代表着中国诗学的美感经验,同时还代表着中国与西方主流话语及哲学思想进行对话。① 早在19世纪,道家思想在西方就已被部分人士尤其是汉学界所追捧,其相关典籍如《道德经》《庄子》等被翻译成各国文字。据说《道德经》在欧美的印数之多仅次于《圣经》,几乎每年就有一种新译本。在美国,较勃莱早期的一些诗人及学者对道家经典中的一些玄语妙句表示出浓厚的兴趣。更重要的是,一些反映道家美学思想的诗歌,如王维、陶渊明、孟浩然、李白、杜甫、白居易、寒山等人的作品被翻译成英文传入美国,受到诗界的广泛传播和喜爱。其中,尤以阿瑟·韦利(Arthur Waley,1889—1966)、威特·宾纳(Witter Bynner,1881—1968)、伯顿·华生(Burton Watson,1925—)及肯尼斯·雷克斯罗斯等人的英译本产生的影响最大。早在勃莱之前,就有一些美国诗人尝试着结合道家思想进行诗歌创作。根据赵毅衡与钟玲两位学者的研究,② 在

---

① 叶维廉:《中国诗学》,北京:人民文学出版社2006年版,第40-44页。
② 分别参见赵毅衡《诗神远游——中国如何改变了美国现代诗》,上海:上海译文出版社2003年出版;钟玲《美国诗与中国梦——美国现代诗里的中国文化模式》,桂林:广西师范大学出版社2003年版。

"深层意象"派的中国诗缘

20世纪上半叶,就有多达数十位诗人在创作上或多或少地受过道家文化的影响。

勃莱早在大学期间开始接触道家文化,他本人不识汉字,主要通过阿瑟·威利与雷克斯罗斯的英译本阅读道家典籍。我们可以从他的访谈录《谈了一个早上》(*Talking All Morning*,1980)与诗歌作品如《从床上跳起》(*Jumping Out of Bed*,1987)及《远行的冲动》(*The Urge to Travel Long Distances*,2005)中可以看出,他对《道德经》与《庄子》中相当一部分的内容烂熟于心。与他交往甚密的诗界好友如詹姆斯·赖特、雷克斯罗斯、加里·史耐德等人都是东方文化的拥趸,他们彼此间共同的兴趣也相互影响着各自的性情。勃莱在给笔者的电子邮件中谈到,他们自70年代以来定期举行有关中国文化与诗歌的专题研讨会,会议规模虽然不大,但与会者都是志同道合之人。由此可见,勃莱与中国传统文化的接触由来已久,且至诚至性,而在中国传统文化当中最让他倾心神往的莫过于道家思想。赵毅衡在比较20世纪早期美国诗人在道家思想的接受程度上时曾表示:"在作品中真正应和道家思想的,是三个美国现代最重要的诗人:罗宾森·杰弗斯、卡尔·桑德堡和威廉·卡洛斯·威廉斯。"① 而与这些前辈相比,勃莱是有过之而无不及,他不只是单纯地应和,更是将道家美学的本质内涵贯穿于自己毕生的创作实践与个人诗学体系之中。从诗人的处女作《雪夜宁静》到最新出版的《远行的冲动》,在诗人长达半个世纪的创作成就中,我们可以清晰地发现道家思想的痕迹。而《从

---

① 赵毅衡:《诗神远游——中国如何改变了美国现代诗》,上海:上海译文出版社2003年版,第315-316页。

床上跳起》一书，诗人更是在封面上开诚布公将该书归因于道家思想的启迪（Taoism-inspired）。他一再声称，中国古代的诗歌是迄今为止人类历史上最伟大的诗歌。①而在《远行的冲动》一书的前言中，诗人称自己的诗歌生涯始于对中国古代诗歌的模仿和对中国文化的吸收，而他的模仿对象都是有道家思想倾向的诗人如陶渊明、王维等人，②这种与道家思想的融合程度之深在美国诗歌史上恐怕是极为稀有的事情。

  勃莱不仅在艺术上走着一条道家之路，在个人生活上也在践行着这样一条道路。道家强调"虚寂、寡欲、守静、无为"的生活理念，主张用沉静孤寂的心境面对世间万物的运动变化，而宇宙的运动变化有其自然的发展规律，人只有遵循自然规律，才能发现与了解生活以及世界的真谛。老子以为："致虚极，守静笃。万物并作，吾以观复。夫物芸芸，各复归其根。"综观勃莱的个人生涯，自成年后，除了两年的军营生活（1944—1946）及四年的大学生活（1946—1950）外，他几乎毕生都孤守在美国中西北部明尼苏达州的一座农场里，是一位名副其实的原野上的"道士"。当然，有必要指出的是，勃莱自哈佛大学毕业后，在大都市纽约生活了长达三年之久，这段时间的生活及诗人的思想状况对许多批评家来说一直是谜一样的悬团，诗人本人也鲜有提及。但比较一致的看法是，勃莱在纽约深居简出，体验着孤独虚静的生活，更确切地说，这段时期的勃莱是位都市里的隐士。不容置疑的是，纽约隐士般的三年生活为他后来的生活

---

 ① Robert Bly, *Talking All Morning*, Michigan：The University of Michigan Press, 1980, p. 14.

 ② Robert Bly, *The Urge to Travel Long Distances*, Washington：Eastern Washington University Press, 2005, p. xi.

"深层意象"派的中国诗缘

打下了基调。作为西方人,勃莱持一种完全非西方化的哲学方式实践着人生理念,究其根源,我们不难发现,中国文化中的道家思想是其内在缘由。众所周知,"无为"是道家最富有独特性的思想与概念之一,"无为"意味着顺应自然,倡导自然;对个人而言,"无为"是品格哲学,修为哲学,它旨在让人远离物欲尘俗,荡涤心灵。因此,老子要求:"是以圣人处无为之事,行不言之教。万物作焉而不辞,生而不有,为而不恃,功成而弗居。夫惟弗居,是以不去。"(《道德经》第二章)勃莱对道家的"无为"思想理解得十分充分,执行得也相当充分,他先后写下两首以"无为"为主题的短诗,分别是《一首无为诗》与《又一首无为诗》,全都收集在《从床上跳起》一书中,诗人以自在自为的形式表达自我,完善自我,其心绪则驰骋在生生不息的自然世界之中。在美国,去高校任教对大多数成名文人来说似乎是一惯例,一方面,它是文人功成名就的象征,另一方面,在高校任教可谓衣食丰盈,高枕无忧。但勃莱却不然,尽管几经受邀,但都慨然拒绝。他多次重申,高校任教对一位诗人而言意味着创作上的伤害——创作灵感与创作空间的自由度上的损害。他说,诗人需要孤独与宁静,"而孤独与宁静在大学是不可能的。你拿了俸禄是要开口说话的,而不是来保持沉默的"[1]。更严重的是,高校任教可能会使诗人卷入到功名的追求与利益的纷争上来,而这显然不符合勃莱的生命价值取向和诗学理想。"你将自觉地卷入到院系的权利竞争中去,而

---

[1] Robert Bly, *Talking All Morning*, Michigan: The University of Michigan Press, 1980, p. 18.

这与诗歌所要表达我们内心的东西是相反的。"①因此,他毕生都让自己聆听原野传来的声音,将天空上的星星、原野上的小草、田地上的麦茬、水渠里的积雪以及马的嘶鸣变成生活中的中心参与元素。而这些元素正是他诗歌中鲜活的深层意象,激活了潜隐在诗歌中的表意形象。

二、"道"与勃莱的"深层意象"诗学之"无意识"

正如叶维廉所说,道家美学代表着中国诗学的美感经验,是中国传统美学得以发扬和传播的基础。那么,何谓中国诗学的美感经验呢?换句话说,道家美学的基本内涵是什么?叶维廉以"以物观物"这样既经济又符合道家思维规范的语言来简要概括道家美学的基本内核。道家要求以自然本身来建构自然,以自然的方式呈现自然,所谓的"苦心经营"或"匠心独运"的人为参与应予以摈弃,反对人的知性活动。②"以物观物"是更多地从艺术层面对道家进行浓缩性总结,在诗歌中则反映为创作上的实践要求和艺术表现方式。但众所周知,对艺术而言,道家美学的影响更在于道家表现为典型的诗性哲学。通俗地说,道家的美感经验源于道家对世界的本原以及人与世界或自然的关系等问题上的认识。道家对世界的认识从本原甚至本质上来说带有典型的神秘主义思想特征,它以为,世界源于一个说不清道不明的"道","道生一,一生二,二生三,三生万物。"那么,

---

① Robert Bly, *Talking All Morning*, Michigan: The University of Michigan Press, 1980, p. 18.

② 叶维廉:《中国诗学》,北京:人民文学出版社2006年版,第97页。

"深层意象"派的中国诗缘

"道"为何物?老子的答案则体现了神秘论或不可知论的本性:"有物混成,先天地生。寂兮廖兮,独立不改,周行而不殆,可以为天下母。"(《道德经》第二十五章)因此,"道可道,非常道。名可名,非常名。无名,天地之始,有名,万物之母。故常无,欲以观其妙。常有,欲以观其缴。此二者,同出而异名,同谓之玄。玄之又玄,众妙之门。"(《道德经》第一章)由《道德经》的开篇语中我们可以看出,"道"是可道又不可道,有形又无形,既具体又抽象的东西,而这正是叶维廉所说的美感经验,是诗意的哲学反映,是被中国传统文化所极力张扬的"此中有真意,欲辨已忘言"的诗歌境界。

勃莱的"深层意象"诗学无论从源头还是从气质上在一定程度上是对道家美学的嫁接。说是嫁接,主要是因为异域文化的特质分子被引入诗人的本土文化基因,使之成活乃至开花结果。"深层意象"诗学的核心是无意识(the unconscious),勃莱将诗歌定义为"刹那间渗透到无意识中去的东西"。批评界普遍以为,勃莱的"深层意象"诗学是在荣格与弗洛伊德等人的无意识理论基础上发展起来的。但是,作为诗人的勃莱对无意识的理解与弗洛伊德、荣格等心理学家的无意识定义是有较大偏颇的。弗洛伊德认为,无意识是人的心理状态中被压抑或遗忘内容的集结地(gathering place),它是个性心理。尽管荣格将无意识定义为从个性心理延展到作为整体的人类集体心理,[1]但无意识通常只是被局限于心理学范畴。而比较起来,勃莱的无意识概念被无限地泛化和诗

---

[1] C. G. Jung. *The Archetypes and the Collective Unconscious*, New York: Bollingen Foundation Inc. 1959, p.3.

性化,它泛指任何人的认知能力无法解决的事物,它是黑暗的力量或不可忽视的力量,它具有神秘、可道又不可道、有形又无形的形式特征。它统摄整个世界,是世界的源头。而诗性化的表现在于无意识超乎言说的朦胧特质,换句话说,是中国古典美学所致力倡导的"只可意会而不可言说"的意境式美感。因此,勃莱诗学中的无意识与道家的"道"异曲同工,都具备神秘主义不可知论与先在论的哲性诗学特征。众所周知,自无意识理论最初被人文学家广泛应用以来,还鲜有人将无意识拔高到如此富有哲性与诗性以至于一般人难以理解接受的神奇地步,而这正凸现勃莱与同时代西方其他艺术家的差异,其根源就在于勃莱无意识理论中的中国文化基因,具体地说,在于勃莱对中国道家美学思想的融会与贯通。事实上,我们可以从诗人的一首颇具代表性的短诗《〈道德经〉奔跑》("Tao Te Ching Running")中管窥无意识与"道"的内在联系,感受到诗人对"道"的推崇与喜爱。

> If we could only not be eaten by the steep teeth,
> if we could only leap like the rough marble into the next world,
> if the anteater that loves to rasp its tongue over the rough eggs of the lizard
> could walk into a room the carpenters have just left,
> or if the disturbed county commissioners could throw themselves like a waved
>   hand up into the darkness,
> if the fragments in the unconscious would grow big as the beams in hunting lodges,

"深层意象"派的中国诗缘

    then the tiny black eggs the salmon lays in the luminous ears of nuns would be
        visible,
    then we would find holy books in our beds,
    then *the Tao Te Ching* would come running across the field!

    如果我们不被锋利的牙齿吞吃,
    如果我们能像粗糙的玻璃球那样跳进下一个世界,
    如果喜欢在蜥蜴粗糙的蛋上蹭舌头的食蚁兽
    能够走进木匠刚刚离开的房间,
    或者如果受惊的村官们像挥挥手那样
        将自己抛入黑暗,
    如果无意识的碎片像猎户家射进来的光束一样
        长大,
    那么鲑鱼在尼姑发亮的耳朵里撒下的细小的黑蛋
    就能让人看得清清楚楚,
    那么我们就能在床上找到神圣的书本,
    那么《道德经》就能穿越田野奔跑而来![1]

  在西方,"我们就能在床上找到神圣的书本"很容易让人联想到基督教经典《圣经》,但是让人感到惊讶的是,在

---

[1] Robert Bly, *Sleepers Joining Hands*, New York: Harper & Row, 1973, p. 13.

勃莱的"床上"取而代之的是道家典籍《道德经》。①更重要的是,道家经典不仅仅是文化虔诚的表现,它的思想已流淌在诗人的血液中,深潜入诗人内心的无意识世界并化为他的无意识心灵。诗人在茫茫的黑暗中寻找着终极目标——道。那么,道在何处呢?在勃莱的诗歌王国,道就是激发人的灵感,让人顺应自然的无意识世界。另一方面,与其说是《道德经》在奔跑,倒不如说是"道"在奔跑。"像猎户家射进来的光束一样长大"的"无意识的碎片"与奔跑的"道"宛如同一束熠熠闪亮的光,照耀与装扮着诗人的艺术世界。

因此,勃莱的无意识诗学就是在寻找某种若虚若实的美感体验,通过梦幻意识的呈现来表现人的内在世界。它正如上文所提及的道家美学所追求的那样,用自然本身来建构自然,以自然的方式呈现自然。在无意识诗学的建构框架中,意象是这一体系的支柱。"如果没有意象,无意识如何能进入诗歌呢?"②但勃莱的意象观与20世纪初英美意象派的意象观大相径庭,他认为,诗歌意象来自人内心世界最纯真处,具有最为自然和朴素的先天品质。它毋需经过诗人煞费苦心、冥思苦想、精心雕作等主观做作的努力过程。简单地说,意象的产生过程是一个无意识的过程:简单而自然。"意象,是想象的自然语言,既不能取自现实世界,也不能

---

① 关于《道德经》与《圣经》在勃莱心中的位置,在诗人的另一本诗集《从床上跳起》中也体现得十分明显,在该书的扉页,诗人从两本典籍中分别摘引了一段引文,但在引文的位置安排上,道家典文被置于基督教经文之上,这显然是诗人有意而为之,以彰显道家美学在其个人诗学中的突出地位。(参见 Robert Bly, *Jumping Out of Bed: Poems by Robert Bly*, Woodcuts by Wang Hui-Ming, White Pine Press, 1987.)

② Robert Bly, *American Poetry: Wildness and Domesticity*, New York: Harper & Row, 1973, p. 20.

"深层意象"派的中国诗缘

返回到现实世界中去。"①所以,勃莱对意象派的意象主张极为反对,尤其是对艾略特"客观对应物"(objective correlative)式的诗学理念表示了不满和驳斥。②我们从勃莱的诗歌作品中其实能真实地感受到他与现代派诗歌在意象范式上的风格差异。他的一部分意象与他的生活环境和生活经历息息相关,如农场的小草、田野、白雪、麦茬、马、车辙、谷仓等诗人非常熟悉的事物,另一部分则来自诗人刹那间的灵感,换句话说,来自诗人的无意识,这部分意象归纳起来也具有一定的共性特征,反映诗人对世界和人性的道家哲学式的思考。下文将以"黑暗"——最典型的勃莱式意象——来探讨其意蕴下的哲性美学思想。

勃莱在诗歌中频繁使用 dark, darkness, darkened, black, night, evening 等这样表示"黑暗"意义的词汇。黑暗既是他诗歌中的意象母题又是普通意象,批评家霍华德③将它解释为思维状态下的无意识。有必要顺便补充的是,勃莱的诗作问世之初,其对黑暗的使用频繁程度导致部分读者与批评家的不满,诗人兼诗评家威廉·海耶④甚至撰文指名道姓地公开批评:"勃莱为何(在一首诗中,本文作者加)几十次地重复着'黑暗'这一词汇?……这样的诗歌竟然也能出版。"一方面,我们由此可以想象勃莱刚出道时的境遇,当然这主要是指他的独树一帜的诗歌风格在其国内最初是如何

---

① Robert Bly, *American Poetry: Wildness and Domesticity*, New York: Harper & Row, Publishers, 1973, p. 20.

② 同上。

③ Nelson Howard, *Robert Bly: An Introduction to the Poetry*, New York: Columbia University Press, 1984, p. 13.

④ Heyen, William. "Inward to the World: The Poetry of Robert Bly", *The Far Point* (Fall/Winter), 1969, p. 42.

地难以被接受与理解;另一方面,"黑暗"在诗人的诗学中究竟扮演着什么样的角色,有何喻指呢?我们不妨以他的一首小诗《苏醒》("Awakening")为例。

    We are approaching sleep: The chestnut blossoms in the mind
      Mingle with thoughts of pain
      And the long roots of barley, bitterness
      As of the oak roots staining the waters dark
      In Louisiana, the wet streets soaked with rain
      And sodden blossoms, out of this
      We have come, a tunnel softly hurtling into darkness.

      The storm is coming. The small farmhouse in Minnesota
      Is hardly strong enough for the storm.
      Darkness, darkness in grass, darkness in trees.
      Even the water in wells trembles.
      Bodies give off darkness, and chrysanthemums
      Are dark, and horses, who are bearing great loads of hay
      To the deep barns where the dark air is moving from corners.

    我们正要入睡:脑海中的栗树花
      与痛苦的思想交织起来,
      大麦的长须根,如路易斯安那州
      将水染黑的橡树根一般痛苦,

"深层意象"派的中国诗缘

> 湿滑的街道泡在雨水与浸透的花朵之中,
> 我们从这儿走来,隧道轻柔地驰向黑暗。
>
> 暴风雨就要来临。明尼苏达小小的农舍
> 禁不起暴风雨的摧残。
> 黑暗、草丛中的黑暗、树林里的黑暗。
> 即便井中的水也在抖动。
> 身体释放出黑暗,菊花是黑暗的,
> 驮着大捆大捆干草到深邃粮仓去的马儿
> 也在黑暗中,粮仓中的黑暗气流正从各个角落
> 涌来。①

上面是这首三节诗中的前两节,短短十三行就含有9个"黑暗"之多。这是诗人在入睡前的思想涌动过程,可以说是无意识状态下的自然反映。诗歌的标题为"苏醒",看起来与诗的背景相悖。但是正是"黑暗"一词开启了诗与思的阀门。"黑暗"既是实指如"染黑的树根""树林里的黑暗"等,又是虚指如"身体释放出黑暗",虚实兼容。人在入睡前的思想对诗人来说往往意味着某种美的体验,某种对生命的思考,以及对世界本原的探索。因此,诗歌中的"黑暗"如果说如霍华德所言的那样,喻指为诗人诗学理想中的无意识的话,那么,我们更有理由将黑暗解读为勃莱孜孜以求的"道",诗歌之道,人生之道,世界之道,真理之道。在这里,他将无意识与"道"令人难以置信地完美地交融在一

---

① Robert Bly, *Silence in the Snowy Fields*, Connecticut: Wesleyan University Press, 1953, p. 26.

起。也正因为如此，他的一首首抽象而超现实的诗歌焕发出蓬勃的生命力，不仅诗意阑珊，而且寓意隽永。

三、勃莱诗歌中的道家美学内涵

上文已有提及，道家诗学的美感经验具有浓郁的神秘主义特性。"神秘主义（mysticism）一词源于希腊语"myein"，意为"闭口与闭眼"，即保持缄默、宁静、坐忘等。这一点恰好是道家思想的精髓之所在，老子的"大音希声"、"致虚极，守静笃"等就是主张守静、致虚与寡欲。守静是品质也是境界，它能守住个人情操，守护人的心灵，成就自我人格的独立性和完整性；而坐忘是为了忘记自我，剔除内心杂念，以超验超灵的方式感受已知与未知的世界，以忘我的意志寻找或体验生命本身与生命之外的节奏和运动规律。因此，守静与坐忘是道家思想体系中的双核，是人得"道"的必需条件。

勃莱的诗歌创作生涯就是从守静与坐忘这样绝对集中的主题开始的，诗人的处女作《雪野宁静》的标题就凸现主题，且诗意盎然。如果将这部诗集置于历史的坐标，我们似乎能加深对它的某种了解。该书出版于 20 世纪 60 年代初，但其中的大部分诗歌已于 50 年代在许多刊物上发表。众所周知，从世纪初到中叶，美国诗歌的主流是以艾略特、庞德、威廉姆斯等为代表的现代主义诗歌，其诗风以客观实物为创作手段，作品中充盈着一件又一件物体、一个又一个场景或一桩又一桩事件。像勃莱这样以虚空飘灵的超知性体验为旨趣和主题，以内心无意识状态下感受到的物象为途径，这样的诗歌在当时可谓稀有极致，标举而创新。但所谓创

"深层意象"派的中国诗缘

新,是相对于美国本土诗歌而言的,因为美国乃至西方缺少成就勃莱诗歌的土壤,其成长出来的果实如前文所介绍的那样,是由于勃莱嫁接中国文化中的道家美学所致。诗人在2005年出版的诗集《远行的冲动》一书的序言中回忆道,他的诗歌创作始于对中国古代诗歌的模仿,他尤其喜欢模仿陶渊明、王维等人的那些闲适而清静的田园诗歌。①众所周知,陶、王的山水田园诗歌大都深受道家思想的影响。《雪野宁静》一书的主题高度集中,宁静(silence)宛如飘荡在勃莱诗歌王国上空的神灵。读者在阅读时会不由自主地凝神静气,内心里跪拜着上空的神灵,而更深刻的体验则是,无论是诗人还是读者仿佛置身在巨大的虚空世界里,那里万籁俱寂,气韵清新流动,黑暗与光明交替显隐,人自觉或不自觉地淡化起自我意识,探寻起似有似无的某种东西,实际上,这就是道家所致力描绘并倡导的"道"。《工作后》("After Working")是《雪野宁静》中的一首短诗,全诗没有一处出现与"静"有关的词汇,诗人也并没有刻意渲染"静"的主题,但诗歌中所渗透出来的气息却是幽然如林。"许多奇怪的想法后,/想起遥远的海港,与新的生命,/我走进来,发现月色躺在房间里。"②这是诗歌的首节,思想能让时空延伸与拓展,但所有的时空在思想遭遇躺在房间里的月色后则变得静穆与凝固。诗人对月色姿态"躺"的描绘真可谓匠心独具,无论是诗歌的气氛还是诗意的强度都瞬间得到了升华。这样的诗歌手段在西方的传统诗歌中恐怕极为稀

---

① Robert Bly, *The Urge to Travel Long Distances*, Washington: Eastern Washington University Press, 2005, p. ix.

② Robert Bly, *Silence in the Snowy Fields*, Connecticut: Wesleyan University Press, 1953, p. 51.

罕,而在中国读者看来,它折射出典型的中国式的诗歌智慧。"我们识路;如月色/将万物升起,所以像这样的夜晚/道路继续延伸,一切都很清楚。"①诗的最后一节同样干脆利落,但含义丰富多变,且隐含着某种哲理或哲学思考。"路"(road)又为"道",它很容易让熟悉勃莱诗歌背景与中国哲学的读者将勃莱与道家联系起来,也许诗人工作后在闲静孤寂的月色中探索到了他梦寐以求的"道"。另外,这样的诗歌无论是开头还是结尾都有一种隐在的神秘色彩,如"如月色/将万物升起,所以像这样的夜晚/道路继续延伸"。而这一充满诗性的神秘感在诗人的整个诗集中比比皆是。除《雪野宁静》外,《睡眠者携起手来》(*Sleepers Joining Hands*, 1973)、《从床上跳起》《树将在此屹立一千年》(*The Tree Will Stand Here for a Thousand Years*, 1978)、《食语言之蜜》(*Eating the Honey of Words*, 1990)、《远行的冲动》等也都渲染了与守静或静穆相类似的主题。

我们还可以《陋室小诗》(Shack Poem)为例来简要探讨"坐忘"这一道家思想。该诗收在其1973年出版的《睡眠者携起手来》一书中。(特意标明1973年是为了突出从勃莱诗歌创作的时间递进这一角度来了解诗人在创作主题与风格上的延续性:60年代的《雪野宁静》,70年代的《睡眠者携起手来》、80年代的《从床上跳起》,90年代的《食语言之蜜》,直至21世纪第一个十年的《远行的冲动》,这些诗集可谓集诗人的心血而成,代表着诗人的个人风格和最高艺术成就。但是,这些作品如作者本人所言的那样倾注着中

---

① Robert Bly, *Silence in the Snowy Fields*, Connecticut: Wesleyan University Press, 1953, p.51.

"深层意象"派的中国诗缘

国先人的智慧,融合着道家思想的诗学元素。)"我盘腿而坐……/房里的半黑半暗让人神往。/思想全被大脑包围该是多么美妙啊!"诗人深受东方文化的影响,"盘腿而坐"如佛如道,黑暗与"思想全被大脑包围"更多地掺杂着道家元素,"被大脑包围"隐藏着自我被遗忘的内涵。三言两语,诗人仅用自己的身体形态、所处环境即"半黑半暗"(half dark)以及思维状况就诞生出一首诗意蓬勃的诗歌来。无论从诗歌的立意标准还是诗人的审美方式来看,我们都不难发现道家美学的影子。

柔弱是道家的经世之道和治国之道。无论哪一方面,勃莱都将其贯穿到自己的创作与诗学理念之中。关于后者,我们可以结合其政治诗歌进行探讨,政治诗歌也是诗人的重要成就之一,但因篇幅关系,本文将不做深入探讨。柔弱是老子从世界的本象中概括出来的,他通过直观的认识角度,发现人初生之时,身体是柔弱的,而死之后就变得坚硬而僵化,草木也是如此,初生时柔弱,而死之后变得槁枯。"人之生也柔弱,其死也坚强。草木之生也柔脆,其死也枯槁。"(《道德经》第七十六章)老子由此得出结论:"故坚强者死之徒,柔弱者生之徒。是以兵强则灭,木强则折。强大处下,柔弱处上。"(《道德经》第七十六章)"柔弱胜刚强。"(《道德经》第三十六章)老子喜欢以水为例来说明"柔弱"之道:"天下莫柔弱于水,而攻坚强者莫之能胜,以其无以易之。"(《道德经》第七十八章)道家将柔弱作为人的生存之道而倡导与宣扬。实际上,柔弱不是道家所追求的目的而是手段或策略,它蕴藏着超常的智慧和遵循事物基本规律的普遍原理。柔弱绝不是消极怠惰,恰恰相反,它意味着将自己置于更为主动的地位,能洞察全局,把握机会,更清楚地了解事物的发展规律并更能按事物之规律行为处事。它与道家的另一学说"无为"有着共同的特征,是"无为"之道的发展与延续。《道德经》认为,"柔弱"发挥出来的作用,就在于"无为",而"无为"的最终目的是"无不为"。这一事物对立又统一的辩证法给美国诗人勃莱带来了深刻的启示和帮助。他的诗作大多以孤独、宁静、沉思、无为等为其歌咏的主题,如果说孤独、宁静、沉思等并不能刻意说明道家思想的影响的话,那么,"无为"则显而易见来自中国哲学的启迪,实际上,"无为"不仅为勃莱的诗歌主题,而且还是他的一项人生命题,诗人两首以"无为"为标题的诗歌无疑加深了这一印象。"有一只飞越水面的鸟。/如十里高的鲸鱼!/在入海前,/它只是我床底下的一粒尘土!"① 该诗标题为《又一首无为诗》,前两行取材于《庄子》的鲲鹏之说:"北冥有鱼,其名为鲲。鲲之大,不知其千里也,化而为鸟,其名为鹏。"诗人借鲲鹏两个意象结合尘土来强化他所理解的道家思想,进而阐明自己的人生理想。诗人奇想异观,将盛况景观消化为小小尘土,缘此可见诗人将大化小、将有化无、将奇异化平淡的人生境界,而这一境界正是诗人参悟道家之典而得到的。而在吸取与表现"柔弱"这一美学思想方面,勃莱主要以其清新但阴柔弱小的鲜活物象来表现,如小草、水、雪、月亮、山谷、黑暗、夜晚等。诗人短诗中的代表作之一《驶向言湖河》("Driving Toward the Lac Qui Parle River")以轻松闲淡的语气描绘了一幅生活画面。

---

① Robert Bly, *Jumping Out of Bed*, New York: White Pine Press, 1987. (No page number)

"深层意象"派的中国诗缘

Near to Milan, suddenly a small bridge,
And water kneeling in the moonlight.
In small towns the houses are built right on the ground;
The lamplight falls on all fours in the grass.
When I reach the river, the full moon covers it;
A few people are talking low in a boat.

临近米兰,忽现一座小桥
和跪在月色中的水。
小镇上房屋建在地面;
灯光洒落在草地四周。
我赶到河边,满月笼罩;
小舟上,几个人轻声地说着话。①

诗人借助生活中最不起眼的生命与弱小事物来描写自己宁静而无为的心境,"小草""水"和"月色"虽然弱小柔阴但生机勃勃,人因为能将自己融合在这样柔弱的生活气息中而变得自在自为。而在《晚湖上飘浮》("Floating on the Night Lake")②一诗中,诗人将道家的美学思想融会得更为透彻,其标题喻旨明晰,而诗中的意象似有所指:"月亮在东方的上空移动,/高高地,在湖面与雪地上。/从天宇的上方,月亮看到繁多!/它就在我们的东方,靠近伟大的光明之屋。""月亮"与"东方"不由得让我们浮想联翩,一方

---

① Robert Bly, *Silence in the Snowy Fields*. Connecticut: Wesleyan University Press, 1953, p. 20.

② Robert Bly, *The Urge to Travel Long Distances*, Washington: Eastern Washington University Press, 2005, p. 27.

面,"月亮"在东西文化中都被视为阴柔品性的象征物,在中国文化传统中,它常被文人借来用以表达自己的相思之情;另一方面,"东方"与诗人的渊源颇深,当喜欢在夜晚寻找创作灵感的诗人遥望着东方上空的月亮时,很自然会产生由衷的亲近感和认同感。这也正是此诗的感想由来。诗人在接受访谈时不断地表示,道家思想让其学会了沉思,让其愿意作山的谷底。①

　　道家思想是勃莱诗歌与理论建树的美学基础,也是我们了解勃莱"深层意象"诗歌的重要途径。诗人对道家美学的吸收与利用是否有其深层原因,笔者将另外撰文详加论述探讨。总之,勃莱与道家的结合丰富了诗人作品中的文化内涵,也促进了美国诗歌的繁荣与发展。

---

① Robert Bly, *Talking All Morning*, Michigan: The University of Michigan Press, 1980, p.215.

第八章

衡而和：论勃莱诗学中的母亲意识

美国当代著名诗人、"深层意象"派诗歌领袖罗伯特·勃莱自 1975 年成立"伟大母亲协会"（The Great Mother Conference）以来就因此一直身陷旋涡之中，无论是学界还是诗坛在对其进行真正而全面了解之前就开始口诛笔伐，一度有狂轰滥炸之势。有些人认为，勃莱正将时间与精力消耗在一项看似维护妇女权益的文化活动上，实有不务正业之嫌，故给其扣上一顶"女权主义者"的帽子①，当然，这已算温和而客气的批评。有些人摆出一副不屑与嘲讽之情，认为，勃莱此举只是为了吸引眼球，不过是彻头彻尾的作秀罢了。美国当代著名学者、对勃莱颇为关注的诗评家查尔斯·阿尔提瑞（Charles Altieri）曾在笔者的一次访谈②中对美国国内勃莱的相关批评也进行了相似的评价。他说，"勃莱近年来似乎正热心于女权运动和男权运动，这在批评界很受争议"。顺便提及的是，在"伟大母亲协会"的基础上，勃莱又发起了"伟大父亲"活动，这正是阿尔提瑞提到的所谓男

---

① Lammon, Martin. *A Sustained Raid into Modern Life*: *The Critical Commentary of Robert Bly*, *1958 – 1986*. Ph. D. dissertation, Ohio University. 1991, p. 110.
② 查尔斯·阿尔提瑞于 2006 年 5 月受中国学者之邀访问中国，先后在长沙、广州、北京等地讲学，笔者正是利用他这次讲学之机在广东商学院（今广东财经大学）对其就罗伯特·勃莱进行了一次主题性专访。

权运动。

事实上,上述批评纯属对勃莱的严重误读。他们一方面没有真正了解勃莱所发起的"伟大母亲协会"的活动主旨和文化用意,而只是从组织名称上望文生义,误以为它是一项扛着女权主义旗帜而名动天下的文化批评活动。勃莱本人曾多次强调,① 他创立的这一组织与同时代开展得如火如荼的女权运动有着本质上的区别。另一方面,他们将勃莱的诗人身份与文化活动家的身份不自觉地分割开来。有必要指出的是,勃莱首先是位诗人,其次才是文化活动家。他的两种身份不能孤立对待与研究,他的文化思想是其诗学理想在诗歌外的社会延伸,换句话说,诗人的诗歌作品也同样诠释着文化活动所要表达的个人思想,如《牙齿母亲终于出现》("The Teeth Mother Naked at Last")、《睡眠者携起手来》("Sleepers Joining Hands")与《两个世界爱一个女人》(Loving a Woman in Two Worlds)等正是这方面的代表作。正因为如此,本章试图将勃莱的诗歌创作与文化活动结合起来考察,从而对其母亲意识(mother consciousness)所蕴涵的终极意图与文化价值揭示出来,让世人对勃莱的深层思想有个更为清晰的了解。

一、"母亲意识"的内涵

勃莱诗学中的"母亲意识"在很大程度上就是一般意义上的"女性意识"(feminine consciousness),但我们又不能

---

① Robert Bly, *Talking All Morning*, Michigan: University of Michigan Press, 1980.

"深层意象"派的中国诗缘

简单地将"母亲意识"与"女性意识"完全等同起来。因为,"女性意识"在当代是个敏感度极高的词语,很容易与性别问题联系在一起,并上升到性别政治的高度,而"母亲"至少在人伦意义上要高于"女性"。勃莱选择"伟大母亲"作为自己的协会名称很显然有其内在的文化倾向性。

勃莱的"母亲意识"主要包含两个方面的内容:回归意识与平衡意识。

回归意识又可理解为本原意识,意思是无论个人还是整个社会都不能忘记自己的根本。勃莱早年就开始接触中国传统文化,受道家美学影响笃深。① 他的"母亲意识"部分观点正是受道家思想启迪而萌发生成。他说:"《道德经》将狂热生命比作'回归',其寓意就是,每个人都曾依偎母亲——后走出母亲进入男性意识,因此,我们的任务就是回归。"② "天下有始,以为天下母。既得其母,以知其子。既知其子,复守其母,没身不殆。"③《道德经》将母亲视为世界的原始与根本,我们不仅需要认识与了解这个世界,更不能忘记世界的本源——母亲。客观历史的发展过程中,人类社会的历史源头是母权制社会,那时,母亲在社会中拥有很高的权利与地位,她掌握氏族的领导权,世系按女性继承,子孙归属母亲。当然,更重要的是,在母权制社会,社会和谐稳定,人类共享自然界的万事万物,人心性纯朴,归属自然与本真。显然,勃莱强调现代人的回归意识有其深层旨

---

① 关于勃莱受中国传统文化影响一题,详见本书第六章、第七章。
② Robert Bly, *Sleepers Joining Hands*, New York: Harper & Row, 1973, p.29.
③ 沙少海、徐子宏译注:《老子全译》,贵阳:贵州人民出版社2009年版,第91-92页。

规:人类社会从母系制进入父系制不单是制度与社会形态的简单变更,个人与社会的心灵意识世界也发生了质的衍变。几千年的历史进程表明,人类世界对父亲意识(即男性意识或雄性意识)有更加强烈的倾向性,较之母亲意识,父亲意识有更强的暴力、血腥、侵犯、野性、统治、控制、权利欲、战争等方面的性格特征,心理学家与历史学家将历史上充斥着战争、暴力与血腥等现象归咎于父亲意识显然不无道理。勃莱重提"母亲意识",倡导回归,让世界远离战争,远离暴力与血腥,重建和平与秩序。另一方面,在日益商品化的现代社会,人正逐渐失去其原有的本性,重商言利,物欲横溢,人缺少内心自我的审视,自我不仅日益物化,而且日渐堕落、腐蚀。短诗《忙人说话》("The Busy Man Speaks")就是诗人对现代人抛弃母亲意识后的忧郁与担心,诗歌将驱赶母亲意识的男性的内心独白淋漓尽致地表达出来:

> Not to the mother of solitude will I give myself
> Away, not to the mother of love, not to the mother of conversation,
> Nor to the mother of art, nor the mother
> Of tears, nor the mother of the ocean;
> Not to the mother of sorrow, nor the mother
> Of the downcast face, nor the mother of the suffering of death;
> Not to the mother of the night full of crickets,
> Nor the mother of the open fields, nor the mother of Christ.

"深层意象"派的中国诗缘

> 我不会将自己托付给孤独之母,
> 也不给爱之母,不给语言之母,
> 不给艺术之母,也不给
> 眼泪之母,不给海洋之母;
> 不给悲伤之母,
> 不给颊脸之母,不给遭受死亡之母;
> 不给满是蟋蟀夜之母,
> 不给开放田地之母,不给基督之母。

诗歌的标题交待了叙述者"我"的基本语境,"我"是一位典型而富有代表性的在极其忙碌环境中生存的男性,因为忙碌,"我"不仅无暇与自己内心深处的母亲意识对话,而且还毅然决然地与自己的母亲意识决绝,而那儿却是充满着温馨、善良、艺术、崇高、宁静、忧伤、慈祥的母性之海。那么,"我"的心灵归属在哪儿呢?

> But I will give myself to the father of righteousness, the father
> Of cheerfulness, who is also the father of rocks,
> Who is also the father of perfect gestures;
> From the Chase National Bank
> An arm of flame has come, and I am drawn
> To the desert, to the parched places, to the landscape of zeros;
> And I shall give myself away to the father of righteousness,
> The stones of cheerfulness, the steel of money, the fa-

ther of rocks.

> 不过我会将自己托付给正义之父,欢快之父,
> 他也是岩石之父,
> 也是完美体形之父;
> 火焰的手臂从蔡斯国家公园而来,我被拉
> 到沙漠,拉到炎热之地,拉到无足轻重之地;
> 我要将自己托付给正义之父,
> 欢快之石,金钱之铁,岩石之父。①

诗人的回答是显而易见的。"我"为自己的父亲意识冠上"正义"与"欢快"的名义,而这正是男性世界的通病所在:虚伪,冷漠,唯利是图。事实上,"我"非常清楚,所谓的"正义之父""欢快之父"不过是冷冰冰的岩石,如铁似霜的金钱而已。放弃了"母亲意识"如同丧失了自我,没有了人最原始的欢快与性情,而"我"终将迷失在金钱与虚假之中。

《回归孤独》("Return to Solitude")一诗是诗人对回归意识的另一番阐释,与《忙人说话》遥相呼应的是,"母亲意识"就是一种孤独的意识状态,回归孤独意味着能更好更清醒地发现自我,了解自我四周的一切。"我们回归能发现

---

① Robert Bly, *The Light Around the Body*, New York: Harper & Row, 1959, p. 4. 又见罗伯特·勃莱《罗伯特·勃莱诗选》,肖小军译,广州:花城出版社 2008 年版,第 54 页。

"深层意象"派的中国诗缘

什么?/朋友变了,房子迁了,/树木,也许,长出了绿叶。"① 诗歌的结尾清新乐观,并赋予深层的象征意义。所以,诗人以圣贤般的姿态提醒世人:"该是回归的时候。"②

早在"伟大母亲协会"成立两年前,勃莱出版了诗集《睡眠者携起手来》,该书是诗人中期的代表作,更重要的是,它非常系统地阐述了作者的母亲意识观。诗人打破常规,在该书的中间插入美学随笔《我赤身从母体出来》("I Came Out of the Mother Naked")一文。作者开篇处就开宗明义:"我知道诗人是不应该在书的中间插入这些东西的,而应该通过诗的梦幻般的声音与读者交流。但我通常在阅读诗歌的时候希望读到一些随笔。所以我决定在这里谈谈关于伟大母亲文化,并时不时地插上一两首诗。"③ 特别值得一提的是,文章的标题"我赤身从母体出来"含义深重,作者旨在告诉我们,母亲是我们生命的源头,我们不仅要有源头意识,还应有回归意识。

勃莱"母亲意识"的另一层含义"平衡意识"也是受中国传统文化影响所致。"我们的内心有两个意识世界:一与黑暗有关,一与光明有关。毫无疑问,这两种意识正是中国人所描述的阴阳轮(yin-yang circle)。黑暗的一半对应母亲意识,白色的一半对应父亲意识。中国人比犹太人与希腊人早两千多年先经历了母系阶段。阴阳轮旨在建立意识之间

---

① Robert Bly, *The Light Around the Body*, New York: Harper & Row, 1959, p. 4. 又见罗伯特·勃莱《罗伯特·勃莱诗选》,肖小军译,广州:花城出版社2008年版,第34页。

② 同上,第34页。

③ Robert Bly, *Sleepers Joining Hands*, New York: Harper & Row, 1973, p. 29.

的平衡（balanced consciousness）。他们称为'阴'的，我们在此称为母亲意识或女性意识，'阳'，即称为父亲意识或男性意识。"① 显然，作为西方文人与文化学者，勃莱深谙西方文化传统，对其过于崇尚雄性意识所带来的利弊十分了解。实际上，无论西方还是东方，自母系制社会后，人类一直处于男性占绝对主导甚至霸权地位的阴阳失衡文化生态之中：男尊女卑，夫唱妇随，男上女下，男优女劣，男主女次，等等。社会现象失衡必然导致人的精神世界的心理失衡，无论男女，无论长幼，都自觉或不自觉地赞赏、倡导并培养男性意识。正是在这样一种文化语境之下，勃莱提出母亲意识，实际上是借用与吸收中国传统文化中的阴阳平衡论来解决西方文化中的某些弊端。《两个世界爱一个女人》是勃莱在这一方面的力作，该书出版于1985年，顺便补充的是，该书出版之初并不为批评界所称道，美国学者、勃莱研究专家威廉·戴维斯（William V. Davis）指出："《两个世界爱一个女人》是勃莱所有主要著作中受批评关注度最小的，有批评家甚至以结论式的语气说：'这不是一本为批评家所写的书。'"② 该书受此冷落既反映了勃莱"伟大母亲协会"活动的现实境况，也说明诗人所致力于的"母亲意识"诗学理想并不为大众所理解甚至接受。书的标题若有所指，它并不是如读者所期望的那种爱情诗集，而是着力宣颂女性意识的必要性与重要性。"两个世界"兼含物质世界与精神世界，诗人希望，人类若能在精神领域达到"男性意识"与

---

① Robert Bly, *Sleepers Joining Hands*, New York: Harper & Row, 1973, p. 40.

② William V. Davis, *Robert Bly: The Poet and His Critics*, Columbia: Camden House, INC., 1994, p. 62.

"深层意象"派的中国诗缘

"女性意识"的平衡,那么,人类的未来才能健康与和谐。短诗《第三者》("A Third Body")在主题的表现上称得上该诗集的代表作。作品以男性与女性的和谐共存而滋生出一个被作者称之为"第三者"的生命体,这个新的生命体象征着未来、活力、希望与永恒。

> 男人与女人坐在一起,他们此时
> 不希望变老或变年轻
> 也不希望出生在另一个国家、另一个时间、另一个地方。
> 他们满足于自己所处的位置,交谈或不交谈。
> 他们的呼吸共同滋养着我们并不熟悉的某个人。
> ……
> 他们服从于他们共同分享的第三者。
> 他们承诺去爱这位第三者。
> ……①

这位第三者是个和谐场,一种代表宁静祥和的精神,一种男女两性互存互荣的意识状态。类似于《第三者》主题表现的诗歌在该诗集中随处可见,如《无山丘就无山巅》("No Mountain Peak Without Its Rolling Foothills")、《写给她的信》("Letter to Her")、《两人在黎明》("Two People at Dawn")、《男人、女人与黑鹂》("A Man and a Woman and a Blackbird")等。如在《男人、女人与黑鹂》一诗中,诗人

---

① Robert Bly, *Loving a Woman in Two Worlds*, Garden City: Dial Press, 1985, p.19.

借用华莱士·斯蒂文斯（Wallace Stevens）的诗行为引子："男人与女人是一个整体。男人、女人与黑郦是一个整体。"① 道理十分简单：男性与女性是不可分割的生命共存体。而《在五月》（"In the Month of May"）被安排在书的末尾，在主题与意境的营造上与《第三者》可谓遥相呼应。"我爱你，用我内心还在驿动的部分，／没有脑袋，没有胳膊，没有腿／没有找到第三者的部分。／为何这世界上的奇迹／不会光顾独自关在小屋的男性？"诗人在书的结束之际再次强调，女性意识的缺失将导致世界的紊乱与失衡，我们内心世界里的第三者将是一位缺脑、缺胳膊、缺腿的怪物，孤独的男性意识将无法创造奇迹。因此，诗人呼唤着男女性意识的平等共存。他在《我赤身从母体出来》一文结尾时说："我从自己的以及许多其他当代诗人的诗歌作品中发现，我们都在力求自己精神世界的平衡，通过鼓励我们内心与音乐、孤独、水和树相关部分，以及当我们远离野心中心时成长起来的相关部分。"②

勃莱的"母亲意识"除了通过诗歌主题来表现外，它还通过诗歌的外在形式尤其是意象来反映。他的诗歌充满着阴柔、微小但极具女性张力的意象，如小草、黑暗、月亮、谷仓、海洋、流水等。诗人自己也不忘指出："母亲意识经久以来用它喜欢的意象来体现，夜晚、大海、弯角动物、月亮、成捆的谷物。"③ 这些柔弱轻小的意象的确在艺术力量

---

① Robert Bly, *Loving a Woman in Two Worlds*, Garden City: Dial Press, 1985, p. 55.

② Robert Bly, *Sleepers Joining Hands*, New York: Harper & Row, 1973, p. 32.

③ 同上，第50页。

的产生上有着独特的贡献,它们能让读者的内心自然而然地滋生出温馨、祥和、宁静与爱的情感。这些情感显然与人类的母亲意识是相得益彰的。

二、牙齿母亲

"牙齿母亲"(the Teeth Mother)因勃莱政治诗歌代表作《牙齿母亲终于出现》("The Teeth Mother Naked at Last")而广为读者熟知,但大多数读者对"牙齿母亲"的文化语境及特殊含义并不了解;而对勃莱个人而言,"牙齿母亲"既是其政治诗学的重要组成部分,也是他"母亲意识"的重要反映。因此,本节将在此对其单独进行分析。

"牙齿母亲"是现代著名心理学家艾里克·纽曼(Eric Neumann)"伟大母亲"论断的组成部分。纽曼于1955年出版《伟大母亲——原型分析》(*The Great Mother: An Analysis of Archetype*)一书。该书是纽曼在前人的基础上对西方文化中的"伟大母亲"这一文化原型进行进一步的挖掘与分析。在纽曼之前,西方学者已通过考古与文献考证等方式证明人类文化存在着"伟大母亲"这一文化原型,如瑞士人类学家巴霍芬早在19世纪中期通过对地中海沿岸文明研究后提出,"伟大母亲"可以分为"好母亲"(the Good Mother)与"死亡母亲"(the Death Mother)两大部分,它们分处于垂直线的两端。"好母亲"给世界带来生命与希望,而"死亡母亲"是让生命走向终结与死亡。纽曼的研究视野不局限于地中海沿岸,而是扩大到亚洲、非洲与美洲等许多其他地方。他发现,"伟大母亲"除了"好母亲"与"死亡母亲"外,还包含另外两个组成元素:舞蹈母亲(the Dancing Mother)

与牙齿母亲。"舞蹈母亲"又称之为"狂热母亲"(the Ecstatic Mother),她给人以艺术的灵感、冲动和创造力。荣格曾说:"创作的过程有女性的特质,创造性工作源自无意识深处,……源自母亲王国。"① 而在纽曼看来,艺术家的创造力来自"伟大母亲"中的"舞蹈母亲"部分。勃莱以自身的创作经验现身说法,他说,"我所有的诗歌都来自狂热母亲,每个人的诗歌都是如此"②。

与"舞蹈母亲"相对应的是"牙齿母亲",古希腊借用神话中蛇发女妖美杜莎(Medusa)来作为"牙齿母亲"的形象代表。据说,美杜莎是希腊神话中的蛇发女妖戈尔工三姐妹之一,居住在遥远的西方,是海神福耳库斯的女儿。她们的头上和脖子上都布满鳞甲,头发都是一条条蠕动的毒蛇,都长着野猪的獠牙,还有一双铁手和金翅膀。在戈尔工蛇发女妖三姐妹中,只有美杜莎是凡身,她的两个姐姐斯西娜和尤瑞爱莉都是魔鬼之身。美杜莎曾是一位美丽的少女,为海皇波塞东所爱。可她不自量力,和智慧女神比起美来。雅典娜被激怒了,她施展法术,把美杜莎的那头秀发变成无数毒蛇,美女因此成了妖怪。更可怕的是,她的两眼闪着骇人的光,任何人哪怕只看她一眼,也会立刻变成毫无生气的一块巨石。因此,"牙齿母亲"又被称为"石头母亲"(the Stone Mother)。很显然,"牙齿母亲"在"伟大母亲"中扮演着让人冷漠、麻木、仇恨的角色。

《牙齿母亲终于出现》是勃莱最重要的反"越战"诗歌

---

① C. G. Jung, *The Spirit in Man*, *Art and Literature*, trans. R. C. Hull, New Jersy: Princeton University Press, 1971, p. 103.

② Robert Bly, *Sleepers Joining Hands*, New York: Harper & Row, Publishers, 1973, p. 32.

"深层意象"派的中国诗缘

作品。众所周知,勃莱的"反战"诗歌是20世纪美国诗歌史上非常重要的组成部分,他的第二部个人诗集《遍体灵光》(*The Light Around the Body*)曾历史性地荣获国家图书奖,"反战"也是勃莱在美国诗坛中十分重要的身份特征。从纯艺术的角度来说,《牙齿母亲终于出现》的影响力并没有诗人的一些短小之作如《数细骨头尸体》("Counting Small-Boned Bodies")、《观脸》("Looking into a Face")、《呼喊与回答》("Call and Answer")以及《战争与宁静》("War and Silence")等那么大,形式上较之美国诗歌传统也并未有什么突破,诗人模仿惠特曼的超长诗行来表达内心的惆怅与愤慨。但我们至少可以从两个方面看出它的与众不同以及它在诗人创作生涯的重要性来。其一,它是诗人自五十年代开始诗歌创作以来篇幅最长的一部作品,即便在他的整个生涯之中,其篇幅也仅次于《睡眠者携起手来》。该诗长达180余行。除上述所提到过的两部作品外,诗人毕生的诗歌创作都是以短诗为主,基本上都为寥寥几行。由此可见,诗人在该诗的创作时,定是倾其才力、耗尽心血而成。其二,该诗的标题既诠释了诗人宏大的政治美学思想,又表现了诗人对当代社会男性意识膨胀的危机意识和忧患意识。他说:"历史上,当我们最为痛恨男性意识的时候,牙齿母亲最能代表母亲文化。"① 他的解释一语中的,开启了我们解读该诗的大门。

勃莱以为,战争爆发的深层原因是人的男性意识和女性意识的严重失衡。具体地说,是代表野性、血腥、战争等的

---

① Robert Bly, *Sleepers Joining Hands*, New York: Harper & Row, 1973, p. 40.

暴力男性意识过度膨胀所致。暴力男性意识的出现,和谐将被打破,战争不可避免,冲突、死亡、灾难将接踵而至。即便如此,代表并主宰着世界秩序的男性意识将为自己的野性行为寻找种种"合理""合法"的借口,他们无视或无法意识到自己意识世界的失衡是给世界带来巨大灾难的根源所在。因此,"牙齿母亲的出现"昭示着灾难的深重以及对男性意识统治世界的不满。当女性意识流露对男性意识痛恨的情绪时,"伟大母亲"将以"牙齿母亲"的面目出现,正所谓"以牙还牙",她的出现意味着世界已是一片荒芜,人不过是一具具岩石式的标本,毫无人性的气息。诗人在诗的末尾时说:

> 现在整个民族开始旋转,
> 共和国的末日就要来临,
> 欧洲就要复仇,
> 带上欧洲头发的疯兽冲过门多西罗县平顶山上的灌木,
> 野猪冲向悬崖,
> 脚下的水分开:一个海洋里,闪闪发亮的球体浮现(里面有带发的狂欢的男人——)
> 另一个海洋里,牙齿母亲终于出现了。①

"狂欢的男人"是世界的主体,他野兽式的疯狂行为让世界走向末日,他轻狂的自我意识膨胀无法使他意识到女性

---

① Robert Bly, *Sleepers Joining Hands*, New York: Harper & Row, 1973, p. 26.

意识的存在，这时，代表整个女性意识的"牙齿母亲"终于出现，而她的出现，将让世界遭受更为毁灭性的打击。而这，正是诗人的危机与忧患意识所在。

"牙齿母亲"只是"伟大母亲"的四大组成部分之一。"伟大母亲"以何种姿态出现并不取决于其自身的愿望和力量，其根本性的推动力是来自另一种因素，换句话说，她是由"父亲意识"的色彩、力量与姿态来决定。当"父亲意识"过于强势、唯我独尊、专权霸道时，"伟大母亲"将以"牙齿母亲"甚至"死亡母亲"的面孔出现，如果是这样，人类社会将处于不可调和的糟糕境况之中。因此，勃莱以"牙齿母亲"的原型意象用来警醒世人，让我们内心的意识世界多一份"母亲意识"的情怀，让男性意识与女性意识处于均匀而和谐的生态场。

三、伟大母亲协会

"伟大母亲协会"于1975年由勃莱发起成立，参与者均为自愿性质，主要为一些诗人、音乐家、学者及兴趣人士，其中不乏一些诗坛精英与文化名流，如著名诗人威廉·斯塔福（William Stafford）、李立扬（Li Young Lee）、高尔威·金内尔（Galway Kinnell）、简·赫丝菲尔德（Jane Hirshfield）以及神话学者约瑟夫·坎贝尔（Joseph Campbell）等。因属于民间文化活动组织，其活动经费来自个人自助。顺便指出的是，协会不接受任何形式的赞助，反对铺张浪费，提倡节俭环保，其实质就是要保持人类最原始的母亲意识风格。活动每年举行一次，持续时间十天左右，三十五年来，从未中断。每次活动以主题演讲、沙龙研讨、诗歌朗诵、音乐表演、打坐、冥思、郊外旅行与野营等多种形式进行。最近五年来，活动时间基本上选在5月末到6月初，地点固定在缅恩州挪波博罗小镇边的基伏营（Camp Kieve, Nobleboro, Maine）进行。活动场所的选择也直接体现出协会崇尚原始、热爱质朴的禀性，基伏营所在地一派旖妮风光，300多英亩的原始树林，3英里长的湖岸线，山水相映，人迹罕至。置身其中，人自会融我于自然之内。根据协会网站的介绍，协会最初就是以宣扬"伟大母亲"文化为其唯一宗旨，"这与勃莱诗集《睡眠者携起手来》的主题相一致，受荣格及其学生玛丽·路易斯·弗朗兹和艾里克·纽曼等人思想的影响。在美国越南战争这一背景之下，关注神圣的母亲意识被认为迫切而必要"①。因此，从创办的动机来看，协会组织者最初怀着崇高的人文理想，企图通过文化洗礼来达到改良及教育的目的，唤起人类审视内心的意识世界，让意识世界中处于绝对中心的"父亲意识"放弃其绝对垄断地位，给"母亲意识"以同样的空间、同样的地位，让两种意识趋于均衡平等，唯有这样，人类才可能避免人为的灾难，在灾难中实行自救。随着活动的不断深入，协会从最初以"伟大母亲"为单一主题而开展活动逐渐向主题多元方向展开，后来甚至探讨起"伟大父亲"（the Great Father）文化思想。勃莱于1981年出版诗集《黑衣男子转过身来》（*The Man in Black Turns*）作为对这一主题的声援与呼应。许多批评家误以为勃莱要从"女权主义"运动转向一场声势浩大的"男权主义"运动，实际上，对勃莱及协会参与者来说，无论"伟大

---

① 详情参见协会网站：http://greatmotherconference.com/2_news/history.html.

母亲"还是"伟大父亲"在本质上是一致的,都是为了追求"母亲意识"与"父亲意识"在意识世界的均等。为此,协会甚至将"伟大父亲"与"伟大母亲"统归于"伟大母亲协会"这一名号之下。

"伟大母亲协会"的创立意味着勃莱不只是生活在诗人的纯书生气息中,他将个人的理想付诸具体的实践行动,尽管这种行动不一定能产生立竿见影的效果,也不一定能得到所有人的认同,但作为艺术家的诗人对时代的敏感、对时代的焦虑意识以及对人类社会的历史意识都让他迸发出与众不同的热情来。"伟大母亲协会"如同大自然中一片狭小但宁静祥和的风景,它希望越来越多的人能关注它,走进它,并最终能流连忘返。

显而易见,勃莱创建"伟大母亲协会"的愿望与其本人的诗歌创作理想可谓殊途同归。时代的种种弊端与衰朽,诸如政治腐败、社会动荡、世风日下以及越南战争等,都让诗人陷入一种寻找出路的思考之中。他在探讨政治诗歌的作用时曾说,现代人的内心早已被因对日趋恶化的环境而产生出具有很强免疫力的茧所裹住——如稻谷颗粒外的那层壳(husk),人们对丑恶,对不公,对非正常死亡,对战争,甚至对自然灾害等一切现象或视而不见,或麻木不仁。所以,他指出,文化与诗歌艺术的目的就是要刺破那层厚厚的茧,让人时刻保持高度的警醒、警觉的意识状态。换句话说,文化与艺术的作用就是让世人倾听内心的声音,让深处的无意识世界处于本真的平衡而和谐之维。

四、小结

无论是诗歌创作还是文化活动实践,勃莱提倡"母亲意识"表面上看是其对个人诗学理想的不断追求,是诗人对现代社会所表现出来的深层文化责任感。但从更大的层面上来说,这是西方学者对自身文化基础进行反思后而发生的哲学思想的根本性转变。西方哲学的主流思想,无论基督教精神还是希腊精神,都把"我"与"非我"截然分开,视之为二元对立。① 在以男性占绝对主导地位的无论是现实世界还是人的精神意识世界中,"父亲意识"即主体"我","母亲意识"即"非我"。一直以来,西方哲学"有我无他(非我)"的二元对立思想深陷种种危机之中。"对女性心灵的鄙视是我们最大的错误与灾难的根源。"② 勃莱"母亲意识"的思想价值在于,他从中国文化的传统中发现了解决危机的良方。国内著名学者、中山大学教授区鉷先生认为,"在中国文化传统中,'我'与'非我'本来就是一体,同为一气之聚散,万物皆备于我,并且力求使这'一中之二'处于最佳的平衡状态,是为'和'或'中庸'"。③ 所以,勃莱的"母亲意识"美学精神就是要张扬人类意识世界的"和"与"平衡"思想,"女性需要更多的男性意识,而男性需要更

---

① 参见丘镇英《西洋哲学史》,北京:北京师范大学出版社1986年版,第9-10页。转引自区鉷教授博客"味闲堂":http://epsioh.blog.163.com/blog/static/318882892010515751515/.

② Robert Bly, *Sleepers Joining Hands*, New York: Harper & Row, Publishers, 1973, p. 49.

③ 参见 http://epsioh.blog.163.com/blog/static/318882892010515751515/.

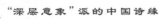

多的母亲意识,他们需要一种平衡的意识"[1]。唯如此,人类文明才能健康有序地发展。

---

[1] Robert Bly, *Sleepers Joining Hands*, New York: Harper & Row, 1973, p. 49.

第九章

篇终接混茫:从《吊床》一诗谈詹姆斯·赖特与中国的文化因缘

一、背景介绍

仰起头,我看见青铜色的蝴蝶,
睡在黑色的树干上,
像一片树叶在绿荫中摇曳。
空屋后的山谷里,
牛铃声此起彼伏
响彻在午后的深处。
我的右侧,
在两棵松树间的阳光地带,
去年的马粪
闪闪发亮,变成了金色的石头。
我斜躺着,夜幕降临。
一只雏鹰在空中掠过,寻找着自己的家。

"深层意象"派的中国诗缘

我浪费了我的生命。①

这是美国"深层意象"诗人詹姆斯·赖特颇负盛名的短诗《在明尼苏达松树岛,躺在威廉·杜菲农场的吊床上》(以下简称《吊床》)。该诗曾被《纽约时代书评》(*New York Times Book Review*) 评为美国20世纪最佳诗作,是诗人受批评家最为关注的作品之一。撇开诗歌其他方面的艺术成色暂且不说,引起学界争议最大的莫过于它突兀而抽象的结尾:"我浪费了我的生命。"(I have wasted my life.) 对于诗歌来说,尤其是篇幅很短的诗作,好的结尾往往决定了一个作品的优秀度与经典性。我们经常发现,一些优秀作品的结尾或鬼斧神工,或匠心独运,或假人暇思,或惊天动地,或成为我们日常生活中的格言警句。但像赖特这种言语平淡,与上文并无明显逻辑理性关联,却引起广泛争议甚至争执以及让学界穷于探讨的结尾并不多见。该诗创作于50年代末60年代初,距今整整半个世纪有余,但关于该诗的评论,尤其涉及结尾的不同解读,自始至今都从未消停,我们不妨选取不同时期一些代表性的观点。1964年,在赖特诗集出版后第二年,美籍英裔运动派著名诗人汤姆·冈恩(Thom

---

① 见 James Wright, *Above the River: The Complete Poems*, New York: Farrar, Straus and Giroux, 1990, p.122. 本诗由本书作者翻译。为了方便对照,现将该原文附上。标题为:"Lying in a Hammock at William Duffy's Farm in Pine Island, Minnesota". 正文为: Over my head, I see the bronze butterfly, /Asleep on the black trunk, /Blowing like a leaf in green shadow. /Down the ravine behind the empty house, /The cowbells follow one another/Into the distances of the afternoon. /To my right, /In a field of sunlight between two pines, /The droppings of last year's horses/Blaze up into golden stones. /I lean back, as the evening darkens and comes on. /A chicken hawk floats over, looking for home. /I have wasted my life.

Gunn）在《耶鲁评论》(The Yale Review) 上撰文以批判性的口吻说："该诗在技术上并无什么新意可言，肯尼斯·雷克斯罗斯在这一方面早在多年前就很有成就了。……关于最后一行，也许是有点让人兴奋，那是因为我们看到了它与前面部分不一样的东西，但实际上，它也是毫无意义的。我们越希望找出点清晰明了的意思来，我们却越糊涂。……赖特与罗伯特·勃莱所共持的诗歌态度使得他们变得非常肤浅（dilettantism），因此，《树枝不会折断》(The Branch Will Not Break) 无论多有价值，在我看来，与诗人过去两部作品［指《绿墙》(The Green Wall) 与《圣使犹大》(Saint Judas)——笔者注］相比，显然是轻量级的。"①针对冈恩的批评，"深层意象"派领袖、赖特挚友勃莱很快就做出了言辞激烈的回应："诗人这时的大脑非自然，甚至超自然地清醒，他对一切事物的细枝末节都看得清清楚楚。……很显然，冈恩不懂诗，或者说，他不是不懂诗而是不懂感情。他无法理解一个有智慧的人如何会有这样的感情。毕竟，冈恩是个受教育程度很高的人，他训练过自己的才智，其他人，那些没有头脑的人，才可能会浪费生命，而不是他。他不理解这首诗歌的原因在于他的胡乱推理（discursive reasoning）、他的理性主义。……诗歌中，最深邃的思想通常是最痛苦的思想。"②很显然，冈恩与勃莱的针锋相对源自互不相通的作

---

① Thom Gunn. "Modes of Control," a review of *The Branch Will Not Break*" in *The Yale Review* (1964), rep. in Peter Stitt and Frank Graziano, eds. *James Wright: The Heart of the Light*. Ann Arbor: The University of Michigan Press, 1990, p. 160.

② Crunk [pseudonym of Robert Bly], "The Work of James Wright", originally published in *The Sixties*, 1966 (8). rep. in Dave Smith, ed. *The Pure Clear Word*, Urbana: The University of Illinois Press, 1982, pp. 90–91.

"深层意象"派的中国诗缘

诗法和本质上迥然不同的两种诗学理想。进入80年代，阿兰·威廉森（Allen Williamson）认为："该诗的最后一行表现得如此深邃，似乎具有普遍性意义。也许它取自于阿瑟·里蒙（Arthur Rimbaud）的《至高塔之歌》（'Song of the Highest Tower'）中的诗行'我失去了我的生命（I have lost my life.）。'批评家普林（A. Poulin）误以为它源自里尔克的诗句'你必须改变你的生命（You must change your life.）'。但是，他的错误也是有道理的：赖特的最后一行，正如里尔克一样，迫使读者回到诗歌前面，很显然客观的那一部分，以使前后一致。……只有在那种特定的情形下人才可能对周围产生那种荒废感。"①这样的解读出自发生学的角度，无论从上下文之间的关系而产生的意义链，还是从诗人所受的影响而发出的慨叹，都不无一定的道理。而最近的一些批评家则从心理学的角度来进行剖析，②有的认为是诗人在寻找内心的"自我"，有的以为是诗人内心的焦虑感使然。③

诗人本人对这一结尾做何解释呢？事实上，他不同的场合给出的答案也不相同。其一，"我想，既然呆在吊床上，那不妨再多浪费点时间。"④ 此解释有点敷衍了事，它并不

---

① Allan Williamson, "Language Against Itself: The Middle Generation of Contemporary Poets", in *Introspection and Contemporary Poetry*. Cambridge, Massachusetts: Harvard University Press, 1984, pp. 70–71.

② Kevin Stein, "These Drafts and Castoffs: Mapping James Wright", in *Kenyon Review*, Summer 2009, New Series, Volume XXXI, Number 3.

③ Judy Norton, *Narcissus Sous Rature: Male Subjectivity in Contemporary American Poetry*, Lewisburg: Bucknell University Press, 1999.

④ Bruce Henricksen. "Poetry Must Think" (an interview with James Wright published in 1978), rep. in Annie Wright, ed. *James Wright: Collected Prose*. Ann Arbor: University of Michigan Press, 1983, p. 184.

170

是诗人的真实目的,诗人极有可能希望文本的终极意义应由读者来决定,而不是作者决定论。其二,"那是宗教的说法(religious statement),换句话说,我在这个世上,我不让自己过度紧张,我此时是幸福的"①。这样的解释显然将本已抽象的结尾变得更为玄虚,更为抽象。其三,"我想诗歌是关于情绪(mood)的描写(description),中国诗人写这类诗歌已有几千年之久,……'我浪费了我的生命'是因为我当时躺在吊床上时刚好有那种情绪。这首诗让英国批评家很生气,我不知道是什么地方得罪了他们"。当诗人将作品的解读落实到情绪上时,这才算是本质意义上的还原,落到了实处。不过,这是一种什么样的情绪呢?是喜悦,还是悲怀?是颓丧惆怅,还是壮志与期望?

《吊床》一诗的艺术生命力之所以能如此强盛,不断地吸引着读者与批评家,除了作品自身所彰显的极具普遍性审美价值的艺术特性外,它还是作者本人富有独特魅力的艺术之路和个人美学理想的浓缩体。如果综观诗人的艺术发展历程,我们会发现,"我浪费了我的生命"恰好反映了诗人既喜又悲、一言难尽的复杂情绪。赖特的生命之叹消融于其物质生命、艺术生命与情感生命的历史轨迹中。

二、诗人创作生涯

对于诗人来说,诗歌创作既是自己的社会使命,又是个人的精神诉求,它是个体生命在精神上的寄托与延伸。换句话说,诗歌艺术就是诗人的精神家园。我们知道,精神生命

---

① 同上,第184页。

"深层意象"派的中国诗缘

在一定程度上驾驭着物质生命,情感上的喜悦、悲苦甚至理想追求将直接决定着个体生命的存在质量。

《吊床》一诗创作于20世纪50年代末60年代初,被收在赖特第三部个人专集《树枝不会折断》一书中。学界普遍认为,该诗集代表着诗人艺术上的最高成就,它与勃莱的《雪野宁静》(Silence in the Snowy Fields)以及高尔威·金内尔的《花羊群山莫纳德诺克》(Flower Herding on Mount Monadnock)在六十年代一道共同引领着美国诗歌发展新的方向。说到"新",它是相对于过去而言的。我们知道,20世纪上半叶,诗坛巨擘如艾略特、庞德、威廉斯、玛丽安·莫尔等现代主义大师们影响强劲,美国诗歌的主流以借助客观实物、事件或场景来表现诗歌情感作为诗歌实现的主要途径,主题上追求宏大叙事与历史气势,以个人情感的牺牲等来达到艺术目的,甚至在语言等诗歌形式方面也是一副学院派式的古典风格。赖特本人的创作正是从师从与模仿这些现代主义大师们开始的。大学期间的两位名师对他影响很深,一位是古典主义诗人西奥多·罗特克(Theodore Roethke),另一位是现代主义诗人兼"新批评派"(New Criticism)理论家兰色姆(John Crowe Ransom)。我们从赖特最初的两部诗集《绿墙》与《圣使犹大》中不难看出其典型的学院派风格。无论是意象的选择、用典的方式,还是语言节奏的严谨与押韵,甚至诗歌的主题等,都无不体现出诗人亦步亦趋、谨慎细致的学究式艺术形式特征。与之相比的是,《树枝不会折断》却是一个180度的大转弯,一副全新的面貌。诗歌不再拘泥于形式的约束,意象使用自由大胆,语言的日常生活化特质、主题的个性化倾向,以及意义的跳跃式表现,都给人一种脱胎换骨的感觉。《吊床》既是这一转型时期的范例作品,又是诗人在转型后个人心态的直接观照。该诗外在的直观形式较之过去就有很大的变化,首先在篇幅上,赖特之前的创作除一定数量的十四行诗歌外基本上保持着一定程度的篇幅,追求史诗般的气势,像《吊床》如此简短的诗篇,在《绿墙》与《圣使犹大》两部专集中,只有后者收有不过三首,它们分别是《病中祈祷》("A Prayer in My Sickness")、《俄亥俄的一个冬日》("A Winter Day in Ohio")与《呼吸空气》("A Breath of Air")。语言形式上,前两部专集中的绝大部分作品都为格律诗,大多数为抑扬格五音步,有严格的押韵规律,而《吊床》则为绝对意义上的自由诗,注重声音与节奏的自然与纯真。至于意象,这正是诗人不同于过去之所在,也正是诗集《树枝不会折断》的"新"意之所在。他一反过去那种通过意象(严格意义上来说是物象)来对应某种情绪的创作方法,在《吊床》这一作品中,意象来自于个人内心对事物的片刻感应,是刹那间的某种无意识感受;更重要的是,并无关联的意象最终营造出一种整体效果,也就是中国古典诗学中所描述的意境,这也是西方传统诗歌所欠缺的。关于意境,后文还将有所论及。勃莱曾将诗歌定义为"刹那间渗透入无意识之中的东西"[1]。既然是刹那间的行为,我们就不难理解赖特这一时期诗作篇幅为何简短而精炼。"我浪费了我的生命"就是诗人在那农场清新而闲静的环境中突然而产生的感悟——一种对过去艺术创作方法反省时的强烈感受。那么,诗人浪费了什么呢?

---

[1] Robert Bly, "A Wrong Turning of American Poetry", from *American Poetry: Wildness and Domesticity*, New York: Harper & Row, 1990, p.20.

"深层意象"派的中国诗缘

赖特在完成第二部诗集《圣使犹大》后就产生了极度的茫然感,他对过去所坚持的诗歌理想和创作方法产生了彻底的怀疑,并决定断然放弃,他并一度认为,自己的诗歌生涯就将结束,他悲观颓丧甚至绝望,一度酗酒以缓解精神上的垂死危机。① 顺便一提的是,当时的赖特申请明尼苏达大学终身教学职位(tenure)遭拒,与妻子多年的婚姻也岌岌可危,对诗人来说,这些真可谓雪上加霜。我们可以从他与勃莱的通信往来中了解到他当时的真实情景。勃莱于1958年与诗人威廉·杜菲(William Duffy)创办诗刊《五十年代》(*The Fifties*,后改为《六十年代》《七十年代》《八十年代》,依此类推)以推陈出新,意在推广自己的诗学主张。在创刊篇中,勃莱选择了当时反响较好的一些诗人进行其作品分析批判,其中就包括赖特。勃莱等人将刊物给每位所选诗人寄去一份,希望得到对方的回音,不过大部分人置之不理,给予回音者大多以嘲讽的口吻来表示勃莱的自不量力与轻狂浅薄(当时的勃莱在诗坛尚属籍籍无名之辈)。但赖特却独以极大的热情给予了回音,从他给勃莱的第一封信中可以清楚地看出他当时彷徨、痛苦交加的心态,勃莱刊物上的批评与诗学论文仿佛击中他内心深处的要害。他迫不及待地拿起笔,将自己内心的苦闷一吐为快,一口气就完成密密麻麻长达六页多的一封回信,因心情过于迫切,语言在文法上就显得过于零乱,字里行间充满着自责(self-reproach)、自损与对过去的失望之情。② 他说:"这一切让我处于极其艰

---

① James P. Lenfestey. "Robert Bly, William Duffy, James Wright and *The Fifties*," from *Great River Review*, Spring/Summer 2010, p. 12.

② "Robert Bly and James Wright: A Correspondence", from *Virginia Quarterly Review*, January 1st, 2005.

难的挣扎之中,我敢肯定你可以想象我的处境,我真真切切地、名副其实地(really and truly)活在地狱之中——我本已下决心不再写那些我并不熟悉的、冷冰冰且丑陋不堪的东西,然后扔出去,即便《纽约客》(The New Yorker)也看不懂的玩意。今天早上,在我忍受了长达五年之久的头痛之际,我做了件可怕的事情,是件罗伯特·赫里克(Robert Herrick)想做却没有做成的事情,那就是:我写好了自己的《告别诗歌》('Farewell to Poetry')。"① "真的,你的杂志对我来说意义重大。也的确让人绝对惊奇,竟然在今天——就在我考虑金盆洗手的时候收到了它。因为它证实了我所害怕的一切,然而面对这份害怕——就是说,关于我自己的三流身份——你的观点让我选择面对——我如此地如释重负以至于我现在开始思考,我的确一直有挫败感,一直背叛着我内心所认识的诗歌模样,但我表面上却不承认。"② 信中的内容几乎全是诗人内心对自己过去创作的全部否定。"只要是个受过良好教育的人,当然如果是十八世纪的话,都能写出我那样的作品(指《绿墙》与《圣使犹大》)。"③ 一方面,我们不难看出,赖特对诗歌有着不容置疑的执着与忠诚,尽管几乎一度放弃,但那样的放弃是因为自己对诗歌的期待与严格的追求;另一方面,勃莱的及时出现在某种意义上给了赖特新的生命。这样的说法似乎有夸大其词之嫌,但事实上,赖特自收到勃莱寄来的刊物后,不仅立刻回信,而且迅速动身前往勃莱的定居地——明尼苏达州中北部的一个农场,自此以后,在很长一段时期,他几乎每逢周末都会去勃

---

① 同上,第110页。
② 同上,第110页。
③ 同上,第108页。

"深层意象"派的中国诗缘

莱的农场,勃莱夫妇也将自己的一间小屋单独装饰给赖特专用,不仅帮助他从酗酒中解脱出来,而且更重要的是给了他精神上的一次重生。赖特的许多佳作都诞生于勃莱的农场。两位诗人之间的交往过程及深厚友情也成为美国文学史上的一段佳话。《吊床》一诗是在勃莱的合作伙伴杜菲的农场里写出来的,正是时逢赖特精神愉悦饱满之际,也是诗人诗风转型之初的一个作品。因此,我们就不难理解他为何会发出"我浪费了我的生命"这样饱经沧桑的感慨。诗人如沐春风,显然对自己的华丽转身表示十分地满意,所以,他才会有对过去岁月被白白浪费与糟蹋的顿呼。

三、中国文化影响

对一个已有多年创作经验,又有深厚学养的诗人来说,将自己的创作风格突然间进行全方位革新,它不只是单纯地艺术试验那么简单,更不可能一蹴而就。换个角度来说,当时的赖特,在诗歌创作上已打下自己的一片天地,在诗坛上比起当年的勃莱更有自己的话语空间,就论资排辈而言,还轮不上勃莱来对他说东道西,但他们的艺术结合与其说是赖特对勃莱的被动接受与欣赏,更不如说是对后者诗学理念的认可和补充。赖特新诗学观的确立有其自身的内在动因。1960年夏,赖特在给电影导演杰里·马扎洛(Jerry Mazzaro)的一封信中提到,他那几年几乎很少从事自己的创作,除了翻译奥地利诗人格奥尔格·特拉克尔(Georg Trakl)及一些西班牙语诗人如希梅内斯(Juan Ramon Jimenez)的诗歌作品外,他的大部分时间主要投入在阅读上。正是在这段时间他阅读了罗伯特·潘恩(Robert Payne)、阿瑟·威利

(Arthur Waley)、雷克斯罗斯、威特·宾纳（Witter Bynner）等人翻译的中国古诗及相关的文学作品。他对雷克斯罗斯翻译的《汉诗一百首》（100 *Poems from Chinese*）推崇备至，并经常引用雷克斯罗斯的一句话："你有幸遇见了如此杰出的人群。"①（You meet such a nice class of people.）可以说，赖特对外国诗歌尤其是中国古诗的阅读与吸收正是影响他接受勃莱并使自己对诗歌的理解发生根本性转变的直接原因。事实上，勃莱也有过与赖特完全相同的阅读经历和体会。②

赖特对中国诗歌的喜爱程度到底有多深，我们可以从《吊床》一诗中略知一二。首先，他本人毫不讳言，"关于该诗，尽管我本人希望它是对我躺在吊床上时那种情绪的描写，但它很显然来自于对中国式（Chinese manner）诗歌的模仿（imitation）"。其次，对于美国本土读者而言，普通读者因对中国诗歌的陌生而很难体会赖特诗歌的中国特性的，甚至一些学者也无法体会其中品质。美国当代著名散文家、文学批评家斯文·波凯兹（Sven Birkerts）就曾抱怨过《吊床》一诗的标题。他说："我们可能从它的标题就开始质疑，它给人的第一印象就显得那么庸长，那么笨拙（unwieldy），赖特为何不简单地称它为《吊床》或《躺在吊床上》呢？"③的确，长达十余个字的标题别说在美国诗歌，即便在整个西方诗歌中都极为罕见。庞德就曾在翻译李白诗歌时就误把长

---

① Blunk, Jonathan, "A Brief Biography of James Wright's Books", *Great River Review*, Spring/Summer 2010, Issue 52, pp. 77 – 89.

② 关于勃莱受外国文化尤其是中国传统文化影响一题，详见本书第六章、第七章。

③ Sven Birkerts, "James Wright's 'Hammock': A Sounding", in *The Electric Life: Essays on Modern Poetry*. New York: William Morrow and Company, Inc, 1989.

"深层意象"派的中国诗缘

标题"侍从宜春苑奉诏赋龙池柳色初青听新莺百啭歌"作为诗行来处理,① 因为他之前从未接触过如此长的诗歌标题。但在赖特后来的诗歌生涯中,长标题诗歌并不少见。② 赵毅衡在研究课题"中国如何改变了美国现代诗"时就注意到这一有趣现象。他说:"新超现实主义者(指代'深层意象'诗人,笔者加)喜用中国式的极长标题(这在西方诗中完全没有先例),以表明他们是在仿写中国诗。"③ 顺便提及的是,在中国古代诗人中,赖特最欣赏的是白居易,他精读过《白居易生平》(*The Life of Po Chu-i*),将白居易尊称为自己的"精神之源"(spiritual source)。④ 他描写白居易的《冬末跨过水沟,我想起了中国古代的一位州官》("As I Step over a Puddle at the End of Winter, I Think of an Ancient Chinese Governor")一诗作为开篇之作收集在《树枝不会折断》之中,由此可见,白居易在他心目中的重要地位。该诗被视为美国当代名篇之一,经常被选入各种诗选本。

如此强调中国诗歌对赖特的影响是因为这将直接关系到我们对《吊床》一诗的理解深度,《吊床》在诗理与气质上饱含着强烈的中国诗歌元素。众所周知,中国古典诗歌强调

---

① 赵毅衡:《诗神远游——中国如何改变了美国现代诗》,上海:上海译文出版社2003年版,第168页。

② 据统计,超长标题诗歌在赖特《诗歌总集》中不下十首,如"A Message Hidden in an Empty Wine Bottle That I Threw Into a Gully of Maple Trees One Night at an Indecent Hour","Depressed by a Book of Bad Poetry, I Walk toward an Unused Pasture and Invite the Insects to Join Me",等等,不一而足。

③ 赵毅衡:《诗神远游——中国如何改变了美国现代诗》,上海:上海译文出版社2003年版,第61页。

④ Jonathan Blunk, "Robert Bly and James Wright: A Correspondance", from *Virginia Quarterly Review*, January 1st, 2005, p.85.

通过作为诗歌肌理意象的情态功能形成诗歌的气韵或某种气场，也就是我们通常所说的意境，境界的高低与强弱决定着诗歌的高度与张力。中国古代诗歌以抒情为主，因此，在某种意义上说，所谓的意境就是诗人的心境或情境而已。"心即境"是我国古代重要的美学观。元代诗人、美学家方回曾说："雇我之境与人同，而我之所以为境，则存乎方寸之间，与人有不同焉者耳。……心即境也，治其境而不于其心，则迹与人境远，而心未尝不近；治其心而不于其境，则迹与境近，而心未尝不远。"① 《吊床》是诗人当时心境的直观反映，但又不止于此。我们不难发现，诗人的确是在模仿中国古代诗人，意欲像他们那样借助身边清新的自然物象来营造"言有尽而意无穷"的气韵，诗歌的结尾"我斜躺着，夜暮降临。/一只雏鹰在空中掠过，寻找着自己的家。/我浪费了我的生命"就是这一气韵的具体表现。"我斜躺着"的姿态，"寻找家"的"雏鹰"，与"我的生命"共同绘制出一幅美轮美奂的中国画，其中的内涵已超越了语言的表现力。因此，当我们了解到该诗的中国因缘后，我们就不难理解诗人"我浪费了我的生命"之叹，我们也就不觉得它的突兀、离奇与抽象，相反，它的存在提升了整首诗的品质与境界。我们可以借用中国唐代诗圣杜甫在《寄彭州高三十五使君适虢州岑二十七长史参三十韵》中评价高适和岑参诗歌的经典评论"意惬关飞动，篇终接混茫"来形容《吊床》一诗的结尾，这显然再合适不过。

---

① 郭绍虞：《中国美学史资料选编》（下册），北京：中华书局1981年版，第92页。

"深层意象"派的中国诗缘

四、家园意识

"一只雏鹰在空中掠过,寻找着自己的家。"诗人以童真般的语言发出内心最纯净的声音。这样的诗句给人带来切肤的温暖感,它能召唤出每个人深层的情感记忆。家园意识是人类最古老的情感意识,是文学艺术的共性母题。对于赖特来说,家园意识贯穿于其艺术创作的整个生涯,正因为如此,他那爱恨纠结的故土情感也是我们了解诗人的重要途径。

赖特的家乡俄亥俄州马丁斯费里(Martins Ferry)是座工业城,他出生于1927年,正逢经济大萧条(the Great Depression)前夕,经济大萧条对以重工业为主要经济支柱的城市来说简直是灭顶之灾。赖特一家生活在蓝领工人片区,他身边的人绝大多数都处于失业状态,周围一派萧条的现象。这种败落的生活气息对童年的赖特来说是刻骨铭心的伤怀与悲悯。在《被处死的杀人犯墓地里》("At the Executed Murderer's Grave")一诗中,诗人将自己的家园比作一座死亡之城:"我叫詹姆斯·赖特,出生于/离这块传染区墓地25英里远的地方。/在俄亥俄州马丁斯费里,哈扎阿特拉斯玻璃厂的一名奴隶是我的父亲。/他尽心教我善良。我/现在只在冰冷的记忆中,不急不忙地/回到死亡了的俄亥俄州,/那里很可能是埋葬我的地方,/若不是我急匆匆地逃离。"① 这是赖特早年生活与情感的真实写照。因家境贫寒,他中学

---

① James Wright, *Above the River: The Complete Poems*, New York: Farrar, Straus and Giroux, 1990, p. 82.

毕业后就参军入伍,在驻守日本的占领军中(occupation forces)服役一年,其入伍的重要原因之一在于每月可领取120美元的薪水,自己留下10美元,其余全部汇寄美国,补贴家用。他在信中这样描述,"每月第一天我可领到120美元,我记得每次将穿过两个街区,到福特邮局汇款110美元,把它寄往俄亥俄州的家里,当时,我什么都不想,满脑子一方面是俄亥俄山谷(换言之,就是死亡,心灵的死亡),另一方面即是生存(逃离以获得自己的生命)。"① 在《俄亥俄州马丁斯费里,秋天开始》("Autumn Begins in Martins Ferry, Ohio")② 一诗中:"所有自傲的父亲羞于回家。/他们的女人像饥饿的小母鸡,/咯咯叫唤,急需他们的爱。"男人因生理与经济上的无能导致一座城市缺少了爱,缺少生命的气息。我们不难想象,时代灾难造成的苦难家乡在赖特的情感世界里是何等苦涩艰深。正如诗人妻子安妮(Anne Wright)所说的那样,"詹姆斯早期的诗歌中,他的家乡马丁斯费里就是地狱与痛苦"③。

　　诗人对家乡的苦难记忆不是因为痛恨而是因为内心那份诚实质朴的爱。正如我国诗人艾青所吟颂的那样:"为什么我的眼里常含泪水?/因为我对这土地爱得深沉。"诗人不愿回避这种痛苦情感,而是用沉重的笔触来直面它的存在。家乡的不幸不是个人苦难宣泄的缘由,家乡融入了整个世界与

---

① Donald Hall, "Lament for a Maker", in *Above the River: The Complete Poems* by James Wright, New York: Farrar, Straus and Giroux, 1990, xxv.

② James Wright, *Above the River: The Complete Poems*, New York: Farrar, Straus and Giroux, 1990, p.121.

③ Anne Wright, "Foreword", in *James Wright*, by David C. Dougherty. Boston: Twayne Publishers, 1987.

历史的复合元素,是时代的缩影。对个人与家乡的苦难回忆,其实质在宏大的历史语境中是对人类社会发展的反省和追问。因家乡的痛苦元素过于浓烈,赖特的前两部诗集《绿墙》与《圣使犹大》在语气上因而就显得过于沉重,气息过于抑郁。当我们把诗人的生命之叹"我浪费了我的生命"与诗人的家园意识联系在一起时,我们对诗人朴素的情感中所包含对岁月的辛酸感与苦难感就多了另一层面的理解。

应该说,家园意识的成因是难以用任何科学理论或方法进行分析或做出精确解释的,或者说,人们不需要对它存在的原因和背景做任何探究,它不是个别心理,它属于人类心理的共性。它不属于科学手段,而是属于文艺与美学的过程创造。人们不会因故土带给自己苦难与不幸的记忆而抛弃自己的家园,相反,随着岁月的增长,故土连同那些苦难与不幸都成了情感世界中珍藏的一部分。美国哲学家威廉·巴雷特曾把家比作精神容器:"家,是习惯上包含着我们生活而为人们公认的组织。一个人失去精神容器,就将无所适从,随波逐流,成为茫茫大地上的一个流浪者。"① 赖特自参军入伍离开自己家乡,复员后入读肯庸大学(Kenyon College),然后受富布赖特(Fulbright)奖学金资助远赴欧洲维也纳大学研修,归国后为生计而辗转各地,大半生都漂泊在外,家乡的一切都渐渐沉淀在他记忆之中。诗人创作大量家乡题材的作品正是因为长年生活在外而思念难却的缘故。《吊床》创作于60年代,此时的赖特已步入中年,过去家乡苦难的清晰记忆渐渐被思念的温馨和美好所取代。纵览赖特

---

① 威廉·巴雷特:《非理性的人》,杨照明、艾平译,北京:商务印书馆2004年版,第25页。

毕生的诗歌创作,可以说,在家乡题材的作品中,《吊床》具有里程碑式的意义,换言之,自此,诗人作品中的家园变得清新、阳光、温暖和漂亮。以《俄亥俄马丁斯费里旧WPA游泳池》①一诗为例,该诗收在1973年出版的《两个公民》(*Two Citizens*)一书中。诗人感怀于一段童年往事:自己七岁时,家乡的河流因饥饿而瘫痪,没人下河游泳。"当人们食不果腹,/八月,河流/被认为变得神圣,/开始死亡。"因为童心,他看到凿开的洼地上有积水,于是脱衣跳水游玩。这样的场景在现实中是辛酸的,但诗人一改过去的沉重与痛苦,而是以诙谐轻松的口吻将童趣与家乡的亲切感淋漓尽致地表达出来。在诗人生前出版的最后一部诗集《致一棵开花的梨树》(*To a Blossoming Pear Tree*)中,家乡的成分愈加突出,温情感更加浓郁。而短诗《美丽的俄亥俄》("Beautiful Ohio")被视为诗人对故土最后最深情的一次内心诉求,尽管他记忆深处的家乡画面依旧没有变化,但变化的是他内心日益浓烈的乡思与乡情。在语言的表述中,他舍弃了过去一贯所坚持的含蓄与内敛,而是以直白式的口吻来倾诉:"马丁斯费里是我的家,是我土生土长的故乡,/生活着16500多人,/他们用光的速度加速河的流动。/光在瀑布倾泻的瞬间/捕获他们生命强硬的速度。/我知道我们多数时候怎么称呼它。/但我有自己的歌来赞美它,/有时候,即便今天,/我叫它美丽。"② 巧合的是,该诗被排在诗人生前出版的最后一本诗集中的最后一首,而最后一行"我叫它美

---

① James Wright, *Above the River*: *The Complete Poems*, New York: Farrar, Straus and Giroux, 1990, p. 236.

② James Wright, *Above the River*: *The Complete Poems*, New York: Farrar, Straus and Giroux, 1990, pp. 317 – 318.

"深层意象"派的中国诗缘

丽"是故乡在他心中形象的最后定格。顺便提及的是，赖特的家乡也给了他很高的礼遇，从诗人去世后第二年起，每年晚春时节，他的家乡就以举办"詹姆斯·赖特诗歌节"(James Wright Poetry Festival)[①]来纪念他，而在维基百科全书中，赖特作为七位名人之一被选入家乡介绍宣传册中。

对诗人来说，故土是艺术创作的营养基地，家乡的历史、传统文化、土地上的一草一木都是诗人创作的灵感来源，甚至成为艺术作品的本体；而对普通读者来说，家园意识是人类情感的共性记忆，它不仅牵动我们的审美思维，而且更为重要的是，它是人类文明延续与发展的重要保证。正因为如此，赖特《吊床》一诗的结尾"一只雏鹰在空中掠过，寻找着自己的家。我浪费了我的生命"才如此富有情趣和文思。

---

① "詹姆斯·赖特诗歌节"自 1981 年起开始举办，主要活动包括邀请名家诗人与诗歌爱好者探讨并朗诵赖特的诗歌。该活动一直被认为是俄亥俄山谷 (Ohio Valley) 最重要的文学活动。但不知何故，自 2007 年之后就一直停办。

第十章

听之道——默温诗歌与中国文化因缘

美国前桂冠诗人(2010—2011)、国会图书馆诗歌顾问威廉·斯坦利·默温(William Stanley Merwin, 1927—)自承,如同时代其他一些诗人那样,他的诗歌创作深受中国文化的影响。他认为中国文化对美国诗歌乃至文化的影响堪比《圣经》对西方文化发展的影响。他说:

> 我们对当今整体的中国诗歌译文负欠,我们深受这些译文对我们诗歌的持续影响,对这一种总是难以捉摸的艺术,这些都是我们最乐于负担的债务之一……这种债,至少在种类上说,可以比拟在我们这个时代,我们对詹姆斯国王钦定本《圣经》的翻译者所负欠的一样……它已经扩充了我们语言的范畴与能力,扩充了我们自己艺术及感性的范畴与能力。到了现在,我们甚至难以想象,没有这种影响美国诗歌会是什么样子,这影响已经成为美国诗歌传统本身的一部分了。①

---

① W. S. Merwin, from "Chinese Poetry and the American Imagination", rev. by Gregory Orr, *Ironwood* 17 (1981), p. 18. 又见钟玲《美国诗与中国梦——美国现代诗里的中国文化模式》,桂林:广西师范大学出版社2003年版,第21-22页。

"深层意象"派的中国诗缘

而钟玲则质疑中国文化影响在默温个人创作中的存在。"在默文(即默温,笔者注)自己的诗歌创作之中,实在是搜索不到什么中国诗学的论述方式。"① 同样,关于中国文化对美国诗歌影响这方面的国内研究专家赵毅衡、朱徽在其各自专著《诗神远游——中国如何改变了美国现代诗》(2003)与《中美诗缘》(2001)中也几乎只字不提默温与中国文化之间的任何关系。在美国国内,默温已是学界与诗批家的持续性关注热点,相关研究成果甚为丰硕,对其诗歌成就、基本诗学思想和艺术特性的评价似乎已成盖棺定论之势。包括帕洛夫(Marjorie Perloff)、阿尔提瑞(Charles Altieri)、莫尔斯华斯(Charles Molesworth)、斯科尔斯(Robert Scholes)等一线批评家在内的大多学者将默温与"末世论"(Apocalypse)、深层生态学(deep ecology)、语言实验、神话与宗教等联系在一起②,而对默温个人创作中的中国文化影响集体失语。因此,我们不禁要问,默温是否真的如他本人说的那样深受中国文化影响?如果是,其影响为何,又何在?不仅如此,我们还要关注的是:默温诗歌中的中国文化因子是如何融入其个人诗学主张的?关于这些问题,我们必须从诗人的诗歌和诗论文本中寻找答案。

事实上,与其他一些诗坛好友诸如罗伯特·勃莱、詹姆斯·赖特、肯尼斯·雷克斯罗斯、加里·史耐德等人相比,默温的创作实践除《寄语白居易》("A Message to Po Chu-I")、《致苏东坡》("A Letter to Su T'ung Po")、《吉丁虫》

---

① 钟玲:《美国诗与中国梦——美国现代诗里的中国文化模式》,桂林:广西师范大学出版社2003年版,第21页。
② Cary Nelson & Ed Folsom, *W. S. Merwin: Essays on the Poetry*, Illinois: University of Illinois Press, 1987.

("The Rose Beetle")等屈指可数的几首诗歌外,指涉中国文化的作品少之又少。但是,诗人的中国影响并不是通过文字的简单能指来体现,而是消融在其诗歌的肌理与气质之中。默温毕生致力于建构的听道诗学在很大程度上就是受中国文化影响所致。不过,令人惊讶而遗憾的是,其听道一直以来竟被学界与批评界集体忽视。它不仅关涉诗人与中国文化的因缘关系,而且在终极价值层面上可以帮助我们更透彻地理解默温的文学意义。

一、听道之中西文化差异

在人体各种感官机能中,听觉与视觉总是相提并论。早在公元前六世纪,毕达哥拉斯曾说:"我们的眼睛看见对称,耳朵听见和谐。"① 黑格尔以为,"艺术的感性事物只涉及视听两个认识性的感觉"②。但是,中西传统文化在对待视听的方式上则态度不一,西方厚此薄彼,重视觉而轻听觉,而中国则二者兼顾,在某些方面甚至更重视听觉的作用。

根据德国当代哲学家沃尔夫冈·韦尔施(Wolfgang Welsch)的考察③,西方文化尤其在哲学、文学艺术和科学等领域于公元前五世纪就确立了视觉的优先地位。赫拉克利特宣称眼睛"较之耳朵是更为精确的见证人"。毕达哥拉斯

---

① Wfadysfaw Taarkiewicz, *A History of Six Ideas*, Warsaw: Polish Scientific Publishers, 1980, p. 313.
② 转引自奥克肖特·巴比塔《论人类道德生活的形式》,《世界哲学》,2003年第4期,第48页。
③ 参见沃尔夫冈·韦尔施《重构美学》,上海:上海世纪出版集团2006年版,第173-192页。

因其"和谐理论"而被其讥讽为"骗子魁首"。尤其柏拉图《理想国》中的"洞穴"典故表明，视觉是通往现实、真相、真知甚至真理的唯一途径。自此，视觉就逐渐成为西方文化谱系的核心。古希腊"那喀索斯与厄科"神话更是强化人们"视觉核心、听觉附庸配角"地位的基本认识。当18世纪英国功利主义哲学家杰里米·边沁（Jeremy Bentham, 1748—1832）于1787年提出著名的"圆形监狱"后，视觉的重要性和地位被推到了一个前所未有的高度：视觉诚如"圆形监狱"中狱警的那双眼睛，高高在上，监督和把控着一切；而听觉就如同监狱囚室里的囚徒，没有自由，没有选择，处在黑暗而边缘的生存状态。进入20世纪，当人们开始深入反思感官与人类存在的意义关系时，批评家们几乎将全部的注意力投放在视觉上。尼采认为，在明亮而高度发达的文明社会，听觉是可有可无的了："只有在漫漫的黑夜中，密密的森林中和幽暗的洞穴里，耳朵，这恐惧的器官，才会进化得如此完美，以适应人类产生以来最长的一个时代，即恐怖时代的生活方式的需要：置身于明亮的阳光下，耳朵就不再是那么必须的了。"① 厄文·斯特劳斯里程碑式的著作《论感官的意义》花了大量的篇幅谈论视觉的意义，而对于听觉则几乎没有触及。知觉现象学创始人莫里斯·梅洛－庞蒂（Maurice Merleau-Ponty, 1908—1961）在其《眼睛与精神》一书中关注的是可见与不见的关系，认为智慧总是并只是与眼睛作伴。庞蒂的哲学体系中，知觉空间是我们判断世界并为个人行为做出预判的关键。而空间恰恰是我们身体语言中眼睛的涉指范围。韦尔施指出，西方文化就是典型的视

---

① 尼采：《曙光》，田立年译，桂林：漓江出版社2000年版，第194页。

觉至上、视觉霸权的视觉主义文化。而当人们对视觉和听觉的理解超出其感性的表面认知，将它们纳入权力、伦理、生态、文化批评的话语体系后，他们发现，视觉至上的西方文化经过几千年的发展，其前途清晰可鉴：以霸权、权力至上、主体性、富有攻击性为主要特征的视觉主义正将人类带向一条末路。基于这样一种西方文化大背景，我们就不难理解默温为何会悲观地奏唱"末世论"，从他最初的《两面神的面具》（*A Mask for Janus*, 1952）、《跳舞的熊》（*The Dancing Bears*, 1954）、《炉中醉汉》（*The Drunk in the Furnace*, 1960）、《移动的靶子》（*The Moving Target*, 1963）、《虱子》（*The Lice*, 1967）到后来的《河流的声音》（*The River Sound*, 1999）和《迁徙》（*Migration*, 2005）等，诗人的语调灰暗而沮丧，俨然末日就将降临。但是，在"末日论"的主旋律中，我们隐隐约约感知到：当诗人眼睛看不到未来时，他转向自己的耳朵，他听到了从遥远东方传来希望的声音——它不仅让诗人的作品诗意更加盎然蓬勃，而且，更有意义的是，它弥补了西方文化唯视觉独尊的自然缺陷。

中国传统文化以强调个人的修为为基础，从而实现社会的大和与世界的大同。在个人修为上，视听都发挥各自应有的作用。而听，因其特殊的功能机制而呈现出接受、被动、温顺、谦和低调、弱者姿态与客体性等特征而与中国传统文化在很大程度上不谋而合。儒、道、释皆以为，人应拒绝外物的干扰和影响，守护好自己的内心天地。"美恶皆在其心，不见其色也。"（《礼记·礼运》）"凡音者，生人心者也。情动于中，故形于声；声成文，谓之音。"（《礼记·乐记》）作为中国传统文化核心之一的道家思想更是倚重听觉的文化表达。道家先哲无论老子、庄子还是文子都不约而同地将听这种感官方式与作为本体存在的道家之"道"以及道的获得紧密联系在一起。"上士闻道，勤而行之；中士闻道，若存若亡；下士闻道，大笑之，不笑，不足以为道。"（《道德经》第四十一章）我们知道，道家之"道"，虚虚实实，空灵飘渺，存在却没有实体，超越人的视觉、触觉、嗅觉、味觉等感知能力，实际上，它也超越我们普通意义上的听觉感受。但是，老子以为，道可以被闻听到。很显然，道家之听是个人的智慧与修为的完美统一，如道一样，听似乎也被赋予了某种神性。道家看来，宇宙间能听到的最大声响是无声之音，"大音希声"。无声之音实际上就是隐存浩瀚洪荒中的自然之道——自然之音，因而，无声之听包含了道的神性、智慧和力量。庄子《齐物论》中的"人籁、地籁和天籁"之分在一定程度上是"大音希声"的注脚和补充："听之不闻其声，视之不见其形，充满天地，苞裹六极。"① 而将听与道完美结合在一起的是文子：

> 学问不精，听道不深。凡听者，将以达智也，将以成行也，将以致功名也，不精不明，不深不达。故上学以神听，中学以心听，下学以耳听。以耳听者，学在皮肤，以心听者，学在肌肉，以神听者，学在骨髓。故听之不深，即知之不明，知之不明，即不能尽其精，不能尽其精，即行之不成。凡听之理，虚心清静，损气无盛，无思无虑，目无妄视，耳无苟听，尊精积稽，内意盈并，既以得之，必固守之，必长久之。（《文子·道德》）

---

① 姚汉荣、孙小力、林建福：《庄子直解》，上海：复旦大学出版社2000年版，第364页。

文子的此段论述与庄子"心斋论"中的"耳听、心听、气听"之分有一定的相似之处。不同之处在于,文子以实用主义的方式论述"听"的价值,它关乎个人"达智""成行"和"致功名",而他更大的突破在于,"听亦有道":"神听、心听和耳听"——他有了初步的系统化、方法论意义上的理论建构尝试。其中的"神听"更是与诗歌美学所注重的"诗性""灵感"有异曲同工之妙。这也是道家哲学被认为是诗性哲学的典型表现。顺便值得一提的是,中国古代的司法审讯程序中,都注重听的作用。据《周礼·秋官·小司寇》记载:"以五声听狱讼,求民情:一曰辞听;二曰色听;三曰气听;四曰耳听;五曰目听。"它描述了中国古代司法官吏在审理案件时观察当事人心理活动的五种方法,很显然,此处的听亦超越了一般意义上的声音之听,而是被赋予某种神性的自然力量。

总之,中国传统文化注重听觉,它"始终以静、空的时间体验方式(听觉方式,笔者注)将真理的理解置入了超越空间(视觉方式,笔者注)之上的虚无维度,以谦卑的姿态在视觉霸权的压制下顽强进行着天生归属感的寻求"①。而这应该就是吸引默温的文化源头。

二、听、诗歌形式与道

与大多数传统诗人一样,默温有自己成熟而独特的诗学观,但不同的是,他并不以长篇大论将其系统化、理论化,

---

① 路文彬:《论中国文化的听觉审美特质》,《中国文化研究》,2006年秋之卷,第126页。

"深层意象"派的中国诗缘

只不过偶尔发表一些美学性质的小品文,可我们仍可以从中管窥其诗学要旨。《论开放形式》("On Open Form")是其代表之作,文章篇幅短小,全文不过千余字,但微言宏义,彰显诗人的思想精髓。

默温从诗歌形式切入自己的诗学理想。诗歌传统中,形式与内容是二分的,虽然都存在于诗歌文本这一共同体中,但双方有明显的界限和本质区别。形式是意义以外的东西,包括如节奏、押韵、声音、分行等诸多元素,形式让诗歌发展出多种形体,如商籁体、无韵体、俳句、短歌、五言诗、七言诗、自由体等。但默温认为,文学艺术的发展是与时俱进的,诗歌形式也是如此。"被称之为形式的东西就是诗歌与时间有关:诗歌的时间,它写作的时间。"[1] 他解释说,不同时代的诗歌对形式的理解不一样。他以中世纪为例,那时候,诗歌形式是透明的(transparent),也就是说,形式是形式,内容是内容。换言之,当今的诗歌形式与内容并不是非此即彼的对立关系,而是你中有我我中有你的融合体。某种程度上,默温的诗歌形式观与他同时代的投射派核心思想"形式向来不过是内容的延伸"基本一致。我们也可从他形式的价值观中得出同样的判断。他说:"中世纪的诗人需要形式让诗歌从世界分离(separate)出来,而今天的诗人需要形式来帮助诗歌发现(find)世界。"[2] 因此,"诗歌自身

---

[1] W. S. Merwin, "On Open Form", from *Naked Poetry: Recent American Poetry in Open Forms*, edited by Stephen Berg and Robert Mezey, Macmillan Publishing Company, 1969, p. 298.

[2] 同上,第299页。

可以被视为它的形式"①。

默温如此高调突出形式的作用，我们切不可草率地用"形而上"这一术语来简单化理解。事实上，他的"形式观"有具象式的诠释："诗歌形式：是听见诗歌如何以语言的方式产生，但语言自身不会形成诗歌。同时，它是证明听见生命如何在时间里发生的方式，但时间不会形成生命。"②几乎所有的批评家在引用并阐释诗人的这段话时将关键词锁定在"语言、生命与时间"上③，而忽略了默温最倚重的"形式"——"听"。在默温看来，听是诗歌发生的方式，也是诗歌的形式和要表现的内容。

默温的上述表述的确过于简略，他后来也没进一步地深入，因此被忽略甚至误读也就不难理解。但是将它置于诗人完整的创作背景之下，我们完全有必要对其进行深度咀嚼，透析其义理和意义。

默温个人第二部诗集《跳舞的熊》里收有一首名为《论诗歌的主题》（"On the Subject of Poetry"）的短诗，该诗后来又被选入 2005 年获得国家图书诗歌奖（National Book Award for Poetry）的《迁徙》（*Migration*）选集中，由此可见它在诗人心目中的分量。全诗共五节，每节分五行。诗的标题"On the Subject of Poetry"（论诗歌的主题）就已凸显它的异类性。表面上看，它既不言情也不状物，而是论理言

---

① W. S. Merwin, "On Open Form", from *Naked Poetry: Recent American Poetry in Open Forms*, edited by Stephen Berg and Robert Mezey, Macmillan Publishing Company, 1969, p. 300.

② 同上，第299页。

③ H. L. Hix, *Understanding W. S. Merwin*, South Carolina: The University of South Carolina Press, 1997, pp. 6 – 10.

"深层意象"派的中国诗缘

说,典型的学术论文式标题。实质上,本诗所表达的主题的确如标题所示。但有必要指出的是,诗人采用了诗歌最常见的象征与隐喻手段,以虚实兼论的方式来营造一种独特的情思意蕴,因而,作品既不乏想象奇特、虚构为本、语言和思想上富有跳跃性等方面的诗歌特质,同时,它还很清晰地传达了诗人的学理思想:

> I do not understand the world, Father.
> By the millpond at the end of the garden
> There is a man who slouches listening
> To the wheel revolving in the stream, only
> There is no wheel there no revolve.
>
> He sits in the end of March, but he sits also
> In the end of the garden; his hands are in
> His pockets. It is not expectation
> On which he is intent, nor yesterday
> To which he listens. It is a wheel turning.
>
> When I speak, Father, it is the world
> That I must mention. He does not move
> His feet nor so much as raise his head
> For fear he should disturb the sound he hears
> Like a pain without a cry, where he listens.
>
> I do not think I am fond, Father,
> Of the way in which always before he listens

He prepares himself by listening. It is
Unequal, Father, like the reason
For which the wheel turns, though there is no wheel.

I speak of him, Father, because he is
There with his hands in his pockets, in the end
Of the garden listening to the turning
Wheel that is not there, but it is the world,
Father, that I do not understand.

我无法理解这个世界,天父。
花园尽头的水池边
有人低头慢行聆听
溪流中机轮旋转,只是
那儿根本没有旋转的机轮。

他坐在三月的尽头,他也坐在
花园的尽头;他双手
插在口袋,并没有
特别的期待,也不
聆听昨日。机轮在旋转。

天父,当我说,这个世界
我不得不提。他既不迈开双脚
也不抬头
他担心惊扰到他听见的声音
就如没有哭喊的疼痛,他听着。

195

"深层意象"派的中国诗缘

> 天父,我以为我不会喜欢
> 他聆听之前总要
> 准备聆听的样子。这
> 不平等,天父,正如
> 机轮旋转的理由,尽管没有机轮
>
> 天父,我说起他,因为
> 他在那儿,双手插在口袋,
> 在花园的尽头,聆听着
> 那根本就不存在的机轮旋转,但是,
> 天父,这就是我无法理解的世界。①

从实践到理论,《论诗歌的主题》与《论开放形式》表现得高度一致。《论诗歌的主题》忠实地诠释了诗人的诗学观"诗歌形式:是听见诗歌如何以语言的方式产生"。诗人将所有的笔触都集中在"听(listen,hear)"上,从诗歌的开篇到结束,每诗节都回环往复性地演绎一个基本的事实存在:有人在聆听着机轮旋转(wheel turning),"有人低头慢行聆听/溪流中机轮旋转,只是/那儿根本没有旋转的机轮"。(第一节)"也不/聆听昨日。机轮在旋转。"(第二节)"他担心惊扰到他听见的声音/就如没有哭喊的疼痛,他听着。"(第三节)"他聆听之前总要/准备聆听的样子。"(第四节)"聆听着/那根本就不存在的机轮旋转。"(第五节)"听"扮演着双重审美角色,一方面,它实施着主体审美行为,另一

---

① W. S. Merwin, *Migration: New & Selected Poems*, Washington: Copper Canyon Press, 2005, pp. 25 – 26.

方面,它是读者的审美对象。在诗人构筑的整个画面世界里,"听"是支撑它的轴心。诗人另一首题名为《诗》("The Poem")的短诗似乎也是为诠释诗人的这种理念而创作的。该诗收在《移动的靶子》一书中,全诗短短六行,每三行一诗节。"总是姗姗来迟,/我尽力记住我听到的一切。/光线躲避着我的眼睛。//多少次我听见门锁关门的声音/听见云雀拿走钥匙/将它们挂在天宇。"① 依然,诗人将"听"作为该诗存在的核心元素,而结尾两句的奇异想象让作品惊艳绝伦。

《论诗歌的主题》中"听"的对象"并不存在的旋转的机轮"不是一个具有画面感的普通意象,它是本诗的诗眼,已超越了其基本的文字所指功能和一般性的象征含义,它实在而又非在,实实虚虚,恍恍惚惚,非常识和常理可以彻底诠释。那么,如何理解它呢?我们可以从《道德经》中找到帮助:"道之为物,惟恍惟惚。惚兮恍兮,其中有象;恍兮惚兮,其中有物。窈兮冥兮,其中有精。"(《道德经》第二十一章)表面上看,"机轮"为一简单的个性实物,而实际上,"机轮"是个泛化的模糊体,是听的终极对象,它无所不在,它担承着道家哲学思考中"道"的角色。它在此处是"旋转的机轮",而在他处可能是"门锁"("The Poem"),也可能是"麻雀的叫喊"("In the Night Field"),"刀上流动的光线"、"击打钟鼓的影子"、"与自己聊天的日子"("The Crossroads of the World Etc"),"盲人们的锤子"("The Students of Justice"),"面包的心脏"("Bread")等等。因

---

① W. S. Merwin, *Migration*: *New & Selected Poems*, Washington: Copper Canyon Press, 2005, p. 93.

此,"旋转的机轮"不是诗人耳听甚至心听的一般物象,而是神听感知的自然之道。默温寄予"听"以中国道家的哲学关怀和智慧,因此,我们就不难体会他为何要将"听"作为自己的诗歌主题——实际上又是诗歌形式和发生的缘由。

三、听与生命观、生态观

唯听而听不是默温的诗学目的,他绝非唯美主义式诗人,他的"末世论"已昭示他的世界情怀。从他《论诗歌的主题》那抑郁的"我无法理解这个世界"顿呼中我们就可以感知一二。他"末世论"的背后隐藏着他对生命和环境的终极关怀,而"听"是传达他的生命观和生态观的美学方式。或者说,听本质上就是一种生命态度。由此,我们也就能理解他为何要将听视为"诗歌发生方式"的同时还将其视为"生命发生的方式"。

前文已有所交代,视听这两种不同的感官方式代表着两种不同文化,前者是霸权、主动、自我、富有攻击性等,是西方传统文化人类自我中心主义的表现,而后者则是柔弱、谦卑、低调等,是中国传统文化的表征。默温遵听道显然是对西方传统视觉主义文化的有意反拨。

牟宗三曾将中西传统哲学的差别简括为"中国哲学所关心的是'生命',而西方哲学所关心的其重点在'自然'"①。这样的对比显然相对笼统而且也不客观。在生命与自然的二元关系上,中国传统文化合二为一,而西方则二元对立,人类生命凌驾于环境生态之上。中国传统文化尊重生命,但人

---

① 牟宗三:《中西哲学之会通十四讲》,上海:上海古籍出版社2007年版。

的生命与自然中的每个生命个体一样同等珍贵，人类的自我生命观在大自然的背景下应该谦卑并主动适应环境，从而实现人与自然的和谐归一。中国古典诗歌尤其是以陶渊明、王维、孟浩然、谢灵运、白居易、李白、杜甫等为代表所创作的大量山水诗作正是生命与山水相互应和的文学映照。而这些诗歌连同其他一些文化典籍正是默温所言他"负欠中国文化"的根由。

默温的听道，本质上是一种生命诗学，而他的生命诗学又是他致力毕生的生态诗学。诗歌《感谢》（"Thanks"）表达诗人生命观中非常重要的感恩情怀。作品以一个"听"字置于篇首，以表明自我生命姿态的谦卑，与此同时，听是我们的个体生命与其他生命建立相互关系的纽带，因为听，个体生命不会孤单，这是诗人为何要向其他一切生命表达感激之情的缘由：

> Listen
> with the night falling we are saying thank you
> we are stopping on the bridges to bow from the railings
> we are running out of the glass rooms
> with our mouths full of food to look at the sky
> and say thank you
> we are standing by the water thanking it
> …

> 听
> 当夜幕降临我们说谢谢你
> 我们停在桥边凭栏鞠躬

"深层意象"派的中国诗缘

>　　我们走出玻璃房
>　　口里含着食物仰望天空
>　　说谢谢你
>　　我们站在水边谢谢它
>　　……①

　　诗人将"夜幕、桥栏、天空、水"等都视为给我们恩惠的生命体。值得注意的是，我们很容易将它们简单地理解为"诗人特权"（poetic license）下所赋予的诗意的生命，实际上，正是这些所谓的"诗意的生命"更能让人觉得自我生命在宏大的宇宙生命体面前倍感渺小，这样更能促使我们正视和珍惜环境。"当动物在我们身边死去／带走我们的情感我们说谢谢你／当森林倒下的速度比我们生命流逝的时间／还要快我们说谢谢你"②。我们不能不说，默温的生命观与生态观紧密联结在一块，他用诗歌的方式诠释着中国古代"天人合一"文化思想所蕴含的伟大智慧。

　　早在诗人青少年时期，西方日益发展的都市文明与日渐消失的乡土气息让默温失望而担忧。乡土气息是人类生命与自然世界相通相融、相互尊重的重要保证，它代表着所有生命存在的自由和各种生命体之间温存的情感。而都市文明的扩张，势必导致自然环境的破坏和一些生物的生存危机。更危险的是，都市文明下的生命因情感的缺失而变得冷漠与恐怖。对此，默温忧心忡忡："那时我有个隐秘的恐惧——一个至今仍时时袭来的恶梦，那就是整个世界都变成了城市，

---

①　W. S. Merwin, *Migration: New & Selected Poems*, Washington: Copper Canyon Press, 2005, p. 280.

②　同上，第280.

整个世界都覆盖着水泥、大楼和街道,再也没有乡下,再也没有树木。这种世界似乎并不遥远,虽然我不相信这种世界能存活下去,但我肯定不能活于其中。"① 正因为如此,诗人才会说,"在世界的最后一天/我希望栽种一棵树"②,种树的目的不是为了摘取果实,而是它能作为纯粹的树活着,它自由地吸收阳光和水分。在诗人的世界观中,树是世界的象征物,是人与世界和谐依存的迹象。所以,默温的生命观中有一个非常重要的概念——"爱",我们除了爱自己的生命,还要爱其他一切生命:无论活着的还是死去的,无论是动物的还是植物的,无论是花虫草木还是风沙云石,等等。"听到死亡的消息后/无论我们认识的还是不认识的我们说谢谢你。"③ "我正在破译昆虫的语言/他们是未来的声音。"④ "我认为那不是要改造世界的强烈欲望。那是这样一种强烈愿望:去热爱、去尊敬这个世界上的某些事物,这些事物似乎比我们所能说、所能形容的更美丽、罕见和重要。"⑤ 在《岛上纪念日》("Anniversary on the Island")中,默温用听觉的方式解释了他为何早在20世纪70年代就远离自己的故乡大都会纽约来到夏威夷的一个小岛上,他为了"最终躺在我们怀抱里的岛上/聆听着树叶的沙沙声和海岸的呼吸声/不

---

① 爱德华·何斯奇:《诗歌的艺术——W. S. 默温访问记》,沈睿译,《诗探索》,1994 (5),第 174 – 175 页。

② W. S. Merwin, *Migration*: *New & Selected Poems*, Copper Canyon Press, 2005, p. 282.

③ 同上,第 280.

④ 同上,第 281.

⑤ 爱德华·何斯奇:《诗歌的艺术——W. S. 默温访问记》,沈睿译,《诗探索》,1994 (5),第 174 – 175 页。

再有岁月/只有一座山和四周一片汪洋大海"。① 值得一提的是，他自来到小岛后，购置了一块土地，栽种几十种濒危植物，此举是为了保护和传承"夏威夷文化和恢复当地的植物群和动物群（flora and fauna）"。②

"传承"是默温生命观和生态观中的另一个重要理念。传承不囿于本民族文化或同质文化，而是对世界所有优秀文化的传承。在默温已有的诗歌创作成果中有明显中国痕迹的作品屈指可数，其中两首值得关注，从中我们还可看出默温对中国文化的熟知程度。《寄语白居易》("A Message to Po Chu-I")一诗于 2010 年 3 月发表于《纽约客》(*The New Yorker*)，该诗是默温以白居易《放旅雁·元和十年冬作》一诗为原型题材而借题发挥。有必要提及的是，此诗在白居易创作中略显平凡，即便我国国内读者也知之甚少。它描述的是诗人本人的一段亲身经历，作者借以抒怀个人郁闷之气。在严寒之日逛街，诗人偶遇一儿童正兜售一只捕获的大雁，这引起了诗人的怜悯之心，遂掏钱买下并放飞，并祈祷它不要飞向西北。"雁雁汝飞向何处？第一莫飞西北去。"因为那儿正发生战争，战事双方将士都食不裹腹，饥饿难耐，诗人很担心大雁被射下来以充饥之用！白居易借这只南归的大雁来隐喻沉浮于宦海之中的自己。当然，从当代生态批评学的角度来说，白居易买雁放飞的举动是环保意识驱动使然。默温借这样一个题材加以利用显然有其深层用意：一是白居易的放飞大雁的举动引起默温的生态共鸣；二是与其个人生命

---

① W. S. Merwin, *Migration: New & Selected Poems*, Washington: Copper Canyon Press, 2005, p. 278.

② H. L. Hix, *Understanding W. S. Merwin*. South Carolina: The University of South Carolina Press, 1997, p. 4.

诗学思想也基本一致,即应尊重自然界的每一个生命体的生存权。最重要的是,该诗传达了作者一个非常重要的思想:传承是生命和生态发展的保证——因为有类似诗人"我"这样的人在传承,白居易的大雁尽管历经千年却依然健在,"我一直想让你知道/那只大雁至今还在我的身边/你还会认出这老迈的候鸟/它在我这儿已待了好久/眼下并不急于飞离"。① 诗歌的结尾,诗人不无忧虑,"我无法告诉你/究竟能为那难逃杀害的雁群做些什么/我们正在促使南北极消融/我实在不知道这只大雁/离开了我可飞往何处"。② 默温一方面担心在他之后无人保护那只大雁,另一方面又希望后人能继续传承下去。另一首与中国文化有直接关系的题为《致苏东坡》("A Letter to Su T'ung Po")的短诗于2007年也同样发表于《纽约客》。"几乎千年之后/我问着你提过的/并不断重复的同一个问题/仿佛什么也不曾改变"。③ 默温思考着苏东坡提出的问题,这些问题历经千年却依旧"不曾改变","每当夜深我坐在/幽静的山谷/我会想起你在河边/水鹰梦中的皎洁月光"。④ 默温虽然未将苏东坡的问题具体化,但我们不难猜出苏东坡那豪迈洒脱的诗意之问"明月几时有?把酒问青天"以及出自《赤壁赋》的哲性之问"客亦知夫水与月乎?逝者如斯,而未尝往也"。那么,苏东坡的问题引起默温什么样的思考呢?"我会想起你在河边/水鹰梦中的皎洁月光/我听见你问题后/所带来的宁静/今夜那些问题有多悠久"。默温以他特有的听的方式感受着中国古代诗人关于

---

① W. S. Merwin, "A Message to Po Chu-I", *The New Yorker*, March 8, 2010.
② 同上。
③ W. S. Merwin, "A Letter to Su T'ung Po", *The New Yorker*, March 5, 2007.
④ 同上。

"深层意象"派的中国诗缘

天地与自我之间关系问题的思考智慧,人只有将自己定位在苍茫浩瀚的宇宙天地间才能复归宁静,才可诗意地栖居在温暖的大地上。而中国先辈的生命之思正是默温毕生的追求。另外,对诗人来说,这两首短诗的创作与发表时间也能说明问题:正值诗人创作生涯的暮年,因此,他以书信诗歌的方式向中国同行先辈致谢并表达自己的敬意。某种意义上说,他也在告诉我们,他的诗学理想在某些方面是对中国传统文化的异域传承。

四、小结

学界和批评界对默温听道的冷漠或者说有限关注不能归咎于他诗歌的风格使然,也不能问责于学界与批评界审美情趣或方向的选择。在一个以最大程度满足视觉感受的社会与时代,听道的被忽视就显得顺理成章。但是,默温对听道的推崇无论是出于纯文学还是文化建构或人类命运发展的角度来看都是十分有益的。就像他之后出现的如沃尔夫冈·韦尔施这样一些杰出的文化学者也开始关注起听的意义来。韦尔施在他的《重构美学》一书中非常乐观地表示:"一个疑虑在游荡:我们迄至今日的主要被视觉所主导的文化,正在转化为听觉文化;这是我们所期望的,也是势所必然的。"①

---

① 参见沃尔夫冈·韦尔施《重构美学》,上海:上海世纪出版集团2006年版,第173页。

第十一章

中国迹象——查尔斯·赖特的中国文化影响

作为普利策文学奖、美国国家图书奖(the National Book Award)等众多诗歌大奖获得者,荣获 2014 年美国桂冠诗人的查尔斯·赖特在美国当今诗歌批评界可谓炙手可热,"查尔斯·赖特是美国当代最受人敬仰的一位诗人",①"查尔斯·赖特是他同时代诗人中最杰出的一位"②,"查尔斯·赖特在美国当代诗歌占一重要板块(occupies a large space)"③。但在我国,除了赵毅衡的《诗神远游——中国如何改变了美国现代诗》、钟玲的《美国诗与中国梦——美国现代诗里的中国文化模式》以及朱徽的《中国诗缘》中对其稍有所提及外,迄今,各学术期刊上几乎搜寻不到有关他的任何文字。抛开其他因素不说,单论他与中国文化亲密的因缘关系就值得我们特别关注,这不仅可以帮助我们从一个侧面更好

---

① Joe Moffett, *Understanding Charles Wright*. South Carolina: The University of South Carolina Press, 2008, p. 1.

② Jay Parini, "A 'Thirst for the Divine'", *The Nation*, May 20, 2002, p. 30.

③ Robert D. Denham (ed.), "Preface" in *Charles Wright in Conversation, Interviews*, 1979–2006. North Carolina: McFarland & Company, 2008, p. 1.

"深层意象"派的中国诗缘

地了解中国文化在异域的传播情况和影响度,而且还可以更直接、更深层次地挖掘赖特的艺术世界。关于后者,美国批评界虽已认识到中国文化在赖特诗歌中的影响存在,但因为可知的原因,他们迄今尚未就此进行深入研究。

一、缘起和发展

查尔斯·赖特出生于美国南部田纳西州一个名叫匹克威克坝(Pickwick Dam)的小镇上,其父是一名土建工程师,因父亲工作关系,童年的赖特随家不断迁徙辗转,这种居无定所的生活方式在某种意义上开阔了赖特的眼界,丰富了他的成长阅历,成为他日后创作灵感与题材的重要来源。但据他本人回忆,自小至大学毕业,赖特并没有对诗歌表现出特别热情和好感,也从未想过有朝一日能以诗歌作为毕生的事业。"直到大学毕业,我对诗歌一直都毫无兴趣可言。"①

那么,是什么使赖特对诗歌突然间产生了浓厚兴趣呢?赖特大学毕业(1957年)后参军入伍,正是在此期间他与中国诗歌的一次偶然接触,改变并激发了他的兴趣,也许,这样的阅读无意间召唤起他内心深处潜隐已久的诗歌原始情愫。不仅如此,这次偶遇也彻底改变了赖特的人生。直到晚年,他对自己当时阅读中国诗的情形依然记忆犹新:"我还能记得,自己坐在军官宿舍,颇为自己自豪,因为其他人都去了酒吧,而我独自坐在房内,一边喝着红酒,一边读着一本中国诗集——我在某处发现的译作。我不知道,是否是因

---

① Ted Genoways, "An Interview with Charles Wright", *The Southern Review*, Spring 2000. Vol. 36, Issue 2, p. 444.

为如此喜欢那些诗歌还是因为庆幸自己远离那些流氓(riff-raff),作为一个22岁的少尉,读着一本中国诗集。随后,我记得自己周末就去了纽约度假,并买了本——因为我当时就开始喜欢上了诗歌——《庞德诗选》(The Selected Poems of Ezra Pound)。"①我们很难断定,这是否是赖特第一次阅读中国诗歌,但显然,这是他个人记忆最深的阅读之一,更重要的是,赖特自己将他与中国诗的此次接触视为他兴趣转向诗歌的缘起。②

美国学者在对赖特的影响研究中发现,除中国诗歌外,美国诗人埃兹拉·庞德(Ezra Pound)、肯尼斯·雷克斯罗斯(Kenneth Rexroth)、沃尔特·惠特曼(Walt Whitman),英国诗人吉拉德·曼理·霍普金斯(Gerald Manley Hopkins),法国画家保罗·塞尚(Paul Cezanne)等对赖特的诗歌创作都产生过一定的影响。③值得注意的是,这些影响源中,庞德和雷克斯罗斯二人在中国诗与美国现代诗的发展关系中可以毫不夸张地说是最重要的两位代表性人物,他们一前一后,通过对中国诗歌和文化典籍的译介,以及他们自身文学艺术上的影响魅力,吸引、感召和影响着一批又一批追随者,从而对美国当代诗歌的发展产生了不可估量的影响。关于前者,国内学人已有了相当多的相关研究成果,因篇幅原因,本文就不再赘述。而关于后者,近年来在我国也有了一定质与量的学术成果。但是,诚如雷克斯罗斯的个人创作成就那样,他对美国当代诗歌发展影响的深度和广度依然受到低估,这

---

① Ted Genoways, "An Interview with Charles Wright", *The Southern Review*, Spring 2000. Vol. 36, Issue 2, p. 44.

② 同上。

③ 同上,第442页。

"深层意象"派的中国诗缘

样的低估也许还将持续相当长的一段时期。事实上,除他所领导的"旧金山文艺复兴"运动群体诗人受他影响外,"投射"派、"深层意象"派、"纽约"派等美国当代中坚流派中许多诗人也与他渊源颇深。借用批评家埃利奥特·温伯格的话可以部分说明雷克斯罗斯为何具有如此大的感召力:"雷克斯罗斯,一个自由的博学之士和能量源,是美国诗歌中最伟大的人物之一;他的荒野诗歌从本质上发明了西部……他对文化荒原上艺术家手足情谊的信念,激励了无数的诗人。"①查尔斯·赖特是众多受激励的追随者中非常忠实的一位。具体来说,赖特对中国古代诗人杜甫甚为推崇正是源自雷克斯罗斯对杜甫的翻译和推介:"我三十年来一直沉浸在杜甫的诗中,我确信他使我成了一个更为高尚的人,一个道德的代言人,一个有洞察力的生命体……杜甫的诗回答了'艺术为何?'之类的问题。"②在雷克斯罗斯的经典译作《汉诗一百首》(*One Hundred Poems from the Chinese*)中,杜甫的诗选数量最多(共35首),其质量也受学界首肯:"雷克斯罗斯翻译的杜甫诗,其感触之细微,其他译者,无人能及。"③因此,对庞德与雷克斯罗斯等人的直接推崇成了他贴近中国文化的重要缘由之一。

在赖特同辈诗人中,同道者包括威廉·默温④(William

---

① 埃利奥特·温伯格:《1950年以来的美国诗歌:超短简史》,《1950年后的美国诗歌:革新者和局外人》,马永波译,石家庄:河北教育出版社2003年版,第11页。

② Kenneth Rexroth, *An Autobiographical Novel*. New York: New Directions Publishing Corporation, 1991, p. 329.

③ William C. Williams, "Two New Books by Kenneth Rexroth", *Poetry* 90 (1957), p. 90.

④ 关于默温与中国文化的渊源关系,见本书第十章。

S. Merwin)、马克·斯特兰德(Mark Strand)、查尔斯·西米克(Charles Simic)等"深层意象"派成员,而这些诗人也是中国传统文化的拥趸者。共同爱好也是促使赖特走向中国文化的重要原因。赖特说:"我与马克·斯特兰德,查尔斯·西米克、詹姆斯·退特(James Tate)等人关系最为融洽……与默温有相互的精神吸引力(spiritual affinity)。"①

自20世纪60年代初开始发表诗歌以来,赖特迄今共出版20余部个人诗集,其中进入21世纪之前最能代表其个人艺术成就的是其三部三部曲(a trilogy of trilogies),分别是《乡村音乐》(Country Music,1982)、《万物的世界》(The World of Ten Thousand Things,1990)、《消极蓝》(Negative Blue,2000)②。三部三部曲涵括了诗人最初三个10年的创作精华。进入新世纪后,诗人笔耕不辍,接连出版多部诗集。即通过他作品的表层标题和题跋等我们就能感知他的中国文化热度。赖特第二个三部曲《万物的世界》一书的取名就来自道家思想的启迪,《道德经》第四十二章在谈及万物诞生的始因时有言:"道生一,一生二,二生三,三生万物。"尽管汉语的语言符号表征中,"万物"是泛指一切事物(everything),而非赖特所实指的万件事物(ten thousand things),但我们也不能据此就怀疑赖特对道家思想本质性的

---

① Robert D. Denham, ed. "Preface" in *Charles Wright in Conversation*, *Interviews*, *1979–2006*. North Carolina: McFarland & Company, 2008, p. 12.
② 三部曲中,《乡村音乐》包括《艰难的货运》(*Hard Freight*, 1973)、《血统》(*Bloodlines*, 1975)和《中国踪迹》(*China Trace*, 1977)三部诗集;《万物的世界》包括《南部穿过》(*Southern Cross*)、《河对岸》(*The Other Side of the River*, 1984)和《地域杂志》(*Zone Journals*, 1988)三部诗集;《消极蓝》包括《奇克莫加》(*Chickamauga*, 1995)、《黑色黄道带》(*Black Zodiac*, 1997)和《阿巴拉契亚》(*Appalachia*, 1998)三部诗集。

理解。这样的取名其本意就为了凸显其所负载的异质文化在其作品中的重要地位。在诗集《艰难的货运》的扉页上,诗人借用李白诗作《忆旧游寄谯郡元参军》中的诗句来表达自己对父母与故土的思念之情:"问余别恨今多少,落花春暮争纷纷。言亦不可尽,情亦不可及。"出版于1977年的《中国迹象》(*China Trace*)①其标题一目了然,更昭显诗人的中国情怀。标题中"trace"一词有多重含义:一表迹象、痕迹、踪迹或行迹;二表路径、轨迹(赵毅衡将该书名翻译成《去中国之路》);三表某种隐性的或若隐若现的事物与特性。据此,我们可以从标题的字面上很明显地感受到中国文化在赖特个人情感世界与艺术世界中存在的张力。该书封面选用的是中国南宋画家陈容画作《九龙图》("Nine Dragon Scroll")。关于该书,他说:"《中国痕迹》中的每一首诗是这本朝圣者著作(pilgrim's book)中一个章节。"②诗人自喻为朝圣者、信徒,面对中国文化,赖特用诗人独有的方式表达自己的文化感恩,他虔诚而又谦卑的心怀大有可能是深受中国文化浸润而成,这在美国无数受中国文化影响的文人或艺术家之中并不多见。随后,他进一步解释:"《中国迹象》是我的一次尝试或者希望,将其写成一首中国长诗,但它听起来不像中国诗;它不是中国诗,但它让人联想起周边一切事务有关的无限性、持续性和永恒性,在这个意义上,它又是中国诗。我试图根据我所知的谈谈我未知的,一是因为我

---

① 赵毅衡在其专著《诗神远游:中国如何改变了美国现代诗》中也提到赖特的这一著作(详见该书第64页,上海译文出版社2003年版),但赵书将其误引为《去中国之路》(*China Road*)。

② Robert D. Denham, ed. "Preface" in *Charles Wright in Conversation*, *Interviews*, 1979–2006. North Carolina: McFarland & Company, 2008, p. 58.

从未去过那里①,二是又因我常常处在他们中间。"②从赖特其他一些诗作中,我们发现,他对中国文化的熟知度令人惊叹,如《答嵇康》("Reply to Chi K'ang")、《艺术家的画像与李白》("Portrait of the Artist with Li Po")、《唐代札记》("T'ang Notebook")、《华人日志》("Chinese Journal")、《中国日志》("China Journal")、《读王维后,我走出门外看满月》("After Reading Wang Wei, I Go Outside to the Full Moon")、《望窗外,我想起李白诗句》("Looking Outside the Cabin Window, I Remember a Line by Li Po")③、《读杜甫后,我走出门外来到矮小果园》("After Reading Tu Fu, I Go Outside to the Dwarf Orchard"),诸如此类,不一而足。而短诗《中国风》("Chinoiserie")仅仅六行,其中一半就借用分别来自宋、明、清时期并不为普通大众所熟知的三位诗人的诗句。

上述只是查尔斯·赖特接触与吸收中国文化表层上的部分存在,关于他如何受中国文化影响及其影响程度,我们必须从他的作品中去挖掘和感知。因此,我们将分别从他诗歌的艺术方式和思想内涵两个方面去探讨。

---

① 赖特于1988年曾来中国参观访问,其诗集《地域日志》中所收录的两首短诗《华人日志》("Chinese Journal")和《中国日志》("China Journal")均为访问时完成,但在创作《中国痕迹》时,诗人尚未来过中国。

② Robert D. Denham, ed. "Preface" in *Charles Wright in Conversation*, *Interviews*, *1979-2006*. North Carolina: McFarland & Company, 2008, p. 58.

③ 钟玲在其专著《美国诗与中国梦——美国现代诗里的中国文化模式》中曾引用该诗。在谈及李白英译诗句"The river winds through the wilderness"时,钟玲在注释中说,"此行李白诗在《李白全集》之中找不到,姑且译为中文七言句。"她的中译是"大江行转穿荒野"。事实上,该诗句出自李白《渡荆门送别》一诗,原文为"江入大荒流"。特此补充。

"深层意象"派的中国诗缘

二、景:是方式和手段,更是目的

赖特个人诗学中,"landscape"是关键词之一,毫不夸张地说,诗人一生都是围绕 landscape 而做文章。①该词义含较丰:"景""境""风景""山水"等。为行文需要,我们这里将其略为"景"意。赖特以为,诗言情述志,是世界观与生命观的重要载体,②而景是诗歌寄托情感的方式,是诗人创作的必要手段。更重要的是,情感在寄托的过程中,景成了不可舍割的有机体。这样的观点在我们看来再熟悉不过。的确,赖特在谈到中国诗人对他的启迪时曾说:"唐代诗人的重要贡献之一在于,告诉我们如何由景(real landscape)生情。你移(transfer)情入景,后由景返情。我发现这是诗歌中我们必须处理情感的和谐方式。如果你能将情感确定、控制,并使之犀利、清晰、可视,如中国诗人那样,那么你就能在景中发现诗人,在景中发现情感。"③赖特所言的唐代诗人贡献事实上是中国诗艺早在《诗经》时期就已十分成熟的基本表现手法——赋比兴。尤以"比""兴"与赖特的认知最为接近。早在汉代,郑众在《周礼注疏》卷二十三《太师注》中说:"比者,比方于物也;兴者,托事于物。"换个角度来看,它是典型的移情手法,而"移情,是中华民

---

① Willard Spiegelman, "Landscape and Identity: Charles Wright's Backyard Metaphysics", *Southern Review*, Winter 94, Vol. 30 Issue 1, p. 172.

② Robert D. Denham, ed. "Preface" in *Charles Wright in Conversation*, *Interviews*, 1979 – 2006. North Carolina: McFarland & Company, 2008, p. 14.

③ Charles Wright, *Halflife: Improvisation and Interviews*, 1977 – 1987. Ann Arbor: University of Michigan Press, 1988, p. 132.

族文化传统中最核心的心理气质"①。

有必要比较的是，在赖特之前，西方现代主义诗人如意象派和象征主义等早就从中国诗歌中直接或间接地吸取类似营养，以物言志托情，如艾略特的"客观对应物"就表述得十分具体："诗人要找到一套客观物体，一个场景，一连串事件，他们将成为构成某种特殊情感的配方；这样，一旦这些最终将落实到感觉经验上的外在事物给定，那种情感便会立即召唤出来。"② 不过，我们仔细比较就不难发觉赖特与这些前辈在"以物托情"上的本质区别：艾略特等将"物"与"景"视为配置情感的"配方"，它们是诗人苦心经营、刻意"找"出来的，换句话说，"物"和"景"是"托"，是简单的媒介或手段，它们自身不是独立的生命存在。而人的情感和意志是景与物的主宰体。景与物在诗歌中与"情感"不构成平等的对应关系。而赖特"landscape"之"景"与"情"是彼此对应关系，构成一个和谐的统一体。景中见情，情动景生，二者相得益彰，互表存在。很多时候，"景"也可以超出人的意志支配而作为生命体独立存在，如同山水画一般构成艺术作品的全部。因此，"景"是方式和手段，更是诗要逐及的目的。"景往往可以成为抽象的东西，因为它能取代思想与人的反应。"③可以说，赖特这样的"景"观深得中国道家诗学要领。我们从赖特的诗歌创作实践中更能

---

① 邓晓芒：《文学与文化三论》，武汉：湖北人民出版社2005年版，第70页。

② T. S. Eliot：*Selected Prose*. ed. by John Hayward. London：Faber and Faber, 1963, p.102.

③ Robert D. Denham, ed. "Preface" in *Charles Wright in Conversation*, *Interviews*, 1979 – 2006. North Carolina：McFarland & Company, 2008, p.138.

发现其中国文化的痕迹。

纵观赖特几十年的创作生涯，我们惊讶地发现，在风格上，赖特保持着十分难得的连贯性和持续性，从处女作《右手的坟墓》(The Grave of the Right Hand, 1970)到最新出版的《卡里布》(Caribou, 2014), "景"是诗人始终依赖并运用娴熟的方式和手段。《坐者与橄榄树即景》("Landscape with Seated Figure and Oliver Tree")① 堪称其个人艺术特性的典范之作。该诗于20世纪60年代早期在意大利圣阿姆布罗乔（San Ambrogio）创作完成，庞德曾栖居附近，显然，诗中"坐者"为特指——诗人的精神导师庞德。诗人通过对"景"的自然陈述——"金色的橙子花"与"银色的橄榄树"的色彩之景，"日落"与"风"的氛围之景，以及"老者坐的闲情姿态"之景等——成功地达到传情的目的，即很自然地勾勒出"坐者"在诗人心中的非凡形象。有趣的是，这种创作手法多少有模仿庞德在借鉴中国古典诗歌后运用到意象主义上的实验方法的痕迹，赖特以这样一种传承师道的方式向导师表达自己的尊重。另外，这样的诗作不由得让我们想起苏轼对王维的评价："味摩诘之诗，诗中有画；……"巧合的是，王维也是赖特一直倾慕的精神偶像之一。② 《读王维后，我走出户外看满月》一诗同样以"景"述怀，虚拟着自己与千年前的中国艺术大师同在一片时空里共享"松间明月"："孤独的风景，世界的迷人处。/绝对，如扑克牌

---

① Charles Wright, The Southern Cross, New York: Random House, 1981, p. 33.

② Robert D. Denham, ed. "Preface" in Charles Wright in Conversation, Interviews, 1979–2006. North Carolina: McFarland & Company, 2008, p. 442.

筹码一样渺小，散去。/明月松间照。"① 赖特以哲人的思考和诗人的想象使"绝对"（absolute）——不可能之事——变得艺术性的真实，以"景"作为与古人沟通的方式和手段。而在《印度的夏天》（"Indian Summer"）一诗中，"景"既是自我艺术追寻的方式，也是艺术本身得以实现的目的。诗人将所有的情绪和情感消融在自己所视的景观之中。"平原在深沉的日光中飘动。//我看见雪蜂被太阳急疯。//胡桃树枝干在正午轻轻飘荡，/毛绒绒的，伸着脖子。"②显然，赖特观察着日常生活中的一切，一切皆为景，然后将景彻底诗化。

《看不见的景》（"Invisible Landscape"）③是诗人以诗歌之名对西方基督教文明的源头进行了质疑和讽刺。在《创世纪》的开篇中，上帝第一天创造了光，区分开白天和黑夜，在后来的日子里又接连创造了令他满意的事物，包括空气、水和人等。但上帝看不见的是，第一天的黄昏就有了"烟云（smokeclouds）、风、山、树木、湿漉漉的天气（wet weather）、柔软的杂草（fireweed）"等可见的事物，"这是第一天黄昏就该有的"。诗歌标题"看不见的景"显然意在嘲讽上帝，诗的结尾"上帝在柔软的杂草中耍了手腕（sleight-of-hand），失去的时刻/停止，悲伤并继续前行"。诗人借讽上帝与西方基督教文明之名进而反思西方艺术对"景"的无视和冷落，这也从另一个角度表明诗人对中国艺术传统的感悟

---

① Charles Wright, *Negative Blue*, New York: Farrar, Straus and Giroux, 2000, p. 7.

② Charles Wright, *China Trace*, Connecticut: Wesleyan University Press, 1977, p. 19.

③ 同上，第37.

"深层意象"派的中国诗缘

和接受。

"景物自现""景自有言""以景为诗"。"景可以取代思想,因为景的背后隐含着抽象的概念。"① 赖特的"景"观与庄子"万物有成理"的思想甚为契合:"天地有大美而不言,四时有明法而不议,万物有成理而不说,圣人者,原天地之美而达万物之理,是故至人无为,大圣不作,观于天地之谓也。"(《庄子·知北游》)"大美"、"明法"与"成理"为自然之理,因而不需人的言说。所以,景物除可以用来赋情之外,它自身就是完美的"空白美学"。赖特以"景"为诗实质上是对"景"所含的美质以道家"无为"的方式来表现。《南部穿过》(*The Southern Cross*,1981)一书收有同名诗《自我的画像》("Self-Portrait")五首,诗歌所要表达的主题诚如标题所示:书写个人不同时期、不同地方、不同生活方式中的自我状态。诗人一切以景来自我表达,有时甚至以物象并置的方式将"景"——陈列,因而在语言上摆脱结构与句法上的束缚,五首诗没有情绪和情感直接表露的半点痕迹。"约翰·济慈的坟墓上/冬天的夜幕降临,她的黑色习惯,没有星星,周边是冰雪,/那些正从死者中起身的人,纯粹地呼吸。//迪诺·堪贝纳、阿瑟·兰波。/哈特·克莱恩和艾米丽·狄金森。黑色城堡。"② 有趣的是,诗歌以五个名字作为作品的结尾,不落俗套,却不易为常人理解。诗人解释说:"将五个名字置于末尾,原因是:这是一首写'景'诗。作品诠释了我人生中的钟爱之'景'。后

---

① Robert D. Denham, ed. "Preface" in *Charles Wright in Conversation*, Interviews, 1979–2006. North Carolina: McFarland & Company, 2008, p. 138.

② Charles Wright, The *Southern Cross*, New York: Random House, 1981, p. 22.

来,当诗歌以那些人结尾时,他们就成了我的钟意之'景':滋养(nourish)过我的景、我经历过的景和一直陪伴着我的景。他们的作品是景。他们成了我生命的对象,而不只是我阅读的人。他们是塑造成今天的我的那部分景。"①在赖特的个人诗学里,诗歌不是由思想而是由景构成的。人、物、时间、空间……一切皆为景。总之,景是方式,景是手段;最终,景是目的,是诗歌。

三、无和空:源自中国智慧的世界与生命思考

《新诗》("New Poem")和《诗艺》("Ars Poetica")二诗浓缩了赖特个人的基本诗学理念,也表达了他的诗歌态度。二者主题上互为矛盾,表面看有悖论之嫌。前者以为,诗歌什么都不是,正如奥登(W. H. Auden)所说的那样,"诗歌让什么事也发生不了"(Poetry makes nothing happen)。"它不像大海。/它不会让厚实的双手沾染尘泥。/它不能成为天气。//……//它不会参与我们的悲伤。/它不会安慰我们的孩子。/它不会帮助我们。"② 而《诗艺》则截然相反,诗歌让万物生机勃勃,更重要的是,诗使"精神无处不在。//我一旦让它们从空中降落,在我的手掌盘旋并翩翩起舞,/它将满足什么呢?/我将仍然使声音从地表发出。……没有什么能阻挡它。"③ 这两种完全相反的关于诗歌的理解

---

① Robert D. Denham, ed. "Preface" in *Charles Wright in Conversation*, *Interviews, 1979 – 2006*. North Carolina: McFarland & Company, 2008, pp. 95 – 96.
② 同上,第 37 页。
③ Charles Wright, The *Southern Cross*, New York: Random House, 1981, p. 43.

"深层意象"派的中国诗缘

和态度实际上蕴含着艺术与生命之间的存在关系。当生命只涉及生和死、存和亡这等重大问题时，如战争和自然灾害的爆发等，诗歌因其无能为力而显得不足挂齿，所以一无是处。而当生命关乎本原、归属、品质和价值包括诸如庸俗和高雅、肤浅和精深、野蛮和文明等影响个人和社会进展的问题时，诗歌却得天独厚，大有作为。缘此，赖特就有了关于生命的追问和深度思考。

如果说"景"是赖特从中国古代诗歌中获得的最大启迪的话，那么，"无（nothingness）"和"空（emptiness）"两个极具中国特色的文化概念则是他从中国其他古代文化典籍中所受益的智慧启蒙，那是他文学创作中频繁表达的核心思想。显然，这样的表达完全是他吸收中国文化后自我开启的生命思考。经过谨慎的思辨，我们会发现，赖特诗学中的"景"观与他的生命之思是一个合理的有机整体，二者相辅相成。关于"无、空"概念的形成，诗人并没有在其著述中给予特别交代。但我们可以从他的诗作与个人访谈中发现，赖特对包括《道德经》《论语》《金刚经》《冥寥子游》等在内的中国文化典籍十分了解。关于"无"，有必要说明的是，"无"不单单存在于道家思想范畴，它还是佛教与西方哲学如海德格尔存在主义哲学的重要概念，能指相同，但所指却差异显著，本文因篇幅所限而无法理清其间的不同。不过诗人本人已清楚交代，他的"无"源自道家。《道德经》开宗明义，认为"无"乃万物的源头。"'无'，名天地之始；'有'，名万物之母。故，常'无'，欲以观其妙；常'有'，欲以观其徼。此两者，同出而异名，同谓之玄。玄之又玄，众妙之门。"道家哲学体系中，"无"与"有"构成一对美丽而和谐的二元关系，"无"不仅开启了生命的阀门，而且它与"有"共出入,共存没。道家"无"的主张让"有"这个"存在世界"衍生出无限的想象空间和审美可能——"常'无',欲以观其妙"。"无"——作为"存在世界"的另一种存在——使生命的前与后有无限的延伸性。换句话说,老子"无"的精神指向在于它使人类不再把认知局限于存在世界,并让人意识到自身的认知十分有限。因此,道家之"无"不仅有审美意蕴而且能引发关于生命的哲性思考。关于"空",其内涵比"无"更为复杂。一方面,"空"乃佛教概念的根本,它是佛教观念中的世界本体,同时,它又是我们参悟生命的重要途径。另一方面,"空"与道家之"无"有一定的相似性。有时候,"空"即"无"。叶维廉在《道家美学与西方文化》中对"无"和"空"的学理关系进行了一番梳理。"……'无'在后来的禅宗里,有时确是'空',但大多时候是'无',而'空'因'无'解,很容易就是'万物自然'的指向,这就是为什么,问'佛'也是问'道'……"①

赖特佛道兼收。佛道思想不仅是他艺术创作所要表达的核心内容,而且是他借以考量世界、探讨人生最重要的工具,他与佛道的结合看上去与生俱来,堪称天作之合,以至于我们很难想象他的文化土壤是西方的基督教文明。在《环顾四周》("Looking Around")中,"我坐在我总坐的位置,在佛陀的背后"②。诗人特意强调"我总坐的位置",这一方面表明他的一种生命姿态,另一方面隐含着他自我的文化选择。而在《秋末户外闲坐》("Sitting Outside at the End of

---

① 叶维廉:《道家美学与西方文化》,北京:北京大学出版社2002年版,第127页。

② Charles Wright, "Looking Around", *Poetry*, October Issue, 1999, p. 1.

"深层意象"派的中国诗缘

Autumn")中,赖特借助老子而非西方的万能上帝来解答人生的困惑:"我常坐在此处,努力/回答我人生中的简单算术问题/但从未得出答案——/这个物体,那个物体,/从来构不成完整的景致,/也从不会触及它的含义……万物生于有,/只是有生于无,/老子说,或多或少。/极其智慧,我说。"① 在这同一首诗里,他又把佛教思想注入其中:"我的大拇指与另两个手指揉着这细小的蜗牛壳,/精巧得如耳环,/空,像个孩子。"② 赖特思考的简单算术题"一加一等于几"的问题,其实早已超越了机械的数学思维,而是困扰人类长达几千年的生命思考:"一加一等于无,他补充说。"③显然,赖特从"他"(指老子)那儿得到了答案。现实生活中,赖特常常要么自设命题,要么因景触情而自问,如《半边月亮》("Half-Moon")中,诗人似为他问实则自问:他望着天上的半边月亮,"在亏缺之际如何圆满?""它如何知道自己已真正圆满?""它如何知道自己的路径,在黑夜中升起?"④赖特的答案是道家式的——"从我手指的黑暗中爬升","黑暗"(darkness)是"深层意象"诗人最常用的意象,它常被喻指为道家之"道"。⑤ 而《黑与蓝》("Black and Blue")一诗是赖特借禅宗佛理来书写他的生命诗学:"生命皆为空/在当下安息。/黑云、白云、阳光、雨水。/大风一直将我们卷起/带往我们不愿,且不知道的地方

---

① Charles Wright, *Negative Blue*, New York: Farrar, Straus and Giroux, 2000, p. 3.
② 同上。
③ 同上。
④ Charles Wright, "Half-Moon", *Poetry*, September Issue, 1969, p. 356.
⑤ 有关"黑暗"意象与"道"的探讨,详见本书第七章。

去。"① 顺便提及的是,赖特的一些诗作亦道亦禅,道家的逻辑与辩证,禅宗的玄机和妙道这两种庄谐相并的言说方式一同置入其诗歌当中,很容易让普通读者既有如烟云相隔、雾里看花之感,又有似打坐参禅、问卜打卦之惑。"只有在黑暗中你才能看到光明。""我们以为自己懂得越多,我们看到的就越少。"② "铅笔说的一切是可以擦去的,/不像我们的声音,语言黑暗而永恒。"③ "早晨的天空打开它粉红色的衣裙。//所有探险者一定会死于心脏病。"④

> 沉思、隐居、控制说话,
> 　　　　禅宗说,注视你前方。
> 禅宗说,无论你在何处,都是庙宇。
> 下午说,生命是一段短绳的松结,
> 下午说,
> 　　让我看看你的手,看看你的脚,
> 圣人的生命就成了我们的生命。
> 上帝说,注视你背后。⑤

上述诗歌引文为《圣人的生命》("Lives of the Saints")一诗的结尾部分,诗人通过禅宗与上帝截然相反的要求来映射他所理解的中西文化之间的不同:"禅宗说,注视你前

---

① Charles Wright, "Black and Blue", *Poetry*, January Issue, 1991, p. 221.
② Charles Wright, "Looking Around", *Poetry*, October Issue, 1999, p. 3.
③ Charles Wright, "Lives of the Saints", *Poetry*, December Issue, 1995, p. 125.
④ 同上,第126页。
⑤ Charles Wright, "Lives of the Saints", *Poetry*, December Issue, 1995, p. 129.

方。""上帝说,注视你背后。""前""后"相反方向的不同选择是两种文化对生命感受的不同要求。"注视你前方"是一种顺承自然发展过程和规律的态度,附带着道家式洒脱无羁的情性。"注视你背后"则多了份历史的负重感,提醒着我们——人的存在是一种受束缚的存在。"无论你在何处,都是庙宇"则是典型的禅宗式观悟方式:立地成佛,意动禅生。

赖特曾借用一桩禅宗公案来解释自己对艺术和人生的感悟:"禅宗大师青原说过:'我参禅之初,看山是山,看水是水;禅有悟时,看山不是山,看水不是水;禅中彻悟,看山仍然山,看水仍然水。"①同样,在《鸭子》("Ducks")② 一诗中,诗人又以一桩禅宗公案插入其中:"通慧之前,砍柴挑水。/通慧之后,砍柴挑水。"佛道式的人生感悟和理解实际上已深入诗人艺术生命的骨髓。总体而言,赖特的艺术思想因"无""空"观而形成了自己的生命观:因万物源于并归属于"无",人应顺应自然,尊重自然,师法自然;因生命皆为"空",人才能走出狭隘的自我欲望和自我封闭的世界,进而进入一个通透无我、无圣无凡、品格芳洁的生命境界。

前文已有论述:赖特将"景"视为诗歌的方式、手段及目的。但只有当我们将"无""空"与"景"相互联系在一起时,我们才能获得一个更加完整的关于赖特诗歌艺术的理解。赖特将"景"而不是"人"作为诗歌呈现的绝对元素,那是因为它是中国文化道家"无"与佛教"空"的理论基

---

① Robert D. Denham, ed. "Preface" in *Charles Wright in Conversation*, *Interviews*, 1979–2006. North Carolina: McFarland & Company, 2008, p. 130.

② Charles Wright, "Ducks", *New Republic*, 2011, 242 (10).

调下的必然。"万物始于'无'"和"万物皆空"的根本要旨是让人懂得如何将自己消融于"万物"(即"景")之中。景物自现,景与人一样都是鲜活而灵动的生命体。人只是万物的一分子,任何主宰或凌驾于"物"("景")之上的思想和行为其实质是违背天道——自然规律。赖特将"景"和"无""空"完美地融合在一起,使"以物观物"与"齐物论"这中国传统美学思想在其诗歌创作中得到了实现。

四、思考与结论

赖特因结缘中国诗歌而开启自己的诗歌之路,从中国古典诗歌与文化典籍中汲取自己所要表达诗歌的方式与内容。"中国迹象"是赖特诗歌留给我们的文化印记,他长达半个多世纪的创作坚持着异域文化的艺术风格和文化精神,这实属难得。他将中国传统诗歌中所捕捉到的"借景赋情""景物自现""以物格物"等艺术手段加以吸纳,并结合道家、佛教思想中的"空""无"观,进而形成自己富有整体性的诗学思想。美国批评家将他定位为"南方诗人"(Southern poet),这点赖特本人也十分认可。① 以"地域"为标签冠之以名号,正是因为他的诗歌如一幅幅具有显著地域特征的山水画,呈现了作者熟悉而热爱的故乡风情。在诗人眼里,山山水水、花花草草、楼宇亭阁、风云雨电等都是会呼吸的生命,他以景入诗、以景为诗的艺术观正是他所笃信的禅宗思想"见山是山,见水是水"的践行结果。所谓"见山是山,

---

① Robert D. Denham, ed. "Preface" in *Charles Wright in Conversation*, *Interviews*, *1979-2006*. North Carolina: McFarland & Company, 2008, p. 72.

"深层意象"派的中国诗缘

见水是水",其本质就是:山与水乃至一切生物是独立于其他事物而存在的生命体,它们不需附加人的认知与情感。正因为如此,赖特所操持的"无""空"生命观也就合乎常规和学理。

钟玲从文化学角度解释了如赖特这样的一些美国当代诗人为何吸纳远东文化思想。她说:"那时(指 20 世纪中叶,笔者注),美国的年轻一代对西方的文化及宗教传统感到不满,对他们当时的政治、经济、社会现状也感到不满,而东方某些文化又恰好能满足他们内心之需求或弥补其缺憾,所以他们才会大量吸收东方文化。"① 加里·史耐德(Gary Snyder)的观点则多少佐证了钟玲的看法:"也许是整个西方文化都已误入歧途,而不只是资本主义误入歧途——在我们的文化传统中有种自我毁灭的倾向。"② 钟玲的观点显然符合我们正常的逻辑思维,尤其在当前我国正在努力实现文化强国梦之际,这很能提高民族的文化自信心。文化的输出与传入是人类文明进程中的普遍现象。况且,目前已有学者在进行文化比较研究的时候,尤其是根据英美文学在 20 世纪初大量译介包括诗歌在内的我国古代文化典籍这一历史事实而推断:当中国开始学习西方文化之际,西方也开始学习包括中国文化在内的远东文化。这种从时间安排的角度去解读文化现象似乎缺少足够的说服力。事实上,与当初中国全盘西化的文化接受盛况相比,西方对中国文化的接受甚至了解都甚为有限。美国当代诗歌的发展存在着中国文化的影

---

① 钟玲:《美国诗与中国梦——美国现代诗里的中国文化模式》,桂林:广西师范大学出版社 2003 年版,第 14 页。

② Gary Snyder, *The Real Work*: *Interview and Talks* 1964 – 1979. New York: New Directions, 1980, p. 94.

响,这是毋庸置疑的客观事实,但是,我们必须知道,除文化互补这一原因之外,诗人的个人兴趣和个人诗学建构的需要是另一重要因素。即便如此,如赖特、罗伯特·勃莱、默温、史耐德、雷克斯罗斯等那种受中国文化影响程度如此之深的美国诗人终究少之又少。同时,我们还要注意到,美国诗人与文化学者所接收和吸纳的中国文化除诗歌外大都是极富诗性意蕴的文化思想尤其是道家与禅宗。而无论诗歌还是道家及禅宗在我国亦非主流文化选择,尽管它们是我们无比骄傲的民族文化资本。

第十二章

庄子思想在高尔威·金内尔诗歌中的运用

高尔威·金内尔（Galway Kinnell，1927—）是美国当代著名诗人，是普利策诗歌奖（Pulitzer Prize for Poetry，1982）与美国国家图书奖（National Book Award，1983）的获得者。批评家莫里斯·迪科斯坦（Morris Dickstein）称他为"时代中真正意义上的大师级诗人（master poet）之一"①。因与同时代诗人罗伯特·勃莱（Robert Bly）、詹姆斯·赖特（James Wright）、W. S. 默温（William S. Merwin）、威廉·斯塔福（William Stafford）、查尔斯·赖特（Charles Wright）、查尔斯·西米克（Charles Simic）、路易斯·辛普森（Louis Simpson）等人在文学旨趣和艺术风格上甚为接近，故常被文学史家纳入"深层意象"派阵营。因其诗歌关注日常、关注自然环境而被批评家称之为"环境主义诗人"（environmentalist poet）或"生态主义诗人"（ecologist poet）②。在谈及创作生涯中所受到的影响时，金内尔对中国学者特别强调

---

① http://www.poetryfoundation.org/bio/galway-kinnell, accessed on Aug. 26, 2014.

② Bernard W. Quetchenbach, *Back from the Far Field: American Nature Poetry in the Late Twentieth Century*, Virginia: The University of Virginia Press, 2000, p. 147.

自己深受中国文化的影响。"几乎所有的美国诗人都接受一些中国文学的影响。他(指金内尔,笔者注)多年来读过许多中国文学作品的英译本,认为唐朝诗人和当代作家艾青是他最喜欢的中国诗人,而对他产生影响的是中国古代诗人。"① 而对美国批评家则声称,除受"深层意象"派中的数位好友的影响之外,金内尔还深受惠特曼、锡奥多·罗蒂克(Theodore Roethke)、罗伯特·洛威尔(Robert Lowell)、艾伦·坡、艾米莉·狄金森(Emily Dickinson)等人的影响。② 不过,值得注意的是,在美国本土,无论是个人专访还是诗学随笔中,他几乎从未提及中国文化对他的影响。迄今,美国国内对金内尔已有的学术研究成果之中也未曾有探讨中国文化对诗人的影响的。而我国学界相关方面的学术成果中,除陈辽和张子清合著的《地球两面的文学——中美当代文学及其比较》与朱徽的《中美诗缘》两部专著中介绍性地提到本文前面所引用的那点文字外就并无实质性的说明和探讨。而在赵毅衡《诗神远游——中国如何改变了美国现代诗》③和钟玲《美国诗与中国梦——美国现代诗里的中国文化模式》④这两部很有影响力的相关研究专著中都只字未提金内尔与中国文化的任何渊源关系。另外,通览他几乎全

---

① 陈辽、张子清:《地球两面的文学——中美当代文学及其比较》,南京:南京大学出版社1993年版,第253页。又见朱徽《中美诗缘》,成都:四川人民出版社2001年版,第307页。

② http://www.poetryfoundation.org/bio/galway-kinnell, accessed on Aug. 26, 2014.

③ 赵毅衡:《诗神远游——中国如何改变了美国现代诗》,上海:上海译文出版社2003年版。

④ 钟玲:《美国诗与中国梦——美国现代诗里的中国文化模式》,桂林:广西师范大学出版社2003年版。

"深层意象"派的中国诗缘

部的诗歌文本,除一、两首小诗之外,我们从中很难发现表征中国文化的符号痕迹——他的诗坛好友勃莱、詹姆斯·赖特、查尔斯·赖特、默温等人则曾直观而公开地或以仿写,或以诗歌向中国先辈致敬或以表达中国美学思想为主题而创作等诸种形式呈现出这样的文化符号痕迹。因此,这不由得激发出我们的学术兴趣和疑问:金内尔的诗歌创作是否真如他本人对中国学者所言的那样深受中国文化影响?难道他只是礼节性的"讨巧"作答?如果有,那么中国文化的影响又体现在哪个(些)方面呢?

金内尔的创作不同于他人的一个显著特征是:他频繁地使用来自于日常生活但又容易被忽视的卑微、弱小甚至丑陋的事物,如豪猪、母猪、青蛙、草蜢、苍蝇、蜜蜂、小花、野草等,诗人或以它们为意象,或以其作为诗歌主题而进行深度诠释,如诗歌《圣弗朗西斯与母猪》("Saint Francis and the Sow")、《豪猪》("Porcupine")、《苍蝇》("The Fly")、《熊》("The Bear")、《亲吻蟾蜍》("Kissing the Toad")、《小母猪的逃离》("The Sow Piglet's Escape")、《花羊群山莫纳德诺克》("Flower Herding on Mount Monadnock")等,而这些诗歌正是诗人贡献给文学和世人的经典和核心部分。并不夸张地说,对这部分诗歌的理解不仅可以帮助我们了解诗人的文学精神指向,而且还可以找到他艺术思想中的文化脉络。而有关于此,截至目前,批评界的声音并不统一:诗人是"以丑为美",[1] 如象征主义诗人埃德加·爱伦·坡和波德莱尔那样;诗人是尊重生命,尊重自然

---

[1] Chard DeNiord, "An Interview with Galway Kinnell", *The American Poetry Review*, January/February, 2011, pp. 7-11.

界的每一个个体;① 诗人是以宗教的情怀,凡物皆有神性,"所有的生命都是天使";② 诗人是一个环境保护主义者,所有生物与人一样都有宝贵的生命和情感③;等等,诸如此类,不一而足。目前已有的关于金内尔诗歌和诗学内涵的诠释和解读从局部来看都有一定的道理,但都没有解决金内尔诗歌的文化本原和文学精神的归宿这两个最根本的问题。总览诗人的全部作品,我们会惊讶地发现,金内尔的诗学理念和精神指向与中国古代庄子的美学思想有着完美的统一。它们的统一表面上看显得如此微妙和含蓄,以至于被大多数批评家与普通读者所忽略。而这正是本章试图抛砖引玉,着力探讨和挖掘的重点,以期解决诗人的文化渊源和文学诉求等问题。

一、金内尔"以丑入诗"的文化归属

"丑"是相对于"美"而存在的,二者是人类在感知事物过程中两种截然相反的心理感受。而对感知客体而言,"丑"与"美"都是人类强加或意志干预的结果。换句话说,当人类抛开主观感受因素,不"以我观物",而"以物观物",让事物还原于事物,那么,就不存在所谓的"美"

---

① 陈烨:《高尔威·金内尔的诗〈圣弗朗西斯与母猪〉中的平凡与神奇》,《安徽文学》,2010(3),第85页。

② Elizabeth Lund, "A Master of the Everyday: America's Poet Laureate Captures the Ordinary in Language All Can Hear", *Christian Science Monitor*, October 25, 2001.

③ Bernard W. Quetchenbach, *Back from the Far Field: American Nature Poetry in the Late Twentieth Century*, Virginia: The University of Virginia Press, 2000, p.147.

"丑"之分。或者,更准确地说,世界上只有事物和事物,没有"美"和"丑"。显然,当我们剔除"二分法"式的事物审美品性——美和丑——而只关注其纯粹物性时,这是一种典型的哲性与文化论意义上的认知方式;而当我们将"丑"和"美"当作区分和认知事物的标准或方式,这就属于纯粹的美学与艺术学范畴。区分这一点,这将有助于我们解决金内尔"以丑入诗"的文化归属问题。

"以丑入画""以丑入诗""以丑入歌""以丑入美"等,诸如此类,无论中西,司空见惯。学界已将其提升至"丑学"的理论高度。① 在纯粹的艺术层面,中西丑学并无本质性的差异,基本上遵循着"以丑为美"的思想理念,中西之间"大相径庭的表现手法;殊途同归的'化丑为美';异曲同工的'异化'观;情志各异的白日梦"②。但是,当我们将中西丑学的源头进行比较时,我们发现,以现代派爱伦·坡、波德莱尔等为代表的西方丑学无法达到以庄子为代表的中国丑学在文化内涵上的深度。在爱伦·坡与波德莱尔的思想体系中,美是他们追逐的唯一目标,"美是诗歌唯一合法的领域",③"波德莱尔把诗的本质界定为'人类对一种最高的美的向往'"④。而丑,只是通往美的载体,是实现艺术理想的途径,它没有独立的存在空间,只是美的附庸品而已。无论从哪个层面来看,在西方,丑的出现价值更多的是

---

① 欧阳丹丹:《庄子丑学与西方现代派丑学之异同》,《安徽师范大学学报(社会科学版)》,2009(1)。

② 同上。

③ 参见杨冬《西方文学批评史》,长春:吉林教育出版社1998年版,第336页。

④ 同上,第389页。

因为它的象征意义和艺术的表现力功能。简单来说，西方的丑学是"重艺术而轻自然"。① 而"自然"正是中西丑学之间的根本分歧。我们知道，庄子的著述中存在着"各种丑怪现象"，② 他运用了大量的在常人看来的"丑意象"，如兀者王骀、申屠嘉、恶人哀骀它、佝偻丈人、支离疏、支离无唇、甕䀑大瘿、散木等，因此，有学者将其称之为"中国美学史上最先确立丑意识、丑范畴的思想家"，③ 我们有必要质疑的是，所谓的"丑意识"与"丑范畴"这些术语本身就有违庄子的思想本质。在《庄子》的"齐物论"中，万物不分大小，不分等级，因而不存在美丑、贵贱之分。万物齐观，"不遣是非"。"齐物论"之名，本身就意味深远。清末经学家王先谦的注解切中要旨："天下之物、之言，皆可齐一视之，不必致辩，守道而已。"④ 庄子的"齐物论"也成了"以物观物""无我之境"和"散点透视"等文艺思想的滥觞，而这些思想是中国在文艺理论与创作上的独创性贡献。

金内尔在创作中为何会特别关注那些"形象丑陋"的事物呢？诗人在访谈中曾分别予以解释。他对《洛杉矶时代》（*Los Angeles Times*）说："我尽力让自己的诗歌走得更长远些，所以我尽可能全面而深入地细述那些并不好看的事物。

---

① 蒋孔阳、朱立元主编，张玉能等著：《西方美学史》（第五卷），上海：上海文艺出版社1999年版，第555页。

② 丁缘：《〈庄子〉丑意象研究》，哈尔滨师范大学博士学位论文（摘要），2011年。

③ 欧阳丹丹：《庄子丑学与西方现代派丑学之异同》，《安徽师范大学学报（社会科学版）》，2009（1），第90页。

④ 参见姚汉荣等《庄子直解》，上海：复旦大学出版社2000年版，第28页。

"深层意象"派的中国诗缘

我想,如果你希望从诗歌中发现任何真理,诗歌就必须建立在所有的经验之上而不只是那些太过狭窄的美观的事情上。"① 诗人将"丑"视为日常经验中的自然部分,是诗歌表达思想所需要借助的重要媒介。显然,这样的解读并无特别之处。而他对《海顿渡轮评论》(*Hayden's Ferry Review*)则说:"我说不出自然诗歌与其他诗歌的区分来。人类文明诗歌?我们是地球上的生物而已,在这里建造自己漂亮的城市,而河狸(beavers)也是地球上的生物,它们也建造了属于自己的漂亮家园,如我们一样。对我们来说,关于其他生物的诗歌可能有政治和社会文化上的含义。"② 显然,诗人拒绝将事物进行"美""丑"分类,人也罢,河狸也罢,其他一切生物也罢,它们同属于地球上的生物,金内尔将这样的诗歌赋予了政治和文化上的道义。诗人所说的政治和文化上的道义是因为他意识到了"人类的存在已对许多其他生物构成了威胁,甚至对世界本身都构成了威胁"。③ 我们从他一首简单而极具代表性的诗作《多少个夜晚》(How Many Nights)可见其思想端倪。

  How many nights
  have I lain in terror,
   O Creator Spirit, Maker of night and day,

---

 ① See Molly McQuade, *Publishers Weekly*, 12/5/1994, Vol. 241 Issue 49, p. 56.
 ② 同上。
 ③ "Interview with Galway Kinnell", *The Cortland Review*, ISSUE 17, August 2001.

only to walk out
the next morning over the frozen world
hearing under the creaking of snow
faint, peaceful breaths...
snakes,
bear, earthworm, ant...

and above me
a wild crow crying "yaw yaw yaw"
from a branch nothing cried from ever in my life.

多少个夜晚
我躺在恐惧中,
哦！造物精灵，黑夜与白昼的创造者，

只好在第二天早晨
走出门外在寒冻天地间
听见来自白雪咔嚓咔嚓的声音下
微弱而安详的呼吸声……
蛇、
熊、蚯蚓、蚂蚁……

头顶上
一只野鸦在树枝上鸣叫"哇、哇、哇"

"深层意象"派的中国诗缘

我的人生却什么也叫不起来。①

诗歌一开篇就表达了"我"无尽的担心和恐惧,"我"担心和恐惧什么呢?世界?人类?其他生物?抑或"我"自己?所以,他不得不在内心呼唤或转向心灵的上帝(Creator Spirit)和造物主(Maker)。但是,给他带来平静的不是上帝也不是造物主,而是耳边传来的那"微弱而安详的呼吸声"(faint, peaceful breaths),"呼吸声"的源头不是什么神奇而美妙的事物,而是外形"丑陋"甚至令人呕吐的"蛇、熊、蚯蚓、蚂蚁和乌鸦"等。诗人把诗歌所有的空间和语言都留给了它们。对这些"丑陋"生物的出现,诗人并没有注入任何个人情感,它们的存在与"我"一样实属自然而普通,同受造物主的恩赐,这也可以当作解释诗人在开篇为何要呼唤造物主的缘由。概括起来说,诗人以庄子"齐物"的方式对待世间一切生物,包括那些"丑物"。而在创作手段上,诗人借用的是中国道家美学"以物观物"的艺术方法。

《豪猪》和《圣弗朗西斯与母猪》二诗被认为是典型的金内尔风格作品。无论"豪猪"还是"母猪"都是浅鄙至极的俗物。但作者以这等"丑物"入诗,并以其为作品的主题中心而加以状写。诗人以"无我"的方式将"豪猪"与"母猪"的客观物性之美呈现出来。

2
In character

---

① Galway Kinnell, *A New Selected Poems*, Boston: Houghton Mifflin Company, 2000, p. 58.

he resembles us in seven ways:
he puts his mark on outhouses
he alchemizes by moonlight,
he shits on the run,
he uses his tail for climbing,
he chuckles softly to himself when scared,
he's over crowded if there's more than one of him per five acres,
his eyes have their own inner redness.

2
在特征上
它与我们有七种方式相似：
它把记号印在畜舍上，
它在月色下产生变化，
它在奔跑中排泄，
它用尾巴爬行，
它惊恐时冲着自己咕咕地喊叫，
如果五亩地内多于一只，它就嫌拥挤，
它的眼睛有自己内在的红。
……①

将"豪猪"与"我们"进行类比本身就很有很强的寓意——二者同属于一个平台，都有客观独立的自在性。"它

---

① Galway Kinnell, *A New Selected Poems*, Boston: Houghton Mifflin Company, 2000, p.59.

"深层意象"派的中国诗缘

的眼睛有自己内在的红",意味着不仅是"我们"在审视着它,豪猪也以它的方式打量着"我们"。

"庄周梦蝶"是庄子哲学极富浪漫情怀的诗性隐喻,其中渗透了"齐物论"的思想精髓。"昔者庄周梦为胡蝶,栩栩然胡蝶也,自喻适志与,不知周也。俄然觉,则蘧蘧然周也。不知周之梦为胡蝶与?胡蝶之梦为周与?周与胡蝶则必有分矣。此之谓物化。"(《庄子·齐物论》)"蝶""周"之间的梦幻转化实则是"人物齐观""万物互融"的艺术性表达。这种艺术表达方式不止给我国历代许多文人骚客带来创作灵感,还引起处在遥远异域的美国当代诗人金内尔的思想共鸣。他正是以"庄周梦蝶"式的艺术表现方式创作其代表作《熊》。叙述者"我"于野外在饥寒交迫的隆冬时节遇到一头刚死去的熊,因饥饿"我"不得不生吃熊肉,后又因寒冷不得不躲进熊体内避寒。睡梦中,"我"化作那头刚逝去的熊:"不管我这熊魂被抛向何处,/不管我尝试着哪种孤独的舞,/哪种被引力牵制的跳跃,/哪种疲惫的步履,哪种无奈的呻吟。"① 但转瞬间,"我"已辨不清究竟"我为熊"还是"熊为我",这种切身的谜一样的诗性感受也传输成读者类似的阅读反应。

总之,大量的实例表明,金内尔的"以丑入诗"已超越了它自身的文化土壤,当中国的文化典籍尤其是道家美学经

---

① Galway Kinnell, *A New Selected Poems*, Boston: Houghton Mifflin Company, 2000, pp. 64 - 65.

典在美国当代的译介传播早已司空见惯,① 金内尔与庄子思想的融合也就顺理成章,不足为奇。

二、金内尔的"自我"与庄子的"心斋"

除了作为观物的方式和艺术实现的手段外,金内尔的"以丑入诗"还是通往发现自我和自我审视的重要方式。以物观物,让物自现,这本身就是一种心境自然的无为境界。金内尔曾说,"诗人的职责就是了解内在的自我,了解自我与世界的联系"。② 一方面,人是个体性很强的动物,他需要自由而独立的天地以保证人格和个性的完整;而另一方面,人又是一种社会性动物,个人与社会之间的关系影响着个人的生存之道。在个体性与社会性之间,不同的人有不同的应对方式,因而会产生不同的结果。社会是个大熔炉,它可以熔化或者铸造,因此,人在其中,很容易被熔化或被铸造,最终失去自我。

庄子在《人间世》中提出"心斋"一说,其最初的用意就是告诫世人如何在乱世中保持自我身心的安全。何谓

---

① 根据国内已有的学术成果,《庄子》英译迄今已有130余年的历史,截至20世纪末,其英译全译本就有33本之多,而节译和选译本更是多达44部。《庄子》于20世纪初开始在美国传播并很快备受关注和热捧。(参见何颖《〈庄子〉在英语世界的传播》,载《吉林省教育学院学报》2011年第8期,第45页。)在为数众多的英译本中,最受好评的当属美国汉学家、著名翻译家伯顿·华生(Burton Watson)的《庄子入门》(*Chuang Tzu: Basic Writings*)和《庄子全译》(*The Complete Works of Chuang Tzu*)。后者还被收入联合国教科文组织代表性著作选集《中国系列丛书》(*UNESCO Collection of Representative Works, Chinese Series*)。有必要指出的是,华生与"深层意象"派多位诗人关系密切。

② Molly McQuade, "Galway kinnell", *Publishers Weekly*. 12/5/1994, Vol. 241 Issue 49, p. 56.

"深层意象"派的中国诗缘

"心斋"?庄子借孔子之口而作答:"若一志,无听之以耳而听之以心;无听之以心而听之以气。听止于耳,心止于符。气也者,虚而待物者也。唯道集虚。虚者,心斋也。"(《庄子·人间世》)简单说来,"心斋"之人,虚己待物,淡泊名利,与世无争,自然可以保全性命于乱世之中。清代著名思想家王夫之对此深有体会:"此篇为涉乱世以自全而全人之妙术,君子深有取焉。"① 当然,"心斋"如今已不单为在乱世保全生命而为世人所用,它为个人修身养性、待人处事也提供了一种君子式的修为方法。当庄子传入美国时,恰逢两次世界大战、经济危机以及包括越战、麦卡锡主义在内的各种政治事件此起彼伏。尤其在 40 年代到 70 年代之间,美国俨然一派乱世之象,这就是使得中国道家、佛教禅宗等成为大受美国文人学者追捧的对象的重要直接原因。包括卡尔·金斯堡(Carl Kinsberg)、加里·史耐德(Gary Snyder)、杰克·卡鲁亚克(Jack Kerouc)、雷克斯罗斯(Kenneth Rexroth)、勃莱、默温等在内的为数众多的一批文人选择了一种"隐士"般的生活方式,在诗歌创作上则采用以孤独、宁静、无为等为主题来进行人格自我保持的一种艺术策略。金内尔年轻时期身处乱世之中,中晚年又受伊拉克战争、"9·11"事件、以及消费主义的极度盛行等方面的影响,所以他无论在个人生活还是艺术创作上都选择了庄子的"心斋"之道,其目的诚如他自己所言那样——"了解内在的自我,了解自我与世界的联系"。换句话说,时刻保持独立自由的自我,避免随波逐流,避免被社会这个大熔炉所熔化或被

---

① 转引自姚汉荣等《庄子直解》,上海:复旦大学出版社 2000 年版,第 89-90 页。

铸造。

除上文所提到"丑意象"外,金内尔诗歌中最频繁出现的意象是"黑暗"。这也是"深层意象"派所有成员创作中的一个共性意象,西方学者将其归结为弗洛依德和荣格心理分析中的"无意识"。实际上,从"深层意象"派受影响最深的文化源头来看,"黑暗"与道家美学最为契合。① 它具有强大的感召力和统摄力,它将使自在之人更易追逐自我,感受孤独的自我世界所带来的神性的力量。在《废墟中的又一个夜晚》("Another Night in the Ruins")一诗中,金内尔以"坐忘"的姿态沉浸于漫无边际的"心斋"之中。"夜晚/黑色的迷雾笼罩着山头/永恒的紫色/最后一只鸟从头顶掠过。"② "我倾听。/我听见了无。/只有母牛,母牛的无,/骨头被它唤散。""我们的工作/就是打开自己,成为/火焰。"③ 诗人通过倾听到"无"(nothingness)以最终实现了真正意义上的"心斋"之境——虚静、无争而无为。而在《失去的爱》("Lost Loves")一诗中,诗人在"梦幻中听见/一扇门在遥远的/风中温柔地'砰'的一声。""我兴高采烈/万物都在变化/我们从生走向生,/然后进入我们自己/颤抖着"④。金内尔在自我内心的审视中把握住庄子思想的精髓:"休则虚,虚则实,实者伦矣。"(《庄子·天道》)

《花羊群山莫纳德诺克》是金内尔个人第二部诗集,是"深层意象"派整个流派的代表性著作之一。同名诗更是诗

---

① 关于"黑暗"与"道"的关系,参见本书第七章。
② Galway Kinnell, *A New Selected Poems*, Boston: Houghton Mifflin Company, 2000, p. 51.
③ 同上,第52页。
④ 同上,第53页。

"深层意象"派的中国诗缘

人艺术风格走向成熟的一个重要作品。诗人以故土山上的一朵无名之花感怀个人生命的存在状态和价值。"我跪在池边，/透过我的脸我/看到细菌/我想我看到她们在苔藓上爬行。//我的脸看见了我，/水颤动，脸变得全神贯注，/骨头受到了冲击。""树林中我发现一朵花。/事物中隐形的生命在隐形的火焰中诞生……""它燃烧，它漂泊为无。//在它私隐处有一条/呈现自我的道取代自我……""它是花，在这山的侧面，它将死去。"① 诗人以跳跃性的思维逻辑在"花"与"我"之间往返穿梭，给人一种强烈的"花非花我非我"以及"花即我我即花"的生命体验感。总之，诗人以"自我"的观照、发现、审视、探求等作为自己诗歌创作的终极命题，而庄子的"心斋"之说是其重要的文化皈依。

三、小结

当我们发现庄子学说是诗人金内尔诗歌创作的文化归属时，我们就能依此更好、更深入地探讨和了解他的诗歌，他的"以丑入诗"之创作手段和"自我探寻"之主旨要义正是庄子学说的艺术表现。当然，我们知道，庄子在金内尔诗歌创作中之所以能产生这样的影响，一方面是庄子美学自身的文化和诗性魅力使然，另一方面则是时代与社会环境使然，它驱使着包括金内尔在内的一大批文学家和艺术家产生类似的文化诉求。

---

① Galway Kinnell, *A New Selected Poems*, Boston: Houghton Mifflin Company, 第47-48页。

第十三章

"道"的隐喻：威廉·斯塔福诗歌中的"线"

威廉·埃德加·斯塔福（William Edgar Stafford, 1914—1993）是美国"深层意象"派的重要代表，担任过美国"桂冠诗人"（1970—1971），其代表作《黑暗中旅行》（*Traveling Through the Dark*, 1962）曾获1963年美国国家图书奖（the National Book Award）。迄今，虽然关于他的学术研究成果甚至介绍性的文字在我国都极为罕见，但在美国国内却异常丰富。不过，关于他是否接受过中国文化或他的文学创作中是否有中国文化特质这一问题尚未引起学界注意，而这正是本文所要探讨的重点。

一、基本介绍

以出生时间来说，斯塔福与"自白派"诗人罗伯特·洛威尔（Robert Lowell, 1917—1977）、约翰·贝里曼（John Berryman, 1914—1972）等是同一时代之人，但从其出道时间，尤其是从其诗歌特性来说，他与罗伯特·勃莱（Robert Bly, 1926—）、詹姆斯·赖特（James Wright, 1927—1979）、W. S. 默温（William S. Merwin, 1927—）等同属

"深层意象"派的中国诗缘

于"深层意象"派。他直到46岁才出版自己的第一部诗集,尽管他早在20来岁时就开始诗歌创作;作品风格上,他以日常生活入诗,简朴而清新的语言背后常蕴藏着深邃而通达的哲理,因而常被批评界用来与罗伯特·弗罗斯特(Robert Frost)进行比较①。

不像"深层意象"派其他诗人如勃莱、詹姆斯·赖特、默温、查尔斯·赖特(Charles Wright)等人那样各自直承自己与中国文化影响之间密切而显而易见的直接关系,斯塔福本人无论在创作访谈还是诗学随笔中都极少涉及这一话题,因而,他的中国文化影响痕迹则含蓄而微妙,不易为人所察觉。另一方面,他的作品题材因大多呈现其个人生活、情感关系与地域风情而容易遮蔽他中国文化影响的存在。但是,他与"深层意象"派成员间的创作互动与相似的文学精神追求正是他了解与接收中国文化的重要渠道。斯塔福于20世纪40年代初开始诗歌创作,尽管勤勉有加,成果数量笃丰,但早期作品流于平庸而并没引起多少关注,直至他与勃莱等人的接触才成为他创作风格上的分水岭。勃莱于50年代末与威廉·杜菲(William Duffy)创办诗刊《五十年代》(*The Fifties*,后依次改为《六十年代》《七十年代》等,以此类推),其目的是革新当时美国诗坛盛行的客观主义诗风。他们在创刊号的扉页上信誓旦旦:"本刊编辑窃以为,如今美国发表的诗歌绝大多数已过时了。"② 斯塔福最初给勃莱的刊物去稿,除了发表作品外,并没指望这么一家刚问世不久的小刊物能给他带来什么影响。但作为编辑的勃莱却在给斯

---

① Mark Rudman, "The Way It Is: New & Selected Poems of William Stafford — A Review", *Great River Review*, Fall/Winter 2007, Issue 47, p. 109.

② Robert Bly, *The Fifties*, Minneapolis: The Fifties Press, 1958.

塔福的退稿函中直陈其创作上的不足并提出修改意见。同时，勃莱将自己刊物的宗旨与基本理念告诉后者，也许，正是这样的建议与思想引起了斯塔福的共鸣，他也从此开启了新的创作历程。斯塔福在回复勃莱的退稿信上说："你的信让我陷入了沉思。……你富有成效的观察结果是，我在感知事物时必须更加精确，表达得要更有意义。"① 几周后，他再将修改稿寄给勃莱："参考了你的意见，我修改了整个结尾，让自己从诗歌中隐身。谢谢你让我解放出来！"② 显然，斯塔福认同并接受了勃莱刊物所追求的艺术目标和所操持的基本原则。关于这一点，勃莱则坦言："我们的主要目标就是要把自发性（spontaneity）带入美国诗歌，如中国古典诗歌那样……那些中国诗歌呈现出不一样的复杂性（sophistication），那里有我们一直渴望的某些东西：其一，中国诗歌总是直面自然；其二，有一种真正意义上的情趣（playfulness）；其三，也许是某种超验的东西。"③ 事实上，纵观斯塔福后来的诗歌创作，我们发现，它所展现出来的正是勃莱所言的中国诗歌品质，尽管勃莱的概括并不全面。

上文已有提及，斯塔福一生著述勤勉，他从年轻时就养成每日创作一诗的习惯，几十年如一日，他毕生共完成五十余部个人著作。诗人去世后，勃莱联合诺明·仕哈布·奈耶（Naomi Shihab Nye）与斯塔福儿子基姆·斯塔福（Kim Stafford）将诗人的著作重新进行整理，将一些富有代表性的以

---

① Mark Gustafson, *Great River Review*, Spring/Summer 2010, Issue 52, p. 49.
② 同上。
③ Mark Gustafson, "A Couple of Literary Outlaws", *Great River Review*, Spring/Summer 2010, Issue 52, p. 28.

"深层意象"派的中国诗缘

及部分尚未发表的作品结集成册。该书取名《道如是》(*The Way It Is*),颇具匠心,它既是书中一首同名诗作的标题,又是诗人临终时的生命感悟:"我的梦想都很好。它们都已不再,但留下一种感觉——'对,那就是:道如是。'"① 它也是我们走进诗人艺术城堡,了解他与中国文化因缘关系的必经之道。

二、"线"与"道"的隐秘关系

诗集同名诗《道如是》是一首篇幅仅 10 行的短诗。

There's a thread you follow. It goes among
things that change. But it doesn't change.
People wonder about what you are pursuing.
You have to explain about the thread.
But it is hard for others to see.
While you hold it you can't get lost.
Tragedies happen; people get hurt
or die; and you suffer and get old.
Nothing you do can stop time's unfolding.
You don't ever let go of the thread.

有一根线你顺从着。它存在于
变化的事物中,但它不变。
人们想知道你追求什么,

---

① William Stafford, *The Way It Is*, Minnesota: Graywolf Press, 1997, p. xxi.

你不得不就这根线做些解释。
但他们却难以明白。
当你拿着就不能把它弄失。
悲剧会发生;人们会受伤
或死亡;而你承受着并老去。
你做的一切都无法阻止时间的演变。
你甚至没松开过那根线。①

该诗完成于1993年8月2日。创作时间的交代对读者来说十分重要。斯塔福每天一诗,并在作品上附上创作日期。从我们所掌握的材料来看,诗人生平最后一首诗是完成于他生命最后一天(8月28日)的《你是威廉·斯塔福先生吗?》("Are You Mr William Stafford?")②。因此,《道如是》无论从时间还是从它的题旨意蕴来看都是诗人对生命与自己钟爱毕生事业的感悟和总结。另外值得我们注意的是,诗人最后一年的创作虽还没来得及结集出版,但他已给诗集取好了名字,书名就是《道如是》的第一句"有一根线你顺从着"(There's a thread you follow)。

不难看出,《道如是》一诗含两个关键词:"线"与"道"。"线"并非实指,而是修辞学上的隐喻义,隐晦,可以意会其义理,但却难以用其他具象来言说和解释。它与标题中"道"有很大程度上的契合性,"道"(the way)的含义丰富而混杂,它既可理解为常识性的"路""途径""方式方法",也可理解为"自然法则""规律"以及哲学思辨

---

① William Stafford, *The Way It Is*, Minnesota: Graywolf Press, 1997, p.42.
② 同上,第46页。

范畴上的概念如西方传统哲学上的"罗格斯"或中国道家哲学中的"道"。诗人在开篇句的言说方式上深思而熟虑，严谨而富有谋略，这不仅是诗人创作的态度，也是他希望通过话语策略来表达自己的诗学诉求："有一根线你要顺从"（There's a thread you follow）而不是"你顺从着一根线"（You follow a thread），二者语义差别不大，但话语词序的不同却成就完全不同的权力逻辑。在"线"与"你"的权重关系上，显然前一种叙述表明："线"重"你"轻，"你顺从"（you follow）则意味着"线"与"你"之间存在着"被服从与服从"的关系。诗人在接受勃莱访谈时曾就"线"的含义解释说，"只有线知道自己的去向，作家或读者的职责就是顺从而不是凌驾（impose）于它"。[①] 所以，在斯塔福的个人诗学中，"线"有微观与宏观两个不同层面的解读，或者说有形而下与形而上之分。微观层面上，"线"存在于我们生活中的方方面面：写诗创作有"线"可循，阅读欣赏有"线"可循，行路办事有"线"可循，甚至吃饭睡觉也有"线"可循，此"线"为形而下之线。在宏观层面，宇宙的起源和发展、万物的进化、人类历史的变迁、生命的存亡、精神世界的运动等都顺从着一根"线"，此"线"为形而上之线。概括来说，"线"是一切的主宰体，它隐隐约约，可知而不可见，人唯可遵从而不可凌驾。那么，这是一根什么样的"线"呢？

我们可以从诗人的另一首诗《太极编年史："推手"》（"Annals of *Tai Chi*: 'Push Hands'"）中得到参考：

[①] Robert Bly, "William Stafford and the golden thread", *American Poetry Review*, Jan/Feb 1994, p. 19.

In this long routine "Push Hands,"
one recognizes force and yields, then
slides, again, again, endlessly like water,
what goes away, what follows, aggressive
courtesy till force must always lose,
lost in the seethe and retreat of ocean.

So does the sail fill, and air come
just so, because of what's gone, "Yes"
in all things; "Yes, come in if you
insist," and thus conducted find a way
out, *yin* following and becoming
by a beautiful absence its partner *yang*.

在这样一套长时间的"推手"中,
人意识到力量而让步,然后滑步,
再推手,再滑步,无穷无尽,如水一般;
有走的,就有跟上来的,攻击性的
礼貌举止直到力量一定散去,
在大海的潮起潮落中失去。

航海如此,空气也是,
因为有东西离开。"是的"
一切事物,"的确,如果你坚持
就能进来,"如果这样就能找到一条出路,
"阴"尾随而来,由于一次美好的缺席,

"深层意象"派的中国诗缘

成了它的伙伴"阳"①

此作与上篇《道如是》差不多同一时期完成,二者堪称姐妹篇。如果上篇还影影绰绰,让人无法断定其理脉和文化源头,那么后篇则显而易见。诗人的中国文化影响从外在表现上有了佐证的实例,尽管这么明显的诗作在诗人的创作生涯中并不多见。斯塔福通过"太极"的"推手"而感悟"阴阳"之理,"一推一滑,潮起潮落,来去之间"都顺从着诗人所言及的"线",这根"线"犹如一阴一阳,归顺着天地万物之理——太极:"总天地万物之理,便是太极"②。中国宋代大儒朱熹概括说,"一阴一阳之谓道,太极也"③。推而言之,斯塔福之"线"是中国传统美学中"道"的隐喻。我们知道,无论儒家还是道家都重"道",尽管各自对道的诠释和诉求有差异,但内涵本质有一定的共性。道既可实指做人处事的方法、道理和一般事务的具体法则和规律,也可为抽象意义上的世界的本原、事物的本体。如儒家要遵从的三纲五常之道,世界万物要顺应阴阳变化之道,道家中老子的"道可道,非常道"之道,庄子的"夫道……在太极之先而不为高"之道以及"沿督以为经"之道。必须强调的是,将"道"置于一个至高无上统摄一切的地位是中国传统哲学思想的根基,它要求正如斯塔福对"线"所理解的那样——顺从而不是凌驾。换句话说,人要顺应自然,尊重而不违背规律,而这正是西方文化所不具备的特质。由此,

---

① William Stafford, *The Way It Is*, Minnesota: Graywolf Press, 1997, p. 16.
② 转引自张立文著《朱熹评传》(上),南京:南京大学出版社2011年版,第59-60页。
③ 同上,第66页。又见《朱子语类》卷七十四。

我们可以说,斯塔福对中国文化的接受已是不争的事实。

三、"线"的诗性特质

那么,斯塔福诗歌中顺从着一根什么样的线呢?"任何触碰都不可能发现那根线,它太细微。/有时,我们以为熟悉它的途径——/通过法庭并不认可的证据。"① 在《关联》("Connections")一诗中,诗人再次表达了"线"的"只可意会而不可言说"的本性。这也符合"深层意象"派诗人创作的基本原则。我们知道,"深层意象"派又是美国文学史上"新超现实主义"的别称。所谓"超现实",即心理现实或梦幻现实。与欧洲大陆"旧"超现实主义不同的是,这群"新"超现实主义者在创作上无论方式还是精神指向都与现实密切相关,他们遵循着"客观现实→心理现实→客观现实"这样一条诗"线"。他们往往游目骋怀,如中国古代先辈那样,从某一景物、某一场景、某一事件入手,以超越普通逻辑、超越常规关联的方式构筑一个非客观存在的梦幻世界,或表达或寄托或唤起与现实息息相关的情怨悲恨或哲理神思。当然,"深层意象"派诗人们在具体表达上又各自独成一家,各立春秋。关于斯塔福的诗歌,唐纳德·霍尔(Donald Hall)曾有过非常简单但很有代表性的评价:"斯塔福以日常生活入诗,他的诗集是记载日常关注的日志。"② 的确,除诗人熟悉的家乡景物外,最常出现在他作品中的是父亲、母亲和儿子。"我父亲并不真正属于历史。/他总是透

---

① William Stafford, *The Way It Is*, Minnesota: Graywolf Press, 1997, p.76.
② http://www.english.illinois.edu/maps/poets/s_z/stafford/about.htm, accessed on Aug. 15, 2014.

"深层意象"派的中国诗缘

过肩膀看待自己的错误。/……/今天,喝着咖啡,我仔细看着杯子/希望有适量的害怕,/宁愿被救,而不像他,英勇无畏。"① "我家睡好几英里远/但像一座钟响至黎明。"② 诗人并不以景抒情,而是通过熟悉的物或人来引发深邃的思考。于此,斯塔福有着不一样的认知:"世界会出现三次:一是我表面看到的,二是我尽力看到的,三是我怀疑自己永远无法看到的。"③

诗人也是以同样的方式感知和建构诗歌世界。《黑暗中旅行》("Traveling through the Dark",1962)是诗人最广为人知的力作,也是美国当代文学的经典名篇。

> Traveling through the dark I found a deer
> dead on the edge of the Wilson River road.
> It is usually best to roll them into the canyon:
> that road is narrow; to swerve might make more dead.
>
> By glow of the tail-light I stumbled back of the car
> and stood by the heap, a doe, a recent killing;
> she had stiffened already, almost cold.
> I dragged her off; she was large in the belly.
>
> My fingers touching her side brought me the reason—
> her side was warm; her fawn lay there waiting,

---

① William Stafford, *The Way It Is*, Minnesota: Graywolf Press, 1997, p. 82.
② 同上,第105.
③ "The Third Time the World Happens: A Dialogue on Writing Between Richard Hugo and William Stafford", *Northwest Review*, 13 (1973), pp. 31–32.

alive, still, never to be born.
Beside that mountain road I hesitated.

The car aimed ahead its lowered parking lights;
under the hood purred the steady engine.
I stood in the glare of the warm exhaust turning red;
around our group I could hear the wilderness listen.

I thought hard for us all—my only swerving—,
then pushed her over the edge into the river.

黑暗中旅行，我发现一只鹿
死在威尔逊河的路边。
通常，我们最好将它滚下山谷：
那条路很窄；车转向会导致更多的死亡。

借助尾灯，我摸索着走到车后
站在鹿的身边，一只母鹿，刚被杀害；
身子已僵硬，几乎冷却。
我拖动她；肚子很大。

触碰她侧部的手指使我明白——
侧身暖融融的；幼崽还在里面等待着，
活的，静静的，却永不会降生。
山路旁我踌躇着。

停车灯照着前方；

251

"深层意象"派的中国诗缘

引擎罩下,发动机不急不慢地轰鸣;
我站在热烘烘而变红的尾气中;
四周,我能听见荒野在倾听。

我苦思良久,为所有人——我只要转向——
然后将她推过路边,掉进河里。①

　　这首诗温暖中透着寒意,简朴中埋着深邃,黑暗中藏着更深的黑。它让每一位读者如临其境,清醒纠结迭换不断。诗人以日常所遇入诗,在结尾处使一直平淡无奇的言语表述突变为一种超现实的境况——"我能听见荒野在倾听"。"荒野在倾听"给我们一种非爆炸性的震撼感:汽车(文明的象征)、被谋杀的母鹿与出生不了的小鹿(非文明的野蛮行径后果)和"我"(文明与非文明的亲历者)这瞬间的共同存在,在荒野(原始和本真的代名词)的倾听下产生了一个复杂交合的情感场。连生死这等大事在荒野的映照下也变得微渺,而这正是引起诗人和读者深思的问题。标题"黑暗中旅行"本身就有独立的强烈诗性感,而当"黑暗"与"荒野"交织在一起,如同一个充满力量的母体汩汩不断地分泌出引起我们内心深处共鸣的诗性之美。必须指出的是,"黑暗"与"荒野"是"深层意象"派诗歌标识性符号,它们既是诗歌中的意象母题,又为个体意象,而且还是诗人们希望表达的主题。我们知道,中国道家美学中有"天地有大美而不言"之说,而对像斯塔福这些熟悉中国文化的诗人们来说,"黑暗与荒野亦有大美而不言"。

---

　　① William Stafford, *The Way It Is*, Minnesota: Graywolf Press, 1997, p. 77.

四、"线"的道家归宿

"有一根线你顺从着。""顺从"不仅是一种谦卑的生活态度,而且还是对宇宙、生命、自然规律等清醒认识后的文化意识。前文已有分析,斯塔福之"线"是"道"的隐喻,是天道、自然规律和法则。中国早就有了"天道难违""顺应自然"等这样的文化古训。而斯塔福对异域文明的嫁接是对以牺牲自然、过于自我满足、自我膨胀为主要特征的西方现代工业文明与商业文明的警示,这也是文化人对内在自我修整的一种补充方式。

《父亲的声音》("Father's Voice")① 一诗是诗人对"顺从"二字的文学性解读。"'没必要回家过早;/车子在黑暗中识路。'/他希望我富有/我们唯一的方式,/很容易得到我们所拥有的。"第一诗节就包含着两种"顺从",一是顺从父亲有益的忠告;二是顺从"天道"——"天道酬勤"。"没必要回家过早"是父亲的勤劳建议,而勤劳是使"我富有的唯一方式"。诗人将"父亲"的声音传递给所有作为儿女的读者。第二节,诗人将父亲的声音视为"礼物"(gift)而接受,这样的礼物如"吹开花朵的风"那样让人神清气爽。最后一节则从父亲的忠告转向自我的感悟。"世界,我是您缓慢的客人,/是太阳下活动的/普通事物之一,有亲密可靠的朋友/在地球上,在空气中,在岩石里。"诗人的感悟是深刻的:人只是世界的过客(即客人),世界才是我们的主宰者,而不是相反。人类的朋友不只是人自己,还有阳

---

① William Stafford, *The Way It Is*, Minnesota: Graywolf Press, 1997, p. 123.

"深层意象"派的中国诗缘

光、空气和岩石等。其用意不言自明：这又是一种顺从——人对大千世界的友善和尊重。对自然界的赞美和咏叹则是诗人"顺从之线"的美学延伸，"河流说的就是我想说的"①。"在夜鹰鸣叫中，夜晚才是真实的夜晚；/那声夜鹰的叫喊后，/夜晚来了。我感到震动，/双脚滚入黑暗，/聆听着，没有一丝风"②。对夜晚的激动源自对自然原始和本真的追求。当然，斯塔福也有不少表达"天道被违"后愤懑和悲郁的作品。《地球的声音》("A Sound from the Earth")③ 因野牛被无辜滥杀以至于地球颤抖着呐喊："他们发现大骨——只是大腿骨/——数百头野牛的，/在采砾坑中。""洞内一碗一碗的水/在泡沫中颤抖。"而《堪萨斯的故事》("Stories from Kansas")④ 则更是惊心动魄，因植被被人为破坏，"一撮撮小草假装成灌木丛"，而"地球慌乱中逃奔"。

"顺从"的反面是"背叛"和"对抗"。有时候，"背叛"和"对抗"是另一种形式的"顺从"选择。斯塔福"二战"爆发时正值青壮年时期，"二战"是一场全民战争，他本应"顺从"国家号召和法律，"顺从"主流，应召入伍。但他却选择"对抗"法律，"背叛"主流，冒着判刑入狱的风险，报名注册为和平主义者（pacifist）。战争期间，"他在'出于良知而拒服兵役者营'（camps for conscientious objectors）中辗转于阿肯色州、加利福尼亚州和伊利诺伊州，

---

① William Stafford, *The Way It Is*, Minnesota: Graywolf Press, 1997, p. 56.
② 同上，第58页。
③ 同上，第124页。
④ 同上，第124–125页。

为水土保护、植树造林、消防安全而奔走工作"。① 显然，斯塔福的"背叛"和"对抗"是为了选择"顺从"自己的"良知之线"和"天道之线"。他个人与生俱来的无意识认知中，战争是违背天道和人类基本良知的。因此，"顺从"是有基本原则的：合乎"线"道的，我们要顺从，而违背"线"道的，我们就要"背叛"与对抗。顺便提及的是，"深层意象"派诗人几乎都是反战主义者，他们在美国国内的反战系列活动中有的出谋划策，如勃莱等组织成立"美国作家反越战联盟"（"American Writers Against Vietnam War"）②；有的甚至冲锋陷阵，站在反战游行示威的最前列；有的将自己的稿酬与奖金捐给反战活动组织。当然，诗人们最擅长的是用自己的笔或鞭挞或谴责战争。斯塔福在诗歌《在沿加拿大边界非国家纪念碑旁》（"At the Un-National Monument along the Canadian Border"）中以一种少有的恬美、和静的方式来表达没有战争的幸福之美。

> This is the field where the battle did not happen,
> where the unknown soldier did not die.
> This is the field where grass joined hands,
> where no monument stands,
> and the only heroic thing is the sky.
>
> Birds fly here without any sound,

---

① Judith Kitchen, *Understanding William Stafford*, South Carolina: South Carolina University Press, 1989, p. 5.

② William V. Davis, *Understanding Robert Bly*, South Carolina: South Carolina University Press, 1988, p. 5.

unfolding their wings across the open.
No people killed—or were killed—on this ground
hallowed by neglect and an air so tame
that people celebrate it by forgetting its name.

这是战争没有发生过的田野,
无名战士不会牺牲的地方。
这是小草相互牵手的田野,
没有纪念碑的地方,
唯一的英雄是天空。

鸟儿从这儿飞过,没有声音,
展开翅膀穿过空旷的田野。
没有人杀戮——或被杀戮——在此处
被忽略视为神圣,空气如此温驯
人们通过忘记它的名字来纪念它。[1]

这是一首精彩的反战诗,与战争暴力血腥的场面相比,没有战争的地方"小草相互牵手",没有战争的地方,即便被世人所忽略——这是因为"忽略"之神将它视作"神圣",而纪念碑上没有战争的名字就是我们对战争最具力量和最高形式的排斥。

---

[1] William Stafford, *The Way It Is*, Minnesota: Graywolf Press, 1997, p.56.

五、小结

斯塔福之"线"应和着中国传统文化意义上的"道"。与"道"一样,它无处不在、具有绝对的支配力量,它有着形而上和形而下的双重特质。我们顺从诗人之"线",走进他温暖而谦卑的诗歌文字。我们不仅能感知到诗人对中国传统文化的认可和接受,而且我们能更深刻地感受到"线"所具备的普遍性美学意义和文化价值。

参考文献

Abrams, M. H. *The Mirror and the Lamp: Romantic Theory and the Critical Tradition*. New York: Oxford University Press, 1953.

——. *A Glossary of Literary Terms*, Seventh Edition. California: Harcourt Brace College Publishers, 1999.

Allen, D., & Tallman Warren (ed.) *The Poetics of the New American Poetry*. New York: Grove Press, Inc., 1973.

Baker, Deborah. (ed.) *Of Solitude and Silence: Writings on Robert Bly*. ed. by Richard Jones and Kate Daniels. Boston: Beacon Press, 1981.

Barrett, William. *Zen Buddhism: Selected Writings of D. T. Suzuki*. New York: Doubleday & Company, Inc. 1956.

Bercovitch, Sacvan. (ed.) *The Cambridge History of American Literature*, Vol. 8. Cambridge: Cambridge University Press, 1996.

Blunk, Jonathan, Robert Bly and James Wright: A Correspondence, *Virginia Quarterly Review*, January 1st, 2005.

Bly, Robert. *American Poetry: Wildness and Domesticity*. New York: Harper & Row, 1990.

——. *Talking All Morning*. Michigan: The University of Michigan Press, 1980.

——. *Silence in the Snowy Fields*. Connecticut: Wesleyan University Press, 1953.
——. *Jumping Out of Bed*. New York: White Pine Press, 1987.
——. *Eating the Honey of Words*. New York: Harper Flamingo, 1999.
——. *The Light Around the Body*. New York: Harper & Row, 1967.
——. *Selected Poems*. New York: Harper & Row, 1986.
——. *The Soul Is Here for Its Own Joy: Sacred Poems from Many Cultures*. New York: The Ecco Press, 1995.
——. *Sleepers Joining Hands*. New York: Harper & Row, 1973.
——. *Morning Poems*. New York: Harper Collins, 1997.
——. *Iron John: A Book about Men*. New York: Addison-Wesley Publishing Company, Inc., 1990.
——. *News of the Universe: Poems of Twofold Consciousness*. San Francisco: Sierra Club Books, 1980.
——. *Loving a Woman in Two Worlds*. Garden City: Dial Press, 1985.
——. *The Urge to Travel Long Distances*. Washington: Eastern Washington University Press, 2005.
Beach, Christopher. *The Cambridge Introduction to Twentieth-Century American Poetry*. Cambridge: Cambridge University Press, 2003.
Bollobas, Eniko. *Tradition and Innovation in American Free Verse: Whitman to Duncan*. Budapest: Akademiai Kiado, 1986.
Breslin, Paul. *The Psycho-Political Muse: American Poetry since*

the Fifties. Chicago: The University of Chicago Press, 1987.

Coffman, Stanley K. JR. *Imagism: A Chapter for the History of Modern Poetry*. Oklahoma: University of Oklahoma Press, 1951.

Coleridge, Samuel Taylor. *Biographia Literaria*. (Volume II) ed. by James Engell and W. Jackson Bate. Bollingen Series LXXV. New Jersy: Princeton University Press, 1984.

Davidson, Michael. *The San Francisco Renaissance: Poetics and Community at Mid-Century*. Cambridge: Cambridge University Press, 1989.

Davis, William V., ed. *Critical Essays on Robert Bly*. New York: G. K. Hall & Co., 1992.

——. *Robert Bly: The Poet and His Critics*. Columbia: Camden House, Inc., 1994.

——. *Understanding Robert Bly*. Columbia: University of South Carolina, 1988.

Denham, Robert D. ed. "Preface" in *Charles Wright in Conversation, Interviews*, 1979 – 2006. North Carolina: McFarland & Company, Inc., 2008.

Dougherty, David C. *James Wright*. Boston: Twayne Publishers (A Division of G. K. Hall & Co.), 1987.

Dyson, A. E., ed. *Poetry Criticism & Practice: Developments since the Symbolists*. Hampshire: Macmillan Education Ltd., 1986.

Eagleton, Terry. *After Theory*. London: Penguin Books, 2003.

Eliot, T. S. *Selected Prose*. ed. by John Hayward. London: (Publisher Unclear), 1963.

Franco, Jean. *Spanish-American Literature* (Third Edition). Cambridge: Cambridge University Press, 1969.

Germain, B. Edward. ed. *English and American Surrealist Poetry*. Harmondsworth: Penguin Books Ltd, 1978.

Huang, Guiyou. *Whitmanism, Imagism, and Modernism in China and America*. Selinsgrove: Susquehanna University Press, 1997.

Hall, Donald. *Kicking the Leaves*. New York: Harper & Row, 1978.

———. *Without*. New York: Houghton Mifflin Company, 1998.

———. *The Happy Man*. New York: Random House, 1981.

———. *Contemporary American Poetry*. Baltimore: Penguin Books, 1962.

Heyen, William. "Inward to the World: The Poetry of Robert Bly." *The Far Point*, 1969 (Fall/Winter).

Holden, Jonathan. *Style and Authenticity in Postmodern Poetry*. Columbia: University of Missouri Press, 1986.

Howard, Nelson. *Robert Bly: An Introduction to the Poetry*. New York: Columbia University Press, 1984.

Hix, H. L. *Understanding W. S. Merwin*. South Carolina: The University of South Carolina Press, 1997.

Hoover, Paul. *Postmodern American Poetry: A Norton Anthology*. New York: W. W. Norton & Company, 1994.

Hughes, Glenn. *Imagism and the Imagists—A Study in Modern Poetry*. California: Stanford University Press, 1931.

Jones, Richard, & Kate Daniels. ed. *Of Solitude and Silence: Writings on Robert Bly*. Boston: Beacon Press, 1981.
Jung, C. G. *The Archetypes and the Collective Unconscious*. trans. by R. F. C. Hull. New York: Bollingen Foundation Inc., 1959.
——. *Memories, Dreams, Reflections*. trans. by Richard and Clara Winston. ed. by Aniela Jaffe. New York: Vantage Books, 1963.
——. *Psychology of the Unconscious*. Princeton: Princeton University Press, 1991.
Keller, Lynn. *Remaking It New: Contemporary American Poetry and the Modernist Tradition*. Cambridge: Cambridge University Press, 1987.
Kelly, Robert. Notes on the Poetry of Deep Image. *Trobar: A Magazine of New Poetry*, 1961.
——. *Red Actions (Selected Poems, 1960—1993)*. Santa Rosa: Black Sparrow Press, 1995.
Kermode, Frank. *Romantic Image*. London: Routledge, 1957.
Kinnell, Galway. *A New Selected Poems*. Boston: Houghton Mifflin Company, 2000.
——. *What a Kingdom It Was*. Boston: The Riverside Press, 1960.
Kitchen, Judith. *Understanding William Stafford*. Columbia: The University of South Carolina Press, 1989.
Knellwolf, Christa, & Norris, Christopher. *The Cambridge History of Literary Criticism*. Volume 9. Cambridge: Cambridge University Press, 2001.

参考文献

Lazer, Hank. *On Louis Simpson: Depths Beyond Happiness*. Ann Arbor: The University of Michigan Press, 1988.

Lentricchia, Frank, & Thaomas Mclanghin. *Critical Terms for Literary Study* (second edition). Chicago: The University of Chicago Press, 1995.

Liu, James J. Y. *The Art of Chinese Poetry*. Chicago: The University of Chicago Press, 1962.

Litz, A. Walton, Louis Menand, & Lawrence Rainey. *The Cambridge History of Literary Criticism*. Volume 7. Cambridge: Cambridge University Press, 2000.

Gustafson, Mark. *Great River Review*, 2010, 52, Spring/Summer.

Merwin, W. S. *The River Sound*. New York: Alfred A. Knopf, 1999.

———. *The Lice*. New York: Clarke & Way, 1967.

———. *Migration*. Washington: Copper Canyon Press, 2005.

Moffett, Joe. *Understanding Charles Wright*. Columbia: The University of South Carolina Press, 2008.

Nelson, Cary. *W. S. Merwin: Essays on the Poetry*. University of Illinois Press, 1987.

Parkinson, Thomas. *Poets, Poems, Movements*. Michigan: UMI Research Press, 1987.

Perkins, David. *A History of Modern Poetry — Modernism and After*. Massachusetts: Harvard University Press, 1987.

Porter, Bill. *Road to Heaven: Encounters with Chinese Hermits*. San Francisco: Mercury House, 1993.

Pratt, William, & Robert Richardson. *Homage to Imagism*. New

York: AMS Press, 1992.

Preminger, Alex, & Brogan, F. V. T. *The New Princeton Encyclopedia of Poetry and Poetics.* Princeton: New Jersey Princeton University Press, 1993.

Quetchenback, Bernard W. *Back from the Far Field.* Virginia: University of Virginia Press, 2000.

Rexroth, Kenneth. trans. *One Hundred Poems from the Chinese.* New York: The New Directions, 1971.

——. *World Outside the Window: The Selected Essays of Kenneth Rexroth.* New York: New Directions Publishing Corporation, 1987.

——. *An Autobiographical Novel.* New York: New Directions, 1964.

Richter, David H. *The Critical Tradition: Classical Texts and Contemporary Trends.* (Second Edition) New York: St. Martin's, 1998.

Rivkin, Julie, & Michael Ryan. *Literary Theory: An Anthology.* Massachusetts: Blackwell Publishers Inc. , 1988.

Roberson, H. William. *Robert Bly: Primary and Secondary Bibliography.* New Jersey: The Scarecrow Press, 1986.

Roberts, Neil. *A Companion to Twentieth-Century Poetry.* Massachusetts: Blackwell Publishers Ltd. , 1946.

Rothenberg, Jerome. *Prefaces & Other Writings.* New York: New Directions, 1981.

Simic, Charles. *The Voice at 3: 00 A. M. Selected Late & New Poems.* New York: Harcourt, 2003.

——. *Unending Blue.* New York: Harcourt Brace Jovanovich,

1986.
——. *Walking the Black Cat.* New York: Harcourt Brace and Company, 1996.
Simpson, Louis. *At the End of the Open Road.* Connecticut: Wesleyan University Press, 1963.
——. *A Dream of Governors.* Connecticut: Wesleyan University Press, 1959.
——. *Collected Poems.* New York: Paragon House, 1988.
Smith, Thomas R. ed. *Walking Swiftly: Writings on Robert Bly.* New York: Harper Perennial, 1992.
Snyder, Gary. *The Real Work, Interviews & Talks,* 1964 – 1979. ed. by Scott McLean. New York: New Directions, 1980.
Stafford, William. *The Way It Is.* Minnesota: Graywolf Press, 1977.
——. *Down in My Heart.* Dayton, OH: Brethren Publishing House Elgin, 1947.
——. *Traveling Through the Dark.* New York: Harper & Row, 1962.
Stead, C. K. . *Pound, Yeats, Eliot and the Modernist Movement.* Houndmills: The Macmillan Press Ltd, 1986.
Storr, Anthony. *Solitude: A Return to the Self.* New York: Free Press, 1988.
Strand, Mark. *Darker.* New York: Atheneum, 1973.
——. *Dark Harbor.* New York: Alfred A. Knopf, 1993.
——. *Selected Poems.* New York: Alfred A. Knopf, 1990.
——. *The Continuous Life.* New York: Alfred A. Knopf, 1991.

Sugg, P. Richard. *Robert Bly: Twayne's United States Authors Series*. ed. by Warren French. Boston: Twayne Publishers (A Division of G. K. Hall & Co.), 1986.

Tillich, Paul. Stoudt, John Joseph: *Sunrise to Eternity: A Study of Jacob Boehme's Life and Thought*. Philadelphia: University of Pennsylvania Press, 1957.

Wadden, Paul. *The Rhetoric of Self in Robert Bly and Adrieene Richo*. New York: Peter Lang Publishing, Inc., 2003.

Watts, Alan W. *The Spirit of Zen*. New York: Grove Press, Inc., 1958.

Williamson, Allan. "Language Against Itself: The Middle Generation of Contemporary Poets", in *Introspection and Contemporary Poetry*. Cambridge, Massachusetts: Harvard University Press, 1984.

Wimsatt, William K. JR., & Cleanth Brooks. *Literary Criticism: A Short History*. New York: Alfred A. Knope, 1957.

Wright, Charles. *Black Zodiac*. New York: Farrar, Straus and Giroux, 1997.

——. *The Southern Cross*. New York: Random House, 1977.

——. *Hard Freight*. Middletown CT: Wesleyan University Press, 1973.

——. *Negative Blue: Selected Later Poems*. New York: Farrar, Straus and Giroux, 2001.

——. *Halflife: Improvisation and Interviews*, 1977–1987. Ann Arbor: University of Michigan Press, 1988.

——. *China Trace*. Connecticut: Wesleyan University Press, 1977.

Wright, James. *Collected Poems*. Middletown, Connecticut: Wesleyan University Press, 1971.

——. *The Branch Will Not Break*. Middletown: Wesleyan University Press, 1963.

——. *Shall We Gather at the River*. Middletown: Wesleyan University Press, 1968.

——. *Collected Poems*. Middletown: Wesleyan University Press, 1971.

——. *Above the River: The Complete Poems*. New York: Farrar, Straus and Giroux, 1990.

——. *A Wild Perfection—The Selected Letters of James Wright*. ed. by Anne Wright and Saundra Rose Maley. New York: Farrar, Straus and Giroux, 2005.

Young, Robyn V. *Poetry Criticism*. Volume 5. Washington: Gale Research Inc., 1992.

[美] 罗伯特·勃莱. 罗伯特·勃莱诗选 [M]. 肖小军, 译. 广州: 花城出版社, 2008.

董洪川. 文化语境与文学接受——试论当代美国诗歌对中国传统文化的接受 [J]. 外国文学研究, 2001 (4).

黄丽娜. 中国古典诗歌及文化精神对美国诗人詹姆斯·赖特诗歌创作影响研究 [D]. 北京: 北京外国语大学, 2014.

黄晓燕. 论中国文化对斯蒂文斯诗歌创作的影响 [J]. 外国文学研究, 2007 (3).

老高放. 超现实主义导论 [M]. 北京: 社会科学文献出版社, 1997.

老子. 老子 [M]. 北京: 中华书局, 2014.

梁启超．饮冰室合集：卷一百零三［M］．北京：中华书局，1989．

路文彬．论中国文化的听觉审美特质［J］．中国文化研究，2006（秋之卷）．

毛峰．神秘主义诗学［M］．北京：三联出版社，1998．

刘岩．中国文化对美国文学的影响［M］．石家庄：河北人民出版社，1999．

牟宗三．中西哲学之会通十四讲［M］．上海：上海古籍出版社，2007．

区鉷．味闲堂丛稿［M］．广州：中山大学出版社，2015．

区鉷，肖小军．诗歌·意象·无意识［J］．中山大学学报（社科版），2007（3）．

彭予．20世纪美国诗歌——从庞德到罗伯特·布莱［M］．开封：河南大学出版社，1995．

王德有．老庄意境与现代人生［M］．北京：中国广播电视出版社，1998．

王国维．人间词话［M］．上海：上海古籍出版社，2004．

王岳川．20世纪西方哲性诗学［M］．北京：北京大学出版社，1999．

王维．王维诗选［M］．北京：中国文学出版社/外语教学与研究出版社，1999．

王佐良．王佐良文集［M］．北京：外语教学与研究出版社，1997．

严羽．沧浪诗话校释［M］．北京：人民文学出版社，1998．

杨冬．西方文学批评史［M］．长春：吉林教育出版社，1998．

杨静．美国20世纪的中国儒学典籍英译史论［D］．郑州：

河南大学,2014.

[德]沃尔夫冈·韦尔施. 重构美学[M]. 张岩冰,陆扬,译. 上海:上海世纪出版集团,2006.

吴永安. 中国诗歌与美国想象[J]. 诗探索,2013(2).

叶维廉. 中国诗学[M]. 北京:人民文学出版社,2006.

叶维廉. 道家美学与西方文化[M]. 北京:北京大学出版社,2002.

叶燮. 原诗[M]. 北京:人民文学出版社,1998.

虞建华. 美国文学的第二次繁荣[M]. 上海:上海外语教育出版社,2004.

[美]宇文所安. 中国文论——英译与评论[M]. 王柏华,陶庆梅,译. 上海:上海社会科学院出版社,2003.

肖小军. 深入内在世界——罗伯特·勃莱"深层意象"诗歌研究[M]. 广州:中山大学出版社,2010.

肖小军. 跃入民族的心灵世界——勃莱政治诗歌初探[J]. 外国语文,2010(4).

庄严,章铸. 中国诗歌美学史[M]. 长春:吉林大学出版社,1994.

张跃军. 美国性情——威廉·卡洛斯·威廉斯的实用主义诗学[M]. 合肥:安徽文艺出版社,2006.

赵毅衡. 诗神远游——中国诗如何改变了美国现代诗[M]. 上海:上海译文出版社,2003.

郑树森. 中美文学因缘[M]. 台北:东大图书公司印行,1985.

郑燕虹. 论中国古典诗歌对肯尼斯·雷克思罗斯创作的影响[J]. 外国文学研究,2006(4).

钟玲. 美国诗与中国梦——美国现代诗里的中国文化模式

[M]．桂林：广西师范大学出版社，2003．

钟玲．中国禅与美国文学［M］．北京：首都师范大学出版社，2009．

钟嵘．诗品［M］．北京：中国社会科学出版社，2007．

朱徽．中美诗缘［M］．成都：四川人民出版社，2001．

庄子．庄子［M］．北京：中华书局，2010．